suhrkamp taschenbuch 2318

W0363290

»Wer nicht liebt«, schreibt Robert Walser, »hat kein Dasein, ist nicht da, ist gestorben. Wer Lust zu lieben hat, steht von den Toten auf, nur wer liebt, ist lebendig.«

Von den mehr als tausend Kurzgeschichten, die Robert Walser in den dreißig Jahren seiner schriftstellerischen Produktivität geschrieben hat, sind nahezu der zehnte Teil Liebesgeschichten. 80 davon werden hier zusammengefaßt. In der Reihenfolge ihrer Entstehung zeigen sie die Entwicklung eines Autors, der – zeitlebens unverheiratet – allem Erotischen gegenüber aufgeschlossen und allem Neuen gegenüber erotisch reagierte. Ob er nun das idealisierende Wunschdenken der Pubertätsjahre oder den »weichen Kerker der Ehe« darstellt, ob er melancholisch verschmitzte Parabeln über die Flüchtigkeit des Glücks, die Spielarten der Eifersucht und des Ehebruchs abbildet oder ob er in eigenwilligen Nacherzählungen die erotische Trivialliteratur entlarvt und parodiert, niemals ist seine Sympathie auf der Seite stagnierender Konventionen, immer aber bei der Spontaneität, beim Leben, bei der Veränderung und meistens bei der Frau.

Der Schweizer Dichter Robert Walser wurde am 15. April 1878 in Biel geboren. Er lebte als junger Dichter und Bürogehilfe in Zürich und anderen Städten seiner Heimat, dann als freier Schriftsteller in Berlin, wiederum in Biel und schließlich in Bern. Er starb am 25. Dezember 1956 in Herisau, nach Jahrzehnten stiller Zurückgezogenheit als Anstaltspatient.

Robert Walser
Liebesgeschichten

Zusammengestellt
und mit einem Nachwort versehen
von Volker Michels

Suhrkamp

Umschlagillustration: Karl Walser
Mit freundlicher Genehmigung der Gottfried-Keller-Stiftung,
Karl-Walser-Nachlaßsammlung, Museum Neuhaus, Biel

suhrkamp taschenbuch 2318
Erste Auflage 1994
Mit Genehmigung der Inhaberin der Rechte,
der Carl Seelig-Stiftung Zürich.
© dieser Zusammenstellung
Suhrkamp Verlag Zürich 1978
Quellennachweise am Schluß des Bandes
Suhrkamp Taschenbuch Verlag
Alle Rechte vorbehalten, insbesondere das
des öffentlichen Vortrags, der Übertragung
durch Rundfunk und Fernsehen
sowie der Übersetzung, auch einzelner Teile.
Druck: Ebner Ulm
Printed in Germany
Umschlag nach Entwürfen von
Willy Fleckhaus und Rolf Staudt

1 2 3 4 5 6 – 99 98 97 96 95 94

INHALT

SIMON

Eine Liebesgeschichte

Simon war zwanzig Jahre alt, als ihm eines Abends in den Sinn kam, er könnte so, wie er gerade im weichen, grünen Moose am Wege lag, fortwandern und Page werden. Dies sprach er sehr laut in die Luft hinauf zu den Tannengipfeln, welche, ich weiß nicht ob es wahr oder erlogen ist, ihre scheinheiligen Bärte schüttelten und ein stummes, tannzapfenartiges Gelächter anstimmten, welches unserem Mann auf die Beine half und ihn antrieb, sofort das zu werden, wozu ihn eine unbändige Lust anfeuerte. Jetzt hat er sich erhoben und marschiert ins Blaue oder Grüne hinein, ohne sich um eine geographische Richtung zu kümmern. Kümmern wir uns ein wenig um sein Äußeres! Er hat lange, für einen angehenden anmarschierenden Pagen viel zu lange Beine, welche seinem Gang etwas Tölpelhaftes geben. Seine Schuhe sind schlecht, seine Hose ideal zerrissen, sein Rock voller Flecken, sein Gesicht ist ein unzartes Gesicht und sein Hut, um auf das oberste zu kommen, kommt langsam in eine Form hinein, in die ihn unsorgfältige Behandlung und geringer Stoff mit der Zeit bringen müssen. Er, der Hut, sitzt auf ihm, dem Kopf, wie ein verschobener Sargdeckel, oder wie der blecherne Deckel auf einer alten rostigen Bratpfanne. Wirklich, der Kopf ist beinahe kupferrot und hat nichts gegen einen gebratenen Vergleich einzuwenden. An Simons Rücken (wir, die Erzählung, gehen jetzt immer hinter ihm her) hängt eine alte wüste Mandoline und wir sehen, wie er dieselbe in die Hand nimmt und darauf zu zupfen anfängt. O Wunder! Welch

einen silbernen Klang birgt dieses alte magere Instrument. Ist es nicht, als wenn liebliche weiße Engel auf goldenen Geigen spielten! Der Wald ist eine Kirche und die Musik, welche tönt, wie die eines alten ehrwürdigen italienischen Meisters. Wie zart er spielt, wie weich er singt, dieser rohe Bengel. Wahrhaftig, wir verlieben uns in ihn, wenn er nicht bald aufhört. Er hört auf und wir haben Zeit, uns auf neuen Atem zu besinnen.
Wie seltsam, dachte Simon, als er aus dem Wald heraustrat und bald wieder in einen neuen hineinkam, wie seltsam, daß die Welt keine Pagen mehr hat. Hat sie denn etwa keine schönen, großen Frauenzimmer mehr? Wohl nicht, denn ich besinne mich, die Poetin unserer Stadt, der ich meine Gedichte zusandte, war dick, behäbig und majestätisch genug, um eines beweglichen Pagen zu bedürfen. Was tut sie wohl jetzt. Denkt sie wohl noch an mich, der ich sie anschwärmte? Mit solchen Gedanken und Empfindungen brachte er es ein Stück Weg weiter. Die Wiesen schimmerten, als er neuerdings aus dem Wald heraustrat, wie ausgeschüttetes Gold, die Bäume darauf waren weiß, grünlich, grün, und so saftig, daß er lachen mußte. Die Wolken lagen träge und breit am Himmel wie ausgestreckte Katzen. Simon streichelte in Gedanken ihr farbiges weiches Fell. Dazwischen lag Blau von wunderbarer Frische und Feuchte. Die Vögel sangen, die Luft zitterte, der Äther triefte von Wohlgerüchen und in der Ferne lagen felsige Berge, zu denen unser Bursche nun geradenwegs hinlief. Schon fing der Weg an zu steigen und schon fing es an, zu dunkeln. Simon griff wieder in die Mandoline, auf welcher er Zauberer war. Die Erzählung setzt sich hinten wieder auf einen Stein und horcht ganz verblüfft. Unterdessen gewinnt der Verfasser Zeit, auszuruhen.
Es ist ein mühseliges Geschäft, Geschichten erzählen. Immer hinter solch einem langbeinigen, mandolinenspie-

lenden romantischen Bengel herlaufen und horchen, was er singt, denkt, fühlt und spricht. Und der rohe Schurke von Page läuft immer und wir müssen hinter ihm herlaufen, als ob wir wahrhaftig des Pagen Page wären. Hört weiter, geduldige Leser, wenn ihr noch Ohren habt, denn jetzt machen bald verschiedene Personen ihre untertänigsten Reverenzen. Es wird lustiger. Ein Schloß zeigt sich; welch ein Fund für einen burgruinensuchenden Pagen. Nun zeige deine Kunst, Kind, oder du bist verloren. Und er zeigt sie. Er singt die Dame an, welche sich auf dem Balkon im ersten Stock zeigt, mit so süßer, lügenhafter Stimme, daß das Herz der Dame notwendigerweise gerührt wird. Wir haben ein dunkles, märchenhaftes Schloß, wir haben Felsen, Tannen, Pagen, nein, nur einen Pagen, ja, unsern Simon, welcher in diesem Augenblick alle lieblichen Pagen der Welt in seiner zierlichen, oben beschriebenen Person vereinigt. Wir haben Gesang und Mandolinenton, wir haben Süßigkeit, welche der Knabe seinem Instrument zu entlocken weiß. Es ist bereits Nacht, Sterne schimmern, Mond brennt, Luft küßt, und wir haben, was wir unbedingt haben müssen, eine milde, weiße, herablächelnde Dame, welche mit der Hand heraufwinkt. Der Gesang hat im Herzen der Frau Platz genommen, denn es ist ja ein so einfacher, lieber, süßer Gesang. »Komm herauf, lieber, süßer, schöner, gefühlvoller Knabe!« Wir hören noch das Jubilieren, das Schluchzen vor Freude, das einen kurzen Augenblick aus der Kehle von dem glücklichen Kerl die Nacht durchdringt; wir sehen seinen Schatten verschwinden, und nun ist draußen alles Stille und Schatten.
Der Verfasser grübelt nun aus seiner gequälten Phantasie hervor, was seine Augen nicht mehr sehen dürfen. Die Phantasie hat durchdringende Augen. Keine zehnmetrige Mauer, kein noch so schwarzer giftiger Schatten hemmt ihren Blick, der Mauern und Schatten wie ein Netz

durchsieht. Der Page flog die breite, teppichbelegte Treppe hinauf und wie er oben ankam, stand seine gnädige Herrin im schneeweißen Kleid am Eingang und zog Simon mit der Hand hinein, auf welche derselbe seinen heißen Atem hauchte. Alle die Händeküsserei zu beschreiben, die nun folgt, erlasse man uns. Keine Stelle der schönen Arme, Hände, Finger, Fingernägel blieb von den gierigen roten Lippen ungeküßt, und diese Lippen schwollen ganz auf bei dem galanten Geschäft. Deshalb, jetzt merken wir, haben Pagen stets solche wie zwei Seiten eines Buches aufgeschlagene Lippen. Lesen wir ruhig, was die Sprache darin weitererzählt.

Die Frau, nachdem sie dem Knaben Einhalt geboten, erzählte ihm in vertraulicher Weise, etwa so, wie man zu einem klugen anhänglichen und treuen Hund spricht, daß sie sehr einsam sei, daß sie nachts immer auf dem Balkon stehe, daß die Sehnsucht nach einem unsagbaren Etwas sie keine angenehme gedankenlose Stunde verbringen ließe. Sie strich Simon das rauhe Haar von der Stirne weg, berührte seinen Mund, tastete an seinen glühenden Wangen und sagte mehrere Male hintereinander: »Lieber, guter Knabe! Ja, du sollst mein Diener, mein Knecht, mein Page sein. Wie hübsch du gesungen hast. Wie treu deine Augen sehen. Wie schön dein Mund lächelt. Ach, einen solchen Knaben wünschte ich mir schon lange zum Zeitvertreib. Du sollst um mich herumspringen wie ein Reh und meine Hand soll das zierliche kleine unschuldige Reh streicheln. Ich will mich auf deinen braunen Leib setzen, wenn ich müde bin. Ach . . .« Hier errötete denn doch die hohe Frau und sah lange verschwiegen in einen dunklen Winkel des Zimmers, welches sehr prächtig schien. Dann lächelte sie wohlwollend und stand, wie sich selbst beruhigend, auf und nahm beide Hände Simons in eine von den schönen ihrigen. »Morgen kleide ich dich als Pagen an, lieber Page. Du bist müde, nicht

wahr?« und lächelte und aus dem Lächeln küßte ihm gute Nacht entgegen. Sie führte ihn hinauf in einen, wie es schien, hohen Turm, in ein kleines, reinliches Gemach. Dort küßte sie ihn und sagte: »Ich bin ganz allein. Wir wohnen hier ganz allein. Gute Nacht!« und verschwand.
Als Simon am folgenden Morgen hinunterging, stand die weiße Frau, wie wenn sie schon lange geduldig wartete, an der Türe. Sie reichte ihm Hand und Mund und sagte: »Ich liebe dich. Ich heiße Klara. Nenne mich so, wenn du mich begehrst!« Sie gingen in ein kostbares, ganz mit Teppichen ausgefüttertes Zimmer, welches eine Aussicht in einen dunkelgrünen Tannenwald hatte. Hier lagen auf der reichgeschnitzten Lehne eines Stuhles schwarzseidene Pagenkleider. »Diese ziehe nun an!« – O, was für ein dummglückliches ehrlichbegeistertes Gesicht muß nun unser Kaspar, Peter oder Simon machen! Sie deutete ihm, sich darin umzukleiden, ging schnell hinaus, kam lächelnd nach zehn Minuten wieder hinein und fand Simon als den schwarzseidenen Pagen wieder, wie sie sich in träumerischen Stunden wohl einen solchen mochte phantasiert haben. Simon sah sehr hübsch aus in dem Kleid; seine schlanke Gestalt paßte vorzüglich in die enge Gefangenschaft der Pagentracht. Er benahm sich auch sofort sehr pagenmäßig, schmiegte sich schüchtern und doch unbewußt an den Leib der Frau. »Du gefällst mir«, lispelte sie. »Komm, komm!«
Sie spielten nun Tag für Tag Herrin und Page, und befanden sich wohl dabei. Simon war es ernst. Er dachte, er habe nun seinen eigentlichen Beruf gefunden, worin er auch sehr recht hatte. Ob es der gnädigen Frau mit ihrer Gnade ernst war, daran dachte er keinen Augenblick, und darin hatte er auch wieder sehr recht. Er nannte sie Klara, wenn er um ihren wollüstigen Leib dienend beschäftigt war. Er fragte sonst nichts, denn das Glück, o Leser, hat keine Zeit zum lange Herumfragen. Sie ließ sich ruhig, als

wie von einem Kind, von ihm abküssen. Einmal sagte sie zu ihm: »Du, ich bin verheiratet, mein Mann heißt Aggapaia. Nicht wahr, ein teuflischer Name. Er wird bald zurückkehren. O, wie fürchte ich mich! Er ist sehr reich. Ihm gehört das Schloß, die Wälder, die Berge, die Luft, die Wolken, der Himmel. Vergiß den Namen nicht. Wie heißt er schon?« Simon stotterte: »Akka – –, Akka – –.« »Aggapaia, mein lieber Knabe. Schlafe ruhig darauf aus. Der Name ist kein Teufel.« – Sie weinte, als sie dies sagte.

Es vergingen wieder einige Tage und als eine Woche oder zwei verlebt waren, saßen sie, Frau und Page, eines Abends, als es schon dunkel zu werden begann, auf dem Balkon des Schlosses. Die Sterne funkelten wie verliebte Ritter hinunter auf das seltsame Paar: die modern gekleidete Frau und den spanisch kostümierten Pagen. Der griff, wie er immer abends zu tun pflegte, in die Saiten seiner Mandoline, und die Erzählung streitet mit mir über den Punkt, was süßer gewesen sei, das Spiel der behenden Finger oder die stillen Frauenaugen, welche auf den Spieler herabsahen. Die Nacht schwebte wie ein Raubvogel umher. Das Dunkel nahm zu, da hörten sie beide einen Schuß fallen im Wald. »Er kommt, Teufel Aggapaia ist in der Nähe. Bleibe ganz ruhig, Knabe! Ich stelle dich ihm vor. Du hast nichts zu fürchten!« Dennoch runzelte, die dies gesagt hatte, die Stirn, ihre Hände zitterten, sie seufzte und mischte ein kurzes Lachen unter die Flut von Beängstigung, welche sie zu verbergen bemüht war. Simon betrachtete sie ruhig; unten sagte jemand: »Klara!« Die Frau antwortete mit einem lieblich klingenden, sonderbar hohen »Ja«. Die Stimme erwiderte und fragte: »Wen hast du da oben bei dir sitzen?« »Mein Reh ist's; mein Reh!« Wie das Simon hörte, sprang er auf, umarmte das zitternde Weib und schrie hinunter: »Ich bin's, Simon! Mehr als zwei Arme braucht es nicht, um dir zu beweisen, du Schurke da unten, daß ich ein Bursche bin, der nicht mit sich Spaß treiben läßt. Komme nur herauf, ich stelle dir meine geliebte Herrin vor!« Teufel Aggapaia, welcher wohl merkte, daß er im Augenblick ein sehr dummer, hintergangener, gehörnter Teufel sein müsse, blieb unten stehen, scheinbar, um den Angriff zu überlegen, den eine so gefährliche Lage, wie die, vor welcher er stand, erforderte. »Ein blinder, kalter, achselzuckender, frecher Schuft da oben. Meine Überlegenheit ist zweifelhaft. Ich muß überlegen, überlegen, überlegen.« Die Nacht auch, das seltsame Benehmen der Frau, die Stimme des »Buben da oben«, das rätselhafte Etwas, wofür der Teufel kein Wort fand, hießen den Teufel blindlings überlegen. Überlege, wimmerten die Sterne, überlege, schnarrten die Nachtvögel, überlege, schüttelten unklar und doch deutlich genug die Tannengipfel heraus . . . »Er überlegt«, sang siegesfroh des Pagen frische Stimme. Er überlegt noch heute, der arme, schwarze Teufel Aggapaia. Er klebt an seiner Überlegung fest. Simon und Klara sind Mann und Weib geworden. Wie? sagt später einmal die Geschichte, welche hier atemringend der Ruhe bedarf.

SKIZZE

Er kam an, so wie aus weiter nebelhafter Ferne. Schon das empfahl ihn. Er sah aus, wie sonst kein anderer aussah. Sie dachte: »So sieht einer aus, dem noch Gefahren bevorstehen.« Arm war er, er trug abgerissene Kleider, doch er benahm sich stolz. Seine Haltung drückte große Ruhe und große innere Freudigkeit aus. Sie dachte: »Wie herrlich muß sein Kuß schmecken.« Ferner machte er den Eindruck, als müsse er schon viel Gefallen erweckt und schon viel Interesse hervorgerufen haben, und als sei er überall dort, wo er diese beiden Dinge herausgefordert hatte, ohne einen einzigen flüchtigen Blick zur Seite zu werfen, weitergegangen.

Sie dachte: »Es ist Kühnes und Großherziges an ihm. Werde ich ihn lieben? Wert ist er jedenfalls, geliebt zu werden.«

Ferner sah er so aus, als wisse er und als wisse er es wiederum nicht im geringsten, wie anziehend er sei. Sein Benehmen hatte etwas Verlorenes, etwas Zweideutiges. Sie sagte sich: »Dieser junge Mann versteht sicherlich diskret zu sein. Ich glaube, es muß süß sein, ihm zu vertrauen. Noch schöner und noch süßer muß es sein, ihm um den Hals zu fallen und ihn zu umarmen.« Bei aller Sicherheit und Festigkeit seines Auftretens haftete ihm nichtsdestoweniger der Schimmer der Verstoßenheit und der Schutzlosigkeit an. Da dachte sie: »Er bedarf des Schutzes. Wie glücklich würde es mich machen, ihn in Schutz nehmen zu dürfen.« Jung war er und dennoch, so schien es, schon erprobt; eisernfest stand er da, das Bild der Standhaftigkeit und der Beharrlichkeit, und dennoch sah er aus, als sehne

er sich nach überfließenden Weichheiten und Zutraulichkeiten.
Da berührte sie ihn, wie unabsichtlich und zufällig, am Arm. Sie errötete und dachte: »Er merkt, was ich will.« Auch er errötete. Da dachte sie sich: »Der Vortreffliche! Er achtet meiner. Er ist ein Ritter.« Er benahm sich nun in ihren Augen immer schöner, und immer mehr Stärke, Stolz und Zartheit kam aus seinem Wesen. Sie dachte: »Ich liebe. Ich darf zwar nicht lieben, denn ich bin verheiratet. Aber ich liebe.« Sie gab ihm das mit den Augen zu verstehen, und er besaß Aufmerksamkeit, Artigkeit und Intelligenz genug, um zu begreifen, was sie meinte, was sie fühlte und was sie wünschte. Und nun begann der Roman. Wenn ich jetzt kein Autor, sondern eine Autorin wäre, würde ich hieran anschließend schleunigst zwei Bände schreiben.

META

Es trug sich zu, daß ich eines Nachts, nur noch dunkel erinnere ich mich der kleinen aber rührenden Szene, von einer wilden Trinkwanderung verstört und taumelnd heimkehrend, in einer der monotonen Straßen der großen Stadt eine Frau antraf, die mich aufforderte, mit ihr nach Hause zu gehen. Es war keine schöne und doch eine schöne Frau. Entsprechend dem Zustand, in welchem ich mich befand, richtete ich allerhand mich selber höchlich belustigende, törichte, wenngleich vielleicht witzige Redensarten an das nächtliche Geschöpf, wobei ich mit der Gabe, die den Leuten eigen ist, die einen Rausch haben, merkte, daß ich ihr sehr amüsant erschien. Noch mehr: ich gefiel ihr, und ich gewann den Eindruck, daß sie sich einer liebenswürdigen Schwäche in bezug auf mich hinzugeben begann. Ich wollte sie verlassen, doch sie ließ mich nicht los, und sie sagte: »O, geh nicht von mir weg. Komm mit mir, lieber Freund. Willst du kaltherzig sein und nichts empfinden für mich? Nicht doch. Du hast viel getrunken, du kleines Kerlchen. Trotzdem sieht man dir an, daß du lieb bist. Willst du nun böse sein und mich so schmählich abweisen, wo doch ich dich so rasch liebgewonnen habe? Nicht doch. O, wenn du wüßtest – – doch man darf ja den Herren nicht mit Gefühlen kommen, sonst verachten und verlachen sie unsereinen nur. Wenn du wüßtest, was ich leide unter der Kälte, unter der Leere all dieser Sinnlichkeiten, die mein trauerspielgleiches, schreckenerregendes Gewerbe sind. Ich erschien mir bis heute nur immer wie ein Ungeheuer, wert, mit Fußtritten behandelt zu werden. Ich habe jetzt eine milde, süße, fromme Empfindung in mir, erweckt durch dich, mein

Lieber, und du, du willst mich jetzt wieder in den Scheusalabgrund zurückwerfen? Nicht doch. Bleib, bleib, und komm mit mir. Wir wollen die ganze Nacht verscherzen miteinander. O, ich werde dich zu unterhalten wissen, du sollst sehen. Wer Freude hat, ist der nicht am ehesten zur Unterhaltung geschaffen? Und ich, ich habe jetzt, nach langer, langer Zeit, wieder einmal eine Freude. Weißt du, was das für mich, die Entmenschte, bedeutet? Weißt du das? Du lächelst? Du lächelst hübsch, und ich liebe dein Lächeln. Und willst du nun lieblos, und ganz entfernt von aller schönen Freundschaft, treten auf die Freude, die ich bei deinem Anblick empfinde? Willst du zerstören und zunichte machen, was mich glücklich, was mich, nach so langer, langer Zeit, wieder einmal glücklich macht? Süßer Freund! Soll ich, nachdem ich immer mit dem Grausen und mit dem bleiernen Entsetzen mich habe einlassen müssen, nun mich nicht auch einmal mit dem wahrhaftigen Vergnügen befassen dürfen? Sei nicht grausam. Bitte, bitte. Nein, du wirst es nicht bereuen. Du wirst die Stunden, mit der Verachteten und Entehrten zugebracht, willkommen heißen und in deinem Innern segnen. Sei weich und komm mit mir. Sei sonst meinetwegen nie weich, aber jetzt, jetzt sei es und knüpfe vertraulich an mit der Geschmähten. Sieh, wie die Tränen mir in die Augen kommen, und höre, wie ich flehe. Wenn du gehst, ohne freundlich zu mir zu sein, ist mir alles schwarz vor den Augen; hingegen, wenn du lieb bist, strahlt in der Nacht die helle Sonne. Sei du heute nacht der glückversprechende, freundliche Stern an meinem Himmel. Du bist gerührt? Du gibst mir die Hand? Du willst mit mir kommen? Du liebst mich?« – –

Nachwort: Könnte dies nicht Kirke sein, die den seefahrenden ritterlichen Griechen bittet, bei ihr zu bleiben? Er will heim, doch sie, sie fleht ihn an, sie nicht zu verlassen.

Sie ist eine böse Zauberin, die diejenigen, die sie anschaut, in grunzende Schweine verwandelt. Sie bestreitet es zwar; sie sagt, sie sei keine böse Zauberin, sondern unterliege selber dem bösen Zauber. Das kann schon möglich sein. Übrigens ist sie rührend schön. Sie besitzt eine weiche, lispelnde Stimme, und aus ihren meergrünen und -blauen Augen, wie wir sie oft bei ausländischen Katzen sehen, bricht ein wunderbarer, stolzer und lieber Glanz. Sie ist nicht unglücklich und doch auch wieder nicht glücklich. Bei dem Griechen sucht und findet sie ihr Glück, und nun will er sie verlassen, um zur harrenden Gattin zurückzukehren. O zartes Trauerspiel. Unter anderem sagt sie ihm, daß die Gefährten sich ja ganz von selbst in Schweine verwandelt hätten. Nicht bei ihr, sondern bei ihnen selber sei die Schande und die Schuld zu suchen. Weil sie wollen Schweine sein, sind sie's. Sie lächelt, und in das Lächeln schleicht sich eine Träne. Sie ist ironisch und zugleich tiefernst, frivol und gleichzeitig schwermütig. »Siehst du denn nicht«, spricht sie, seine Hand erfassend, »daß nicht ich die Zauberin jetzt bin, sondern daß du der Zauberer bist? O, sei mein Freund, mein Schützer, mein lieber, herrlicher Zauberer. Schütze mich vor der Kirke. Ich bin nicht die Kirke, wenn du bei mir bist. Sie geht weg, wenn du nicht weggehst.« So redet sie und überschüttet ihn mit süßen Liebkosungen, doch er, er – – geht. Er überläßt sie der Kirke, er überläßt sie sich selbst, er überläßt sie der ihr innewohnenden Grausamkeit, er überläßt sie der Schmach, deren Sklavin sie ist. Kann er gehen? Ist er so hart?

ZWEI BILDER MEINES BRUDERS

Die Frau am Fenster

Warum steht diese Frau am Fenster? Steht sie nur da, um in die Gegend hinauszuschauen? Oder hat ihr Gefühl sie ans Fenster geführt, damit sie könne in die Weite hinausdenken? An was denkt die Dame? An etwas Verlorenes, an etwas unwiederbringlich Verlorenes? So scheint es dem zu sein, der mit aufmerksamen Augen das zarte Bild betrachtet. Weint die Frau, oder ist sie nahe daran, zu weinen? Hat sie, kurz bevor sie ans Fenster trat, geweint oder wird sie, wenn sie wird vom Fenster weggetreten sein, in Tränen ausbrechen? Wer das Bild betrachtet, hält dies nicht für unmöglich. Hat die Frau, die hier so einsam an dem Fenster steht, einen Geliebten, und ist nun vielleicht dieser liebe Freund für immer fortgegangen? Höchst wahrscheinlich. Also hatte -- sie einen Geliebten? Sie hat demnach also jetzt keinen holden Freund mehr? Steht nicht die arme liebe Frau da, als sei, was ihr das Liebste gewesen ist, von ihr weggegangen, und als bleibe ihr jetzt für immer nichts mehr anderes übrig als an den zu denken, den sie verlor? Ihre Haltung scheint zu sprechen: »Ich habe ihn, kaum daß er mir gestand, daß er mich liebe, und kaum, daß ich ihn umhalst und an das Herz gedrückt habe, schon verloren. Wie grausam ist das.« – Was hat ihn denn bewogen, sie zu verlassen, die er liebte und von der er sich geliebt fand? Hat das Schicksal, haben die Wogen und Wellen des Lebens, die weder je nach Liebe noch überhaupt je nach Zartheit fragen, sie getrennt, die sich liebten? Das läßt sich denken. Alles Unschöne läßt sich ebenso leicht denken wie alles Schöne. Vielleicht hat die Frau jetzt noch nicht alle Hoffnung auf ein süßes Wiedersehen aufgegeben? Nein, sie hat keine Hoffnung mehr außer der Hoffnung, weinen zu dürfen, stundenlang, und sich im Schmerz, der die Seele erschüttert, zu baden. Für die Frau, die ihren Freund verloren hat, ist der Schmerz der heimliche Freund, und das ist die letzte Art von Freund, die ein Mensch besitzen kann. Entsetzlicher Freund, bleich im Gesicht, mit dem furchtbaren Lächeln unauslöschlicher Trauer auf den Lippen, sage zu der Frau etwas, liebkose sie. Und in der Tat, er tut es: der Schmerz über die Trennung vom Geliebten muß jetzt der Geliebte sein und sie liebkosen. Vielleicht ist jetzt das Weh des Verlustes noch nicht so groß, wie es nach einem Jahr oder erst nach zwei Jahren sein wird; denn das Weh kann in der Stille wachsen. Erst ist es ein zartes Glöckchen mit leisem seufzendem Bim-Bim. Doch es kann eine Glocke daraus werden mit rasendem, vernunftüberflutendem Geläute, gemützerstörend, herzzerreißend. Entsteht nicht aus der simplen Melodie das gewaltig brausende und schallende Konzert? Wenn dem so ist, so hat die Frau, die da am Fenster steht, noch einen schweren Kampf zu kämpfen.

Der Traum

Mir träumte, daß ich ein winzig kleiner, unschuldiger, junger Bursche sei, so zart und jung, wie noch nie ein Mensch war, wie man nur in dunklen, tiefen, schönen Träumen sein kann. Ich hatte weder Vater noch Mutter, weder Vaterhaus noch Vaterland, weder ein Recht noch ein Glück, weder eine Hoffnung noch auch nur die blasse Vorstellung einer solchen. Ich war wie ein Traum mitten im Traum, wie ein Gedanke, gelegt in einen anderen. Ich war weder ein Mann, der sich je nach dem Weibe sehnte, noch ein Mensch, der sich jemals Mensch unter Menschen fühlte. Ich war wie ein Duft, wie ein Gefühl; ich war wie das Gefühl im Herzen der Dame, die an mich dachte. Ich hatte keinen Freund und wünschte mir auch keinen, genoß keine Achtung und wünschte auch keine, besaß nichts und begehrte auch nie irgend etwas zu haben. Was man hat, hat man schon wieder nicht mehr, und was man besitzt, hat man schon wieder verloren. Nur das, wonach man sich sehnt, besitzt und hat man; nur, was man noch nie gewesen, ist man. Ich war weniger eine Erscheinung als ein Sehnen, ich lebte nur im Sehnen und war, war nur ein Sehnen. Weil ich nichts kostete, schwamm ich im Genuß, und weil ich klein war, hatte ich hübsch Platz, in eines Menschen Brust zu wohnen. Entzückend war, wie ich es mir in der Seele, die mich liebte, bequem machte. Da ging ich also. Ging ich? Nein, ich ging nicht: ich spazierte in der leeren Luft, ich brauchte, um zu gehen, keinen Boden; höchstens berührte ich den Boden leise mit den Fußspitzen, als sei ich ein talentreicher, von den Göttern mit allen Gaben der Tanzkunst begnadeter Tänzer. Mein Kleid war weiß wie Schnee, und Ärmel und Hosen schleppte ich nach; sie waren mir um ein Erkleckliches zu lang. Auf dem Kopf trug ich ein zierliches Dummkopfkäppchen. Die Lippen waren rot wie Rosen, das Haar war goldgelb und ringelte sich mir um die schmalen Schläfen in anmutigen Locken. Einen Körper hatte ich nicht oder kaum. Aus meinen blauen Augen schaute die Unschuld. Ein schönes Lächeln hätte ich gar zu gern gelächelt; doch es war zu zart; es war so zart, daß ich es nicht zu lächeln, sondern nur zu denken und zu fühlen vermochte. Eine große Frau führte mich an der Hand. Jede Frau ist groß, wenn sie zärtlich ist, und der Mann, der geliebt wird, ist immer klein. Liebe macht mich groß; und geliebt und begehrt sein, macht mich klein. Da war ich dir, lieber huldreicher Leser, so fein und klein, daß ich bequem in den weichen Muff meiner hohen, lieben, süßen Frau hätte schlüpfen können. Die Hand, die mich hielt, und an der ich tanzend schwebte, war mit einem schwarzen Handschuh bedeckt, der hoch hinauf bis über die Ellbogen reichte. Wir gingen über eine graziös geschweifte und gebogene Brücke und die rötliche, dichterisch-phantastische Schleppe meiner holden Herrin schlang sich der Länge nach über die ganze Brücke, unter welcher schwarzes, warmes, duftendes Wasser träge floß, goldene Blätter mit sich tragend. War es Herbst? Oder war es ein Frühling nicht mit grünen, sondern mit goldenen Blättern? Ich kann es nicht mehr sagen. Unsagbar zärtlich schaute mich die Frau an: ich war bald ihr Kind, bald ihr Mäuschen, bald ihr Mann. Und immer war ich ihr alles. Sie war das überragend gewaltige und große Wesen, ich das kleine. Kahle Äste stachen hoch oben in die Luft. So wurde ich weiter, immer weiter weggeführt als eine Art von niedlichem Besitz, den der Eigentümer ruhig mit sich nimmt. Ich dachte nichts und wollte und durfte auch von Denken nichts wissen. Alles war weich und wie verloren. Hatte mich die Macht des Weibes zum Knirps gemacht? Die Macht des Weibes: wo, wann und wie regiert sie? In der Männer Augen? Wenn wir träumen? Mit Gedanken?

JOHANNA

Ich war, fällt mir ein, neunzehn Jahre alt, machte Gedichte, trug noch keinen ordentlichen Kragen, lief in den Schnee und in den Regen, stand des Morgens immer früh auf, las Lenau, fand, daß ein Überzieher etwas Überflüssiges sei, bezog monatlich hundertfünfundzwanzig Franken Gehalt und wußte nicht, was ich mit dem vielen Geld anfangen sollte. Kost und Logis hatte ich beim Paketmann Senn. Senn ist mir unvergeßlich. Er machte stets eine ebenso dumme wie finstere Miene, hatte einen struppigen, rabenschwarzen Bart im Gesicht und spielte den ärgerlichen Tyrannen, eine Rolle, in die er, so häßlich sie sein mochte, wie vernarrt war. Seine beiden Söhne, Theodor und Emil Senn, prügelte er. Die armen Jungen, sie bekamen Hiebe dafür, weil sie des Dummkopfes von Vater schlechtes Betragen nachahmten. Frau Senn war eine liebe arme geplagte Frau, völlig des kleinlichen Gewalthabers Sklavin. Das Essen war gut; lustige Pensionäre waren stets da, und der Weißwein des Postpaketmenschen mundete vortrefflich. Doch was bedeutete aller Weißwein gegen das Mädchen Johanna, die ebenfalls das Vergnügen hatte, beim wilden Pöstler logieren und kostgängern zu dürfen. Sie war auf dem Kontor beschäftigt, ähnlich wie ich, und jeden Morgen gingen wir zusammen, sie die Dame, und ich ihr Ritter, nach unsern Geschäftshäusern, um hübsch tätig zu sein. Sie diente bei der Schreibmaschinenbranche, während ich mein bißchen Kraft und guten Willen der Unfallversicherungs-Aktiengesellschaft freundlich zur Verfügung stellte. Johanna war lieb über alle Begriffe und sanft wie Mondschein. Ich schrieb ihr ein Gedicht ins Album, einen kühnen extravaganten Erstling, sie zeigte es ihrer Mutter, und diese warnte ihr Töchterchen vor mir, wir mußten beide herzlich lachen. O wie süß mutete mich der anmutvolle Ritterdienst an. Wir wohnten vier Treppen hoch. Hatte nun vielleicht Johanna, schon unten an der Haustüre stehend, ihren Schirm oder ihr Taschentuch oder sonst etwas vergessen, so erhielt ich den Auftrag, hinaufzuspringen und das Liegengelassene zu holen. Wie machte mich das glücklich, und wie süß, wie schön, wie zart lächelte sie darüber. Ihre Hände waren üppig und weich und so weiß wie Schnee, und der Kuß darauf, wie berauschte, wie bezauberte er mich. Senn war wütend auf uns, weil wir bis in alle Nacht hinein auf Johannas Zimmer miteinander Englisch lernten. Er hörte wohl durch die Wand, was das für eine kosende, belustigende Art von Englisch war, das wir trieben. Holde, unvergeßliche Sprachstunde, liebes unvergeßliches weibliches Wesen.

DER BURSCHE

Ein Bursche, der einem Bäckermeister als Laufbursche diente, stahl demselben Mehl weg, um es, gleichsam als Zeichen von zärtlicher Aufmerksamkeit, der Frau zu überreichen, die er verehrte. Reizende Liebe, bestrickendes Verbrechen, sinnreicher Diebstahl. Der Bursche wurde endlich bei seinem ritterlichen Bemühen ertappt und kam ins Gefängnis. Die gestrengen Herren Richter hatten Mitleid mit ihm und erteilten ihm eine obgleich immerhin angemessene, so doch verhältnismäßig nur gelinde Strafe. Armer dummer Bursche. Ich kann nicht verhehlen, daß ich Sympathie für ihn empfinde. Wie glücklich mögen seine Augen geglänzt haben in den prickelnden Augenblicken, wo er das Mehl stibitzte, und wie süß muß ihm der Kuß gemundet haben, den er geben und empfangen durfte von der, in deren Interesse er Spitzbubenstreiche verübte. Wenn je, so duftet hier, der schwelgerischen Rose ähnlich, Romantik, und wenn je, so ist hier, wo Mehl gestohlen worden ist, süße Liebe. Simpel ist die kleine mehlene Geschichte. Mich hat sie gerührt, als ich sie las, und ich wage sie dem freundlichen, huldreichen Leser aufzutischen, in der Hoffnung, daß sie auch ihn ein wenig rühren wird. Wie mancher, der fein gekleidet geht und sich auf die feinste Differenz versteht, und der sich einbildet, daß er verliebt sei, ist nicht imstande und bringt nicht den Mut auf, gleich dem armen dummen Bäckerburschen, Mehl für die Person zu stehlen, die er vergöttert. Was ist Geliebtsein und Beliebtsein gegen dieses blühende holdselige Wunder: selber lieben! Und was ist alle Bildung, alle Belesenheit, Weisheit und Feinheit, gehalten gegen die duftende Blume: Aufrichtigkeit? Dieser Bursche, der mit einem gestohlenen Paket Mehl dahersprang, um seiner Geliebten eine Freude zu machen, war, als er das tat, groß, denn er war aufrichtig; war, als er das tat, im höchsten Grad sympathisch, denn er war tapfer; war, als er das tat, höchst liebenswürdig, denn er tat es aus echter Zärtlichkeit und Liebe. Schenke, lieber Leser, dem armen Burschen ein kleines gütiges Andenken, ich bitte dich darum. Nicht wahr, du tust es?

MITTAGSPAUSE

Ich lag eines Tages, in der Mittagspause, im Gras, unter einem Apfelbaum. Heiß war es, und es schwamm alles in einem leichten Hellgrün vor meinen Augen. Durch den Baum und durch das liebe Gras strich der Wind. Hinter mir lag der dunkle Waldrand mit seinen ernsten, treuen Tannen. Wünsche gingen mir durch den Kopf. Ich wünschte mir eine Geliebte, die zum süßen duftenden Wind paßte. Da ich nun die Augen schloß und so dalag, mit gegen den Himmel gerichtetem Gesichte, bequem und träg auf dem Rücken, umsummt vom sommerlichen Gesumm, erschienen mir, aus all der sonnigen Meeres- und Himmelshelligkeit herab, zwei Augen, die mich unendlich liebenswürdig anschauten. Auch die Wangen sah ich deutlich, die sich den meinigen näherten, als wollten sie sie berühren, und ein wunderbar schöner, wie aus lauter Sonne geformter, feingeschweifter und üppiger Mund kam aus der rötlich-bläulichen Luft nahe bis zu dem meinigen, ebenfalls so, als wolle er ihn berühren. Das Firmament, das ich zugedrückten Auges sah, war ganz rosarot, umsäumt von edlem Sammetschwarz. Es war eine Welt von lichter Seligkeit, in die ich schaute. Doch da öffnete ich dummerweise plötzlich die Augen, und da waren Mund und Wangen und Augen verschwunden, und des süßen Himmelskusses war ich mit einmal beraubt. Auch war es ja Zeit, in die Stadt hinunterzugehen, in das Geschäft, an die tägliche Arbeit. Soviel ich mich erinnere, machte ich mich nur ungern auf die Beine, um die Wiese, den Baum, den Wind und den schönen Traum zu verlassen. Doch in der Welt hat alles, was das Gemüt bezaubert und die Seele beglückt, seine Grenze, wie ja auch, was uns Angst und Unbehagen einflößt, glücklicherweise begrenzt ist. So sprang ich denn hinunter in mein trockenes Bureau und war hübsch fleißig bis an den Feierabend.

DER NACHEN

Ich glaube, ich habe diese Szene schon geschrieben, aber ich will sie noch einmal schreiben. In einem Nachen, mitten auf dem See, sitzen ein Mann und eine Frau. Hoch oben am dunklen Himmel steht der Mond. Die Nacht ist still und warm, recht geeignet für das träumerische Liebesabenteuer. Ist der Mann im Nachen ein Entführer? Ist die Frau die glückliche, bezauberte Verführte? Das wissen wir nicht; wir sehen nur, wie sie beide sich küssen. Der dunkle Berg liegt wie ein Riese im glänzenden Wasser. Am Ufer liegt ein Schloß oder Landhaus mit einem erhellten Fenster. Kein Laut, kein Ton. Alles ist in ein schwarzes, süßes Schweigen gehüllt. Die Sterne zittern hoch oben am Himmel und auch von tief unten aus dem Himmel herauf, der im Wasserspiegel liegt. Das Wasser ist die Freundin des Mondes, es hat ihn zu sich herabgezogen, und nun küssen sich das Wasser und der Mond wie Freund und Freundin. Der schöne Mond ist in das Wasser gesunken wie ein junger kühner Fürst in eine Flut von Gefahren. Er spiegelt sich im Wasser, wie ein schönes liebevolles Herz sich in einem andern liebesdurstigen Herzen widerspiegelt. Herrlich ist es, wie der Mond dem Liebenden gleicht, ertrunken in Genüssen, und wie das Wasser der glücklichen Geliebten gleicht, umhalsend und umarmend den königlichen Liebsten. Mann und Frau im Boot sind ganz still. Ein langer Kuß hält sie gefangen. Die Ruder liegen lässig auf dem Wasser. Werden sie glücklich, werden sie glücklich werden, die zwei, die da im Nachen sind, die zwei, die sich küssen, die zwei, die der Mond bescheint, die zwei, die sich lieben?

DIE EINLADUNG

Ich habe dir ein himmlisch schönes Plätzchen zu zeigen, Himmlische. Der Ort liegt ganz im stillen, bescheidenen, grünen Wald verborgen, wie ein Gedanke in einem Gedanken. Es ist eine weiche, milde Schlucht, die von niemand besucht wird. Sie liegt in den Bäumen so warm begraben, o so süß versteckt, dort, bilde ich mir ein, möchte ich dich küssen, mit innigen, sanften, süßen und langen Küssen, mit Küssen, die alles Reden, selbst das schönste und beste, verbieten. Der Ort, so zart und so abgelegen, wie er ist, steht in keinem Reisebuch als Sehenswürdigkeit verzeichnet. Ein kleiner, durch dichtes Gebüsch sich windender Fußpfad führt zu der Schlucht, zu dem Wunderort, wo ich dir zeigen möchte, Wunderbare, wie ich dich liebe, wo ich dir zeigen möchte, Engel, wie ich dich vergöttere. Dort umschlingt und umhalst man sich wie von selber, und wie von selber berühren sich die Lippen. Du weißt noch nicht, wie ich küssen kann. So komm an den Ort, wo nichts ist als das liebliche Rauschen der hohen Bäume, dort wirst du es erfahren. Ich werde kein Wort reden, und auch du wirst kein Wort reden, wir werden beide schweigen, nur die Blätter werden leise flüstern, und der süße Sonnenschein wird durch das zierliche Geäste brechen. O wie still, wie still wird es sein, wenn wir uns küssen, wie schön wird es sein, wenn unsere Lippen liebesdurstig und -hungrig aneinanderhängen, wie süß wird es sein, wenn wir in der stillen, lieben Schlucht uns lieben. Wir wollen uns liebkosen und küssen in einem fort, bis der Abend kommt und mit ihm die silbern blitzenden Sterne und der Mond, der göttliche. Zu sagen werden wir uns nichts haben, denn es soll alles nur ein Kuß, ein unaufhörlicher, ununterbrochener, stunden-stundenlanger entzückender Kuß sein. Wer lieben will, will nicht mehr sprechen, denn wer sprechen will, will nicht mehr lieben. O komm an den heilig entrückten Ort der Tat, an den Ort der Ausübung, wo alles sich verliert in Erfüllung, und wo alles ertrinkt und erstirbt in Liebe. Die Vögel werden uns mit ihrem fröhlichen Gesang umzwitschern und in der Nacht wird eine himmlische Stille um uns sein. Was man Welt nennt, wird hinter uns liegen, und gefangen gehalten von dem Entzücken, werden wir beide Kinder der Erde sein und fühlen, was Leben heißt, empfinden, was Dasein heißt. Wer nicht liebt, hat kein Dasein, ist nicht da, ist gestorben. Wer Lust zu lieben hat, steht von den Toten auf, und nur wer liebt, ist lebendig.

DAS LIEBESPAAR

Sie und er gingen zusammen spazieren. Allerlei reizende Gedanken kamen ihnen in den Kopf, doch jedes behielt hübsch für sich, was es dachte. Der Tag war schön, wie ein Kind, das in der Wiege oder im Arm seiner Mutter liegt und lächelt. Die Welt war zusammengesetzt aus lauter Hellgrün und Hellblau und Hellgelb. Grün waren die Wiesen, blau war der Himmel, und gelb war das Kornfeld. Blau war wieder der Fluß, der sich in der Ferne, zu des wohligen Hügels Füßen, durch die lichte, süße, warme Gegend schlängelte, welche, wir wir bereits angedeutet haben, einem Kinderlächeln an Schönheit und Lieblichkeit glich. Die beiden, die durch die Landschaft gingen, schwiegen. Er hatte ihr etwas zu sagen, und sie, sie fühlte es. Sie ging neben ihm her in der Erwartung dessen, was er ihr sagen sollte. Längst schon hatte er ihr sagen wollen, was er jetzt willens war zu sagen, und längst schon hatte sie gehofft, er werde ihr endlich einmal sagen, was ihm, wie sie sah, auf den Lippen schwebte. Eine Liebeserklärung, eine stotternde, lag ihm auf den Lippen, und sie sah das. Seine Augen und der Ton seiner Stimme hatten ihr längst gestanden, daß er sie liebe. Sie fühlte, daß sie reizend sei für ihn, und indem sie dies fühlte, umstrickte sie ihn immer noch mehr mit ihren Reizen, ohne es fast zu wollen. Gibst du einem Mädchen zu verstehen, daß sie schön sei, so ist sie dadurch um so viel schöner, als du Verständnis zeigst. Nie ist eine Frau so reizend als dann, wenn sie sieht, daß sie reizt. Also wurde denn die, die hier ging, nur immer reizender, je weniger sie mehr zu fürchten brauchte, es gebreche ihr an der Kunst und an der Kraft, ihn, der dicht neben ihr herging, zu fesseln. Sie betrachtete ihn im geheimen bereits als ihren Gefangenen, und sie fühlte, daß sie für ihn der Zaubergarten sei voll von verführerischen Düften, daß sie für ihn das Netz sei, in dessen Wunderfäden er sich verstrickt hatte. Sie war sein Meer, in dessen Fluten er ertrunken war – sie war das Gesetz, dem er gehorchte. Er legte jetzt, statt irgend etwas zu sagen, seinen Arm um ihren schlanken Leib, und damit war bereits alles getan, um die beiden in gleich hohem Maß oder Unmaß zu beglücken. Damit war alles gesagt, was er ihr schon so lange hatte sagen wollen und hatte sagen sollen, und alles gestanden, was er Süßes um ihretwillen fühlte. Sie kamen nun in einen kleinen, aber wunderbaren Wald hinein, der ihnen wie ein Liebesort erschien. Es war so still, so grün, so dunkel im Wald wie in einer uralten Kirche. Der Waldboden glich einem grünen Teppich, einem grünen Bett. Kein Fürstensaal in alter und neuer Welt war je so schön wie dieser liebe grüne Wald, der sie wie mit weichen Märchenarmen umfing. Hier nun fing ein sanftes, überinniges und über-übersüßes Küssen an, als schnäbelten und liebkosten sich zwei Waldvögelchen in der Weltabgeschiedenheit, verloren und verborgen in Verborgenheiten und Verlorenheiten. Bisher Stümper in der Liebe, war er mit einmal ein Meister geworden. Er erdrückte und erstickte sein Mädchen nicht mit Küssen; er setzte nur Lippe an Lippe und beharrte so in einem langen, langen, himmlischen Brennen, die Hand ganz zart an ihr Haar gedrückt. Es war nichts mehr da als der Wald und der Kuß, als die Stämme im Wald und die beiden glücklichen Menschen, als die ununterbrochene Stille und der ununterbrochene süße, herrliche Kuß.

DAS EISENBAHN-ABENTEUER

Einmal machte ich eine Eisenbahnfahrt, wobei ich ganz allein in einem Wagenabteil saß wie der gedankenreiche Eremit in seiner schweigsamen, weltabgelegenen Klause. Auf irgendeiner Station hielt der Zug an, die Türe wurde mit beamtenhafter Schroffheit aufgerissen, und zu mir herein in das sonderbare, auf Rädern gestellte Zimmer stieg eine Frau. Es war mir nicht anders, als wenn der Sonnenschein ins nächtlich-schwärzliche Kupee einstiege, so hell mutete mich die liebe frauliche Erscheinung an, die wie auf Besuch zu mir kam. Freundlich sagte sie guten Abend. Wer als ich war glücklicher darüber? Der Zug setzte sich alsbald wieder in Bewegung, und hinaus in die Nacht und ins unbekannte Land wurde die Kammer getragen, in welcher nun zwei Personen saßen, die sich gegenseitig freundlich anschauten. Ein Lächeln ergab ein Wort, und indes die Räder fleißig fort und fortrasselten, hatte ich wie ein Schelm und Dieb die passende Gelegenheit wahrgenommen, saß schon an ihrer Seite und legte den Arm um ihre reizende Figur. Emsig arbeiteten die Räder, und Gegenden, die ich nicht kannte, flogen draußen in der stillen Mitternacht an uns beiden glücklichen Leuten vorüber. Emsig arbeitete ich mit meinen Lippen auf den ihrigen, die köstlich waren, wie Lippen eines Kindes. Ein Kuß lockte den andern hervor, ein Kuß folgte auf den andern. Ich ließ mir bei dem süßen Geschäft so recht Zeit, und da wurde ich zum Künstler im Küssen, zum Künstler in der Liebkosung. O wie die Liebe, die Süße lächelte mit dem schönen Mund und mit den schönen dunklen Augen, welche, indem sie in die meinigen schauten, mich küßten. Paradieseslüsternheit lag auf ihren Lippen, und Paradieseslust glänzte ihr aus den Augen. Ich unterdessen hatte es so recht schön gelernt, wie man es anstellen muß, um dem Kuß den höchsten Reiz abzugewinnen und ihm die tiefste Wonne mitzugeben. Unter unserem lusterfüllten Liebesgemach rasselten immerfort die Räder, und der Zug sauste durch die Länder, und wir zwei hielten uns umschlungen wie die Seligen in den überirdischen Gefilden, Wange an Wange gedrückt und Körper an Körper, als seien wir vorher zwei verschiedene Gedanken gewesen, doch jetzt nur noch ein einziger. Wie beglückte es mich, daß sich das süße Geschöpf durch das, was ich tat, glücklich fühlte. Ihren wonnigen Liebesdurst zu stillen machte mich zum Glücklichsten der Sterblichen, machte mich zum Gott. Doch jetzt blieb der Eisenbahnzug wieder stehen, die reizendste aller Frauen stieg aus, während ich weiterfahren mußte.

DAS VEILCHEN

Es war ein dunkler, warmer Märzabend, als ich durch das reizende, gartenreiche Villenviertel ging. Vielerlei Menschenaugen hatten mich schon gestreift. Es war mir, als schauten die Augen mich tiefer und ernster an als sonst, und auch ich schaute den vorübergehenden Menschen ernster und länger in die Augen. Vielleicht ist es der beginnende Frühling mit der wohllüstigen warmen Luft, der in die Augen einen höheren Glanz legt und in die Menschenseelen einen alten und neuen Zauber. Frauen nehmen sich in der Frühlings- und Vorfrühlingsluft mit den weichen Brüsten, die sie tragen, und von denen sie gehoben und getragen werden, wunderbar aus. Die Gartenstraße war schwärzlich, aber sehr sauber und weich. Es kam mir vor, und ich wollte mir einbilden, ich gehe auf einem weichen, kostbaren Teppich. Voll Melodien schien die Atmosphäre. Aus der dunklen geheimnisvollen Gartenerde streckten schon die ersten Blumen ihre blauen und gelben und roten Köpfchen schüchtern hervor. Es duftete, und ich wußte nicht recht nach was. Es schwebte ein stilles, angenehmes Fragen durch die süße, dunkle, weiche Luft. Ich ging so, und indem ich ging, schmeichelte sich ein zartes unbestimmtes Glücksgefühl in mein Herz hinein. Mir war zumute, als gehe ich durch einen herrlichen, lieben und uralten Park, da kam eine schöne, junge, zarte Frau auf mich zu, violett gekleidet. Anmutig war ihr Gang und edel ihre Haltung, und wie sie näher kam, schaute sie mich mit rehartig-braunen Augen seltsam scheu an. Auch ich schaute sie an, und als sie weiter gegangen war, drehte ich mich nach ihr um, denn ich konnte der Lust und dem hinreißenden Verlangen, sie noch einmal, wenn auch nur im Rücken, zu sehen, nicht widerstehen. Wie eine Phantasieerscheinung glitt die reizende Gestalt mehr und mehr in die Ferne. Ein Weh durchschnitt mir die Seele. »Warum muß sie davongehen?« sagte ich mir. Ich schaute ihr nach, bis sie im zunehmenden Abenddunkel verschwand und wie ein süßer, übersüßer Duft verduftete. Da träumte ich vor mich hin, es sei mir ein großes, frauenförmiges Veilchen begegnet mit braunen Augen, und das Veilchen sei nun verschwunden. Die Laternen indessen waren schon angezündet und strahlten rötlich-gelb in den blassen Abend. Ich ging in mein Zimmer, zündete die Lampe an, setzte mich an meinen altertümlichen Schreibtisch und versank in Gedanken.

DIE FEE

Ein armer, junger Wanderbursche, eine Art umherziehender Dichter, kam auf einer seiner wilden Wanderungen vor ein artiges, graziöses Schlößchen, das ganz im leichten, hellen, süßen Frühlingsgrün versteckt war. Aus einem Fenster schaute eine Frau und weil der junge Mann so still stand und zu ihr aufschaute, so gefiel es der Dame, die eine Fee oder etwas Feeähnliches war, zu ihm zu sagen, er solle doch zu ihr hineinkommen. Das tat der Bursche, und aufs Allerfreundlichste hieß ihn die schöne Frau willkommen. »Bleibe doch bei mir«, sagte sie zu ihm, »was willst du nur immer weiter und weiter wandern?« Eine Zeitlang blieb der Bursche bei ihr, eine Zeitlang gefiel ihm das Leben bei der süßen, lieben, hohen Fee. Doch bald stellte sich in seiner Brust die Wandersehnsucht wieder ein. Er wurde traurig und er kam sich wie versteinert vor. Das Marschieren fehlte ihm. »Was hast du? Gefällt es dir nicht mehr bei mir?« fragte die Frau den Veränderten. Er gab aber keine Antwort, sondern schaute zum Fenster hinaus in die grünliche, bläuliche Ferne, wo für ihn der ganze Genuß des Daseins lag. Die Fee wollte ihn küssen, doch er wich dem Kusse aus. Sie ging aus dem Zimmer und weinte. Das ging so eine Weile, bis endlich der Bursche eines frühen Morgens reisefertig vor der lieben Dame stand, um Abschied von ihr zu nehmen. Göttliches, bezauberndes Morgenrot brannte am Himmel, und die Vögel auf den grünen Zweigen sangen so verführerisch. »Ich will, ich muß gehen«, sagte er, »ich muß wieder hinauswandern in die weite Welt. Ich sterbe hier, ich fühle es. Ich muß meine Beine brauchen. Ich muß Landstraßenluft einatmen, und wenn auch das Essen noch so schlecht ist, so will ich doch lieber wieder im dürftigen Speisehaus essen als hier im reizenden Schloß, wo ich träge bin. Lassen Sie mich ziehen und haben Sie Dank für die vielerlei Freundlichkeit, die Sie mir zu genießen gegeben haben.« So sprach der unkluge Bursche, und ohne auf das zu achten, was die Fee sagte, ging er weg, und indem er wegging, sang er mit lauter, frischer, fröhlicher Stimme ein Burschenlied in die offene, schöne, warme Welt hinein. Weg war er, und die Fee hat ihn nie mehr wieder gesehen.

DER LIEBESBRIEF

Ich habe einen kleinen sorgfältigen Streifzug in die Gegend hinaus gemacht, damit ich dir mitteilen könne, was ich Schönes gesehen habe. Auf dem Weg hatte ich allerlei Einfälle, doch sie mußten sich alle wieder auf und davon machen und mußten verschwinden neben dem Gedanken, der sich nur mit dir beschäftigte, du liebes Mädchen, du süßes, liebes Wesen. In meinen Gedanken gingest du neben mir und vor mir her. Ich war, indem ich so ging, ganz nur Denken, ganz nur Sinnen, ganz nur Gedanke, ganz nur treues, zartes Bei-dir-Sein. Lächelst du? Bald sollst du noch mehr über mich zu lächeln haben mit deinem lieben Mund. Es ist schön für einen Mann, treu an seinem Mädchen zu hängen und sich zu sehnen mit leiser immerwährender Sehnsucht nach der Gegenwart der Holden. Ich kam in einen wunderhübschen kleinen Wald hinein, wo es still und weich und artig war, und wo die goldenen Vormittagssonnenstrahlen zwischen den Ästen und Stämmen ins grüne Heiligtum, ins grüne Waldesinnere hereinbrachen. Da ich so bei deinem Bilde war, kam's mich an, die Sonnenstrahlen mit deinem hellen, wogenden Haar zu vergleichen, und als ich hinauskam aus dem zarten, kühlen, schüchtern-stillen Waldesdunkel in das helle, blaue, weite Freie, stand ich Wanderer wieder still. Der Himmel mit seinem sanften, lieben Blau erinnerte mich an deine Augen. Weiter ging ich, und da stand ich bald vor einem Haus mit Garten, und im Garten standen die schönsten Blumen, die ihre leichten Köpfchen so zierlich-schwankend trugen. Da stand dein Köpfchen vor mir mit seiner Stirne, Wangen und Lippen, und indem ich das Haus betrachtete, das so lieblich nach Behaglichkeit und Wohnlichkeit duftete, dachte ich, es müsse süß sein, mit dir zusammen häuslich darin zu hausen. Bald nachher traf ich Äpfel an, die an den Zweigen eines Apfelbaumes hingen und mich mit ihren roten und gelben Backen freundlich anlachten. Ich bildete mir ein, dein rundes Gesicht mit seinen roten, blaßroten Wangen lächele zauberisch aus dem Blätterwerk zu mir herab. Reizende Illusionen. Ruhig, wie es meine Art ist, und von Träumereien umfangen, ging ich meinen bescheidenen Weg weiter, der mich hügelabwärts zu einem blauen, breiten, sonnigen Strome führte. Mit sanfter, wohliger Gewalt floß das schöne Wasser dahin zwischen grünen glücklichen Ländereien. Ich dachte, wie dein sanftes, zartes Wesen mich mit Gewalt zu dir ziehe und wie ich glücklich sei darüber. Bist du glücklich? Wenn du es bist, bin ich es auch.

SCHWÄRMEREI

Ob ich mit ihr dann den Berg hinaufgehen werde? Nein, ich glaube, es wird schöner sein, ins weiche niedere Land hineinzuspazieren mit ihr. Bergsteigen und Anstrengungen überwinden kann ich, wenn ich allein bin. Mit ihr soll es ein Lustwandeln sein wie in einem angenehmen, weichen, leichten Garten. Zu überreden werde ich sie schon wissen. Sie wird schon zu verführen sein. Will ich sie verführen? Ja! Aber ich will ihr treu sein bis weit, weit hinaus. Treue und Liebe sollen kein Ende nehmen. Wie ich schwärme! Also leise übers grüne Land soll es gehen, durch die sanfte und offenherzige Gegend, an den Menschen, an den Tieren und an den lieben, heimeligen Bauernhäusern vorbei, Bäume stehen links und rechts neben dem Weg in den Wiesen, und weiße Wolken fliegen oder liegen am hellblauen Himmel. Alles ist dort grün, weiß und blau, da und dort das zarte, alte Rot eines Hausdaches, das bis an die Erde herabreicht. Alles hell, alles freundlich, alles still. Nun und so kommen wir, denke ich mir, in einen dunklen, grünen Wald, in ein rechtes Kircheninneres von Wald, wo die hohen, schlanken, zarten Tannen wie Säulen stehen, und wo es kühl ist, daß man leise schauert. Unsere Schritte sind nicht hörbar auf dem tannenreisbelegten, weichen, braunen Boden. Wie ein Sinnbild der Treue und des liebevollen Harrens ist der Wald; bald treten wir aus dem Wald wieder heraus und sehen einen grünen Wiesenhügel mit gelben, länglichen Kornplätzen. Der Wind streicht liebkosend über das Korn und macht es wogen wie Wellen. Es ist so warm, und die Farben sind so süß. Auf dem weißen Weg gehen wir langsam weiter. Jeder Schritt ist ein Erleben, und in jedem Augenblick liegt es wie ein Ereignis. Verständlich, als wenn es ein glückliches Lächeln sei, liegt das Leben da und ist das treue, schöne Land vor unseren Augen ausgebreitet. Da erkühne ich mich, bilde ich mir ein, des Mädchens zarte Hand leise, leise anzufassen, und nun weiß sie auch schon alles, alles. Die Herrliche, sie senkt die Augen, und indem sie das tut, bindet sie mich für immer, schließt sie mich für immer ein in den weichen Kerker. – Ich bin ihr Gefangener. Ich will reden, doch alle Worte, die mir einfallen, genügen mir nicht, und so schweige ich. Eine weiße und rote Rose geht neben mir, das ist sie, sie, deren dunkler, wunderbarer Wunsch nun mein Gesetz, Stern und Regierung ist. Still hat sie gewartet, bis ich käme und sie bäte, Herrscherin zu sein – – –

ZWEI FRAUEN

Ein zartes schönes Mädchen, das Olga hieß, bewunderte einen Mann, eine Art sonderbaren Kerl, der viel zu eitel und viel zu stolz auf sich selber war, als daß er sich nicht gern hätte wollen bewundern lassen. Hätte das Mädchen Witz und Scharfsinn besessen, so wäre ihr die Gelassenheit, mit welcher der Gegenstand ihres Staunens eben dieses zärtliche Staunen duldete, bald aufgefallen, und sie würde in ein Meer von männlicher Eigenliebe haben blicken können. Leider aber besaß sie die Gabe hellen Witzes so wenig, wie ihr die Eigenschaft fehlte, sich selbst ein Urteil zu bilden, und so kam es, daß sie zugunsten eines stolzen und kalten Sonderlings eine Reihe von ehrlichen und aufrichtigen Anträgen ablehnte. Sie glaubte sich berechtigt, ja fast verpflichtet, manierliche Männer zu verachten, weil der, den sie ehrte, keinerlei Manieren hatte, was in ihren Augen schön und groß war. Eigentümliche Verblendung! Er war ein grober Bursche, ein Schauspieler, einer, der insofern Theater spielte, als jede landläufige Gebärde ihm fremd, dagegen aber jedes absonderliche Gehaben und Gebaren ihm geläufig war. Kurz, er bezauberte ein zartes schüchternes Wesen durch effektreiche Rauheit und ein junges unerfahrenes Mädchen durch dickaufgetragenes Männischtun. Wie theatralisch war der Räuberhauptmannsbart, der sein stets romanhaft bleiches Gesicht schmückte, und wie stolz trug er einen samtenen Künstlerkittel. Sein Hut war der Ausdruck der Kühnheit, und im Augenrollen und Mienenmachen war er groß, wenn es in diesen leeren, nichtssagenden Dingen eine Größe geben kann. Das arme Mädchen sah sich denn auch eines Tages, da endlich Frau Einsicht ihr leise die Augen öffnete, in allen ihren schönen Gedanken und Gefühlen betrogen. Sie sah den Trug so dick vor sich, daß sie ihn meinte mit der Hand anfassen zu können. Das wäre für sie weiter kein so großes Unglück gewesen, wenn sie sich nicht hätte sagen müssen, daß sie den besten Teil ihrer Jahre ohne Gewinn zugebracht habe. Sie war, bis sie sich eine Aufklärung errungen hatte, älter geworden. »Das war der Mühe nicht wert«, seufzte sie und ließ das enttäuschte Köpfchen hängen.

Laß mich dir, lieber Leser, einen Mann zeigen, der, wenn ich nicht fehl gehe, seiner Frau zu der Zeit, da sie noch Braut war, die edelsten und zärtlichsten Briefe schrieb, als wenn er weiß Wunder für ein Verehrer der Weiblichkeit sei. Hinterher aber, da die holde Braut und süße Freundin seine Gattin geworden war, hatte er für die Gute eine ganz andere Art von Behandlung. Er wies ihr gleichsam das bescheidene Hausfrauenplätzchen an, das ihr nach solch landläufiger, hergebrachter Eheherren-Meinung gebührte. Während er sich selbst samt all seiner Herrlichkeit und Vortrefflichkeit auf das höchste innere und äußere Postament stellte, geruhte er seine Lebensgefährtin hinabzudrücken in die wundervolle Lage der demütigen Dienerin, wodurch er ohne Frage glaubte den Beweis gegeben zu haben, daß er ein echt deutscher Mann wäre, ein Irrtum, der allgemein ist wie die Kieselsteine am Boden. Wo war nun der Duft und der Klang der Verehrung hingekommen? Wie stand es jetzt mit der Poesie der Ritterlichkeit gegenüber zarten, schwachen Frauen? Wie ein Gott las der Herr seine Leibzeitung und schlief nach dem üppigen, Gedanken so schön einschläfernden Essen sein prächtig löbliches Mittagsschläfchen. Seine reizende Frau war bald nur noch die alberne Alte, sie sank in des einstigen glühenden Anbeters Wertschätzung von Stufe zu Stufe, sie sah ihn das Wirtshaus mit seiner vierschrötigen Gesellschaft der Unterhaltung, die sie ihm darbot, fröhlich und echt deutschmannschaftlich vorziehen, und sie mußte sich sagen, daß es für sie noch am besten sei, wenn sie zu all diesen Demütigungen schwiege. Sanft und schön fügte sie sich in ihr Los. Ist es nicht das Los gar so mancher Frau, die die beste Partie glaubte zu machen, da sie eines feinen und gebildeten Mannes Frau wurde?

DAS EHEPAAR

Bei zwei Eheleuten, die bis dahin in unangefochtenem Frieden miteinander gelebt hatten, stellte sich eines Morgens, Mittags oder Abends, wie aus einer Art von weiter Ferne daherkommend, ein junger Mann ein, der durch ein bescheidenes edles Wesen sowie durch vortreffliche Manieren den günstigsten Eindruck auf sie machte, derartig, daß sie ihn mit der allerschönsten Offenherzigkeit baten, oft zu ihnen zu kommen, wodurch er ihnen, wie sie ihm sagten, eine große Freude mache. Sowohl Mann als Frau sympathisierten lebhaft mit einem jungen Mann, der bei so viel Jugend so viel augenscheinliche Ruhe, und bei so viel augenscheinlicher Kraft und Gesundheit so viel Zartheit zeigte. Sebastian, so hieß er, rief ganz besonders noch den Eindruck gründlicher jugendlicher Vereinsamung hervor, solchermaßen, daß die beiden gutherzigen Leute, indem sie sein stilles, anmutiges Benehmen bewunderten, ihn um des zarten Ausdruckes von Kummer, der seinem ganzen Auftreten anhaftete, bemitleiden mußten. Er schien bereits in jungen Jahren mannigfaltige Entbehrungen erlitten, öfters Gefahren überwunden und vielfachen Entmutigungen Trotz geboten zu haben; genug, er gefiel ihnen, und da er ihre freundliche Einladung nicht verachtete, sondern dankbar annahm, so sahen sie ihn öfters in ihrer Wohnung, und rasch gewöhnten sie sich an seine Erscheinung wie an die eines liebenswürdigen, vertraueneinflößenden Angehörigen.

Indessen, da der Gatte oft abwesend war und die Frau mit dem jungen Mann zu zweien zusammen saß, bemächtigte sich des Frauenherzens eine nicht zurückzudrängende Liebe für Sebastian, und eines Tages gab sie ihm Anlaß, daß er sie umhalste und küßte, ein Ereignis, über welches sie vor lauter Freude laut weinte. Der Gatte kam nach Hause, und es galt nun, vor dem braven Gatten etwas zu verbergen. So sah sich eine edle, gute Frau, ehrbar bis dahin bis in die Fingerspitzen, in ein Glück ohne Maß und zugleich in ein Unglück ohne Grenzen geworfen. Sie vergoß zweierlei Art von Tränen: Freudentränen, Tränen aus Lust, aber auch andere Tränen, Tränen aus Gram über den Verlust aller bisher genossenen lieblichen Unbescholtenheit. Ihr war die Liebe, die sie für ihren jugendlichen Freund fühlte, nicht so ganz Ein und Alles, daß sie den Wert des guten Rufes gänzlich hätte hintansetzen können. So rasch sie vermochte, eilte sie zum Mann und gestand ihm alles.

»Ich liebe«, sagte sie, »Sebastian. Was mußt nun du, lieber Mann, dazu sagen? Du schweigst, du erbleichst? Freilich hast du Grund zu erschrecken und zu erbleichen über solch ein Geständnis, das alles, was bis dahin so treulich zusammen gewesen ist, auseinanderreißt. Was soll ich tun, und du, was mußt du nun tun? Wie kann ich noch zu atmen wagen, da ich dir einen so großen Schmerz zufüge? Woher nehme ich den Mut, Augen zu haben, die da sehen, wie ich dich kränke? Dich, den ich ehre und liebe. Warum liebe ich auf einmal Sebastian und doch auch immer dich noch zugleich. Warum beleidige ich dich, stoße ich dich ins Unglück, da ich dich wie immer liebe, zugleich aber neuerdings Sebastian? Dies darf nicht sein. Nicht wahr, lieber Mann, dies darf nicht sein. Doch warum nicht? Warum nicht? Warum ist es unmöglich, daß ich euch beide lieben darf, da ich doch den einen wie den andern liebe, dich lieber Mann, wie immer, und ihn ganz neuerdings? Gott im Himmel, mache Licht, mache Licht in dieser Nacht. – Was soll ich tun, daß du nicht verzweifelst, lieber Mann, und daß auch ich selbst nicht verzage und verzweifle? Gibst du mir keine Antwort?

Bin ich denn jetzt, weil Sebastian mein Geliebter ist, nicht mehr deine Frau? O doch! Und du nicht mehr mein Mann? O doch! Ist Sebastian dir, lieber Mann, ein Ungeheuer, weil ich ihn liebe? Und ist deine Frau dir ein Ungeheuer, weil sie wünscht, daß du sie liebst, und daß auch Sebastian sie liebt? Sebastian ist mir das Liebste, doch ja du nicht minder. Müßt ihr euch Feinde sein von jetzt an, wo doch ich gerade jetzt an euch beiden meine Freude haben möchte? Rede doch. Dein Schweigen verwirft mich – doch warum solltest du mich verwerfen wollen? Mußt ... du mich verwerfen? Steht das in den Sternen geschrieben? Ist das unabwendbar?«
Der Mann sagte nichts. Er verbiß, was ihm durch das Innere ging, auf den Lippen, warf den Schmerz, der ihn durchstürmte, hinab in die pochende Brust, begrub den Grimm, verschloß dem Zorn die Pforten, zuckte nur traurig die Achseln, ließ den Kopf hängen, schlug die Augen zu Boden. Dermaßen tat er jetzt jeden Tag. Er sagte nichts, hielt die Lippen fest zusammen, als gelte es, ein furchtbares Geheimnis zusammenzudrücken. In seinem Betragen war er milde und müde, achtsam, doch unsäglich traurig. Und sagte nichts und kam und ging. Kam und ging wie immer, doch völlig wortlos. Was er notwendigerweise zu sagen hatte, war tonlos, war, als rede ein Toter. Kam und ging und sagte nichts, durch ganze tote Wochen, bis dann die gequälte Frau es nicht mehr vor Entsetzen und verstandhinwegfegendem Grausen auszuhalten vermochte. Ihre Liebe zu Sebastian gewährte ihr keine Freude mehr, und sonderbar: in Sebastian wollte alle Zärtlichkeit für seine Freundin dahinschwinden, da er deren Mann sich so männlich aufführen sah, wie dann vielerorten (redet rasch der Verfasser dazwischen) die Liebe der Liebhaber Verwandtschaft mit der Lust hat, den Gegner oder Gatten erbärmlich geschändet zu sehen. Sebastians Neigung zur Frau nahm

mit der zunehmenden echten Menschenliebe ab, die er immer lebhafter für den Mann fühlte. Er trat durch sich selber und auch durch seine Geliebte gedrängt bald hernach vom Schauplatz ab, eine unglückliche Frau einem unglücklichen, doch nicht unversöhnlichen Mann hinterlassend. Dieser scheute sich nicht, sich über seine schöne Frau von neuem zu freuen. Sie sank ihm nach einiger Zeit, zerflossen vor seiner Güte und Schonung, zu Füßen. Er hob sie rasch auf, schaute sie freundlich an und sagte: »Es ist nichts geschehen.« Sebastian aber ging in den Strudel der Welt und brachte es mit der Zeit zu Großem.

ROSA

Rosa, ein munteres hübsches Mädchen, welches in hohem Grade Geist, Grazie und Lebhaftigkeit besaß, stand im innigsten, liebevollsten Verhältnis zu Paul, einem jungen Mann, der so sehr noch Jüngling war, daß Rosa ihn mit der ganzen Leidenschaft eines warmen weiblichen Herzens lieben mußte, wenn sie sich erkühnte, Vertrauen in ihn zu setzen und Umgang mit ihm zu pflegen. Die Vorzüglichkeit Pauls bestand in seinem anmutigen Äußeren, in einer hübschen Gestalt und einem überaus gefälligen, einnehmenden Wesen. Sein gewinnendes Betragen ließ die beste Entwicklung hoffen; das gutherzige Feuer in seinen Augen versprach die schönste Aufführung, und im schmeichelhaften Tone dessen, was er sprach, lagen die prächtigsten Verheißungen. Pauls höchste Aufgabe war, ein Mann zu werden, und da aus seinem Benehmen und aus seiner Stimme, bei allem jugendlich-knabenhaften Klang, bereits etwas vom zukünftigen wackeren Mann tönte, so war die Zärtlichkeit, die ihm Rosa schenkte, und die beinahe an schwärmerische Bewunderung grenzte, durchaus nicht unnatürlich. Einen Zug von Kindlichkeit, der mit Verwegenheit und Übermut gemischt war, liebte sie besonders an ihm, und wenn sie ihn etwa einmal schlafen sah, so bildete sie sich fast ein, daß sie seine Mutter sei, und helle, frohe Tränen des Entzückens und der mütterlichen Rührung traten ihr in die Augen. Ihr süßer Traum war, daß ihr goldener Liebling, denn so nannte sie ihn, wacker und zuverlässig werden möchte. Sie empfand ein grenzenloses, überquellendes Mitleid mit ihm, ohne daß sie sich zu sagen vermochte, weshalb eigentlich. Paul sah so ganz wie das

Bedürfnis nach einer Leitung und Führung aus, und das war es vielleicht, was Rosa über alles an ihm liebte. Des Abends, wenn der Mond seinen sanften bezaubernden Glanz über die stille dunkle Welt warf, gingen die beiden Leute öfters miteinander in der Gegend spazieren, am Wald vorbei, und im freien Feld, wo sie ganz allein zu zweien im Mondesschimmer stillstehen blieben, küßten sie sich und liebkosten einander wie Romeo und Julia.

Eines Tages reiste Paul, da er in dem Alter war, wo man einigermaßen die Welt kennen lernen muß, um sich einen Begriff vom menschlichen Leben zu machen, in die Fremde, und damit war schon der erste Schritt zu der Entfremdung getan, die zwischen die Befreundeten treten sollte. Reisen und Weltkennenlernen haben schon manche tiefe und innige Freundschaft zerstört. Paul versprach Rosa zu schreiben, und er hielt auch Wort. Doch sonderbar, seine Briefe enthielten alle eine mehr oder weniger deutliche Zerstreutheit und wollten der Empfängerin nicht so gut gefallen, wie sie wünschte, daß sie ihr gefallen sollten. Zu Hause war der junge Mann von seinen Eltern, besonders von der Mutter, die förmlich vernarrt in ihn gewesen war, verzogen worden, und jetzt verhätschelte und verzog ihn das Leben, welches, wie die Welt einmal beschaffen ist, gewissen jungen Leuten aufs freundlichste entgegenkommt und nur artige Worte für sie hat, während es gegen andere eigentümlicherweise lange Jahre nur hart und abstoßend ist.
Paul gewöhnte sich an das Wirtshaus, wie fast das Wirtshaus, kann man sagen, sich an ihn gewöhnte. Er sang zum Klavier, welches er nicht übel spielte, die Lieder, die aller Welt gefallen und die man Couplets nennt. Mit seinen freien Manieren, seinem hübschen Lockenkopf und seiner anmutigen Offenheit machte er sich auf der Straße und in der Stube beliebt, gewann er jedermanns Gewo-

genheit und gute Meinung im Nu und erwarb er sich mehr Freunde, als ihm dienlich sein konnte. Er gewöhnte sich, umworben wie er rasch war von oberflächlichen Leuten, eine Leichtlebigkeit an, die allen ernsthaften Eifer da- und dorthin warf und das Streben und den Arbeitsgeist zerstreute. Als Rosa ihn nach einem Jahr oder nach zwei Jahren wiedersah, war er mehr entfernt von ihr, als er es gewesen wäre, wenn er noch in der Ferne geweilt haben würde. Nah, wie sie ihn jetzt wieder vor sich hatte, merkte sie an verschiedenen Zeichen deutlich, welche Art von Lebenswandel er während der Dauer seiner Entfernung geführt hatte, und es schmerzte sie tief, beobachten zu müssen, wie stark eine Seichtheit, deren Duft sie kränkte, und ein Hang zum Gewöhnlichen, dessen Vorhandensein beleidigend für sie war, ihn beherrschten. Indessen gab sie die Hoffnung, ihn zu besitzen und sich an ihm zu freuen, deswegen durchaus nicht auf; sie weinte vielmehr im geheimen von Zeit zu Zeit bei dem Gedanken, der ihr den Vorwurf machte, wie wenig zärtlich es sei, Paul so streng zu beurteilen, der sich ja, wie sie sich mit schönem Glaubenseifer und mit rührender Anhänglichkeit vorstellte, in ihrer Gesellschaft wieder in den verwandeln müßte, der er vor doch gar nicht langer Zeit gewesen war. Aber statt abzunehmen, mehrten sich die Beweise des Mangels an Liebe und zarter Sorgsamkeit. Paul ließ bei etlichen gemeinsamen Verabredungen schnöde auf sich warten so, als sei das Zusammentreffen mit Rosa ihm fast lästig. Sein Kuß wurde kälter und kälter, und eines Tages sah sich das arme Mädchen gezwungen, sich zu sagen, daß sie betrogen sei, daß Paul sie weder mehr verehre noch liebe, daß keinerlei Sehnen ihn mehr zu ihr hinziehe, daß die Lüge, die Komödie und der handgreifliche Verrat offenbar seien, und daß es daher für sie Zeit sei, mit dem Treulosen zu brechen.

Sie weinte ganze lange Tage. Die gesunde junge Frau, die sie war, besaß sie auch die Kraft, sich dem Schmerz mit der vollen Gewalt hinzugeben? Sie überließ sich der traurigen und schrecklichen Wollust endloser jammervoller Klagen. Der Verlust des geliebten Mannes, der Untergang all der holden Hoffnung, das zertrümmerte liebliche Gebäude, der Zusammenbruch des Lustschlosses, in welchem die schönen Prinzessinnen »heitere Aussicht« und »frohe Zuversicht« und »süße Empfindung« gewohnt hatten, das unabsehbare Leid, das wie ein Meer sich vor ihrem Bewußtsein ausdehnte, bedeuteten eine Wunde in dem verletzten Busen, die mit heißen und vielen Tränen ausgewaschen sein wollte, damit sie nach und nach heilen konnte. Indem aber Rosa viel weinte, blieb sie gesund und bei einiger Heiterkeit, denn in einem großen Unglück liegt auch ein großer Seelenstolz, mithin immer noch eine Art Gewinn. Indem sie klagte, mußten auch nach und nach die Klagen aufhören, wie denn alles was einen Beginn hat, auch zu seinem Ende kommen muß, denn das, was nie aufhört, beginnt auch nie. Dem Menschen ist weder endloses Leid auferlegt, noch endloses Glück gegönnt. Rosa lernte wieder lächeln und heiter sein. Der muntere Geist, den sie besaß, gab nicht zu, daß sie verzweifelte, und ihre Klugheit und Aufgewecktheit zeigten ihr den Weg, den sie einschlug, um nicht nur am Leben zu bleiben, sondern auch fernerhin am Leben eine bescheidene Freude zu haben. Sie gehörte am Ende zu den Leuten, die den Drang haben, sich selber zu schätzen; denen es daher unmöglich ist, gänzlich zu verzagen. Sie faßte frische Hoffnung, denn sie sah ein, daß neben Paul noch allerlei sonstige achtens- sowohl wie liebenswerte Männer auf der Welt lebten. Die Zeit, die eine bedeutende Ärztin ist, trug bei und half mit, das Gewesene, teilweise wenigstens, zu überwinden. Stolz und gerechter Zorn taten an dem Werk der Überwindung das

Ihrige und waren Rosa behilflich, sich zu erneuern. Sie lernte bei einer Gelegenheit einen rechtschaffenen Mann kennen, der ihr mit der Zeit bewies, daß sie ihm teuer sei und daß er wünsche, ihr ergeben sein zu dürfen. Sein Charakter und seine männliche Bestimmtheit veranlaßten sie, ihn zu achten. Sie gewöhnte sich an ihn, derart, daß, als er sie zu einer guten Stunde mit stiller, angenehmer Stimme bat, ihm sagen zu wollen, ob er der Ihre sein dürfe und ob sie die Seine sein möchte, und ob sie seine Meinung teile, die ihm einrede, daß sie beide gut zusammen passen würden, sie ihn ehrlich und freundlich anschaute und ihm gar keine lange und breite Antwort gab, sondern sich zutraulich und mit dem vergnügtesten und schönsten Lächeln der Welt auf den Lippen an ihn anschmiegte, worauf er sie herzlich küßte.

Derartig innen und außen zufriedengestellt und befestigt, konnte sie mit großer und stolzer Ruhe Teilnehmerin und handelnde Person eines bald darauf erfolgenden Auftrittes oder Nachspieles sein und einem ungerechten, bösartigen Angriff auf ihre Zartheit und weibliche Ehre, der von Pauls Mutter gegen sie unternommen wurde, mit der zierlichen und bewundernswerten Würde, die nur die Redlichkeit und die Unschuld aufzubringen vermögen, entgegentreten, um ihn gelassen abzuwehren. Eines Abends nämlich stellten sich in ihrer Wohnung, wo auch um die Zeit ihr neuer Freund sich gerade aufhielt, Paul und dessen Mutter ein, welch letztere ganz besonders deshalb gekommen war, um, wie es ihr beliebte, sich auszudrücken, Rosa »alle Schande zu sagen.«

Die zwei Leute, Mutter und Sohn, traten in die Stube, wo erstere alsogleich anfing, indem sie ein klägliches Interesse und eine übel angebrachte, völlig plumpe Besorgnis für ihren Sohn hoch vor sich her trug, die junge Herrin der Wohnung mit Vorwürfen schlechter und törichter Art zu überschütten, unter anderem dem, daß Rosa den armen Paul nicht nur zu verführen, sondern obendrein noch grausam zu quälen sich unterstanden habe, so, daß der junge Mann noch heute darunter zu leiden habe.

»Verführen? Quälen?« rief Rosa voll reizender und aufrichtiger Entrüstung und mit ebenso zornigem als graziösem Erbeben aus, »man komme mir nicht mit so dummem Geschwätze, und wo ich in diesem Zimmer etwas zu befehlen oder nur sonstwie zu sagen habe, so muß ich bitten, mich mit allen und jeden nichtssagenden und unpassenden Vorwürfen zu verschonen. Der soll sich in sein Herz hinabschämen, der zu sagen wagt und sich darüber beklagt, daß er soll gequält worden sein, wo doch nur ich gelitten, geweint und geseufzt habe, wo doch nur mir durch kalten, schnöden Abfall eine Qual bereitet wurde. Der soll sich schämen und sich voll Schmach und Scham hinter seiner Mutter Rock verbergen, der sich erdreistet, vorzugeben, daß er soll verführt worden sein, wo doch nur ich durch Treulosigkeit und Fühllosigkeit verraten und betrogen, wo doch nur ich durch den Glauben an ihn verführt wurde. Der soll sich nicht nur dreimal, sondern tausendmal schämen und sich klein, feig und schwach vorkommen, unfähig, sich das schöne Recht zu erwerben, sich Mann zu nennen, der sich nicht scheut, seine einstige Geliebte bei seiner Mutter anzuschwärzen und sie der Grausamkeit anzuklagen, wo nicht er, sondern doch nur sie grausam behandelt worden ist. Was ist mein heißer und inbrünstiger Wunsch gewesen? Daß Paul ein Mann sein möchte. Inwiefern habe ich ihn verführt und grausam behandelt? Insofern vielleicht, als ich hoffte, er liebe mich, werde mir treu sein und werde mich zu seiner Frau machen. Doch mit einem

Knaben vermag ich nichts anzufangen, denn wenn ich Frau sein soll, muß der, mit dem ich zu tun habe, ein Mann sein, und das ist der nicht, von dem Sie sagen, daß er unter mir zu leiden gehabt haben soll. Und Sie, Madame, sind Sie klug, daß Sie ungerecht gegen Ihr Geschlecht sein wollen, sind Sie klug, daß Sie Ihren Sohn, der ein Mann sein sollte, in seiner Kleinherzigkeit und Unedelherzigkeit unterstützen? Ich, ich bildete mir ein, daß er ein edles, liebes, großes Herz habe; Gott im Himmel, du weißt, wie ich mich abgehärmt habe, weil ich habe einsehen lernen müssen, daß er kein edles Herz besitzt. Aber eine Närrin wollte ich schließlich denn doch nicht sein. Nein, nein, für so dumm und für gar so verliebt in den Gram und in das Leid und in das Elend muß man mich nicht halten. Du, komm doch, tritt vor, damit dich die Herrschaften doch auch zu sehen bekommen.« – »Der hier«, sagte sie, als ihr Freund aus dem Nebenzimmer, wo er still sitzen geblieben war, heraustrat, »ist ein Mann, wie ich ihn brauche, auf dessen vortreffliche Eigenschaften ich mich stützen kann. Auf solch einen Mann wage ich zu bauen, und er wird mein Vertrauen nicht dazu benutzen, mich zu hintergehen; das ist ein Mann, wie Frauen ihn sich wünschen, die sich nach einem festen Boden unter den Füßen und nach einem ruhigen Heim sehnen. An ihn schmiege ich mich; an ihm halte ich mich. Er ist zuverlässig, sagt und tut nicht heute dieses und morgen jenes. Der, der liebt mich, hält mich hoch, verehrt mich, nicht wahr, Freund, und es wird ihm niemals einfallen, irgend etwas zu tun, was mich unglücklich machen könnte. Solchen Mann respektiere ich, habe ich lieb. Solchem Mann zu gehorchen ist eine Freude, wie es ihm eine Lust ist, die zu lieben, die er regiert. Er macht mich und ich mache ihn glücklich. Und wenn nun die, die wir nicht gebeten haben, uns zu besuchen, so gefällig sein und sich entfernen wollen, so sind hier zwei, die höflich gute Nacht sagen und die froh sind, wenn man sie allein läßt, und dort ist die Türe, die freundlich bittet, Gebrauch von ihr zu machen!« Worte, die weder an Deutlichkeit etwas zu wünschen, noch Paul und seiner Mutter etwas anderes übrig ließen, als zu gehen.

EINE VERFLIXTE GESCHICHTE

Laß dir, lieber Leser, über eine Liebe erzählen, die von viel zu hoher und zarter Art war, als daß sie irgendeine handfeste, ordentliche Folge hätte haben können. Ich sollte freilich einen langen und feingegliederten Roman über ein so rührend schönes Thema schreiben, aber es ist gegenwärtig so schönes, helles und heißes Wetter; da geht ein so ordinärer Mensch, wie ich einer bin, gern spazieren, oder er pflegt mit sichtlichem Behagen in einem schattigen Platanengarten ein Glas Bier zu trinken, oder er geht bei erquickendem Westwind in den nahe gelegenen See baden. Daher fasse ich mich kurz und sage, daß vor etlicher Zeit eine Frau (o wäre sie doch eine Schwedin, Russin, Dänin!) einen jungen Mann liebte, und zwar so leidenschaftlich liebte, daß sie am liebsten mit ihm in die weite Welt hätte fliegen mögen, aber das Krumme an der Sache war, sie war verheiratet, und das noch Krümmere bei der Geschichte war, sie war nicht fähig, ihrem Gatten ein Leid zuzufügen. Hier, o du verehrter Leser von schwedischen und nordischen Romanen, komme ich und trete ich nun kniedick und tief in das, was man den dänischen oder psychologischen Roman nennt. Ich fahre also mit zitternder Feder, nein, Hand (und daher Feder!) fort und teile mit, was ein Schriftsteller von Herz nicht mitteilen kann, ohne zu schluchzen, nämlich, daß die Frau fast den gesunden Verstand einbüßte. Auch der gute Gatte büßte ihn beinahe ein. Beide Leute waren nämlich zu fein, vornehm und feinfühlend, als daß sie es über sich gebracht hätten, sich gegenseitig ein Leid anzutun. Verzwickte und verwickelte Geschichte, in welche ich Unbesonnener mich da verwickle. Die Frau wäre allzugern mit ihrem stürmischen Geliebten auf und davon gegangen, aber sie war zu edel zum Davonlaufen, und sie liebte ja, ach du guter Gott, beide: ihren Mann sowohl wie den jungen Mann. Fürchterlicher Zustand. Jetzt, jetzt, bei der Ehre, die ich als flotter Federzeichner und -führer genieße, jetzt dänelt und schwedelt es, daß es mir, wie ich felsenfest glaube, weit und breit niemand nachmacht. Kann ich mit meinem Liebhaber fortreisen und das Weite suchen, wenn ich gleichzeitig von Herzen gern bei meinem braven Gatten zu Hause sitzen bleiben möchte? Kann ich den Geliebten genügend lieben, wenn ich nicht aufzuhören vermag, den leibeigenen und zugewandten Gatten zu lieben? Hier, so dünkt mich, wimmle es von ächten, wo nicht gar waschächten Seelen- und Romanproblemen. Doch weiter! Der gute Mann wollte ja aus ganzer Seele gern seiner Frau erlauben, davonzubrennen, damit sie sich an einem unerhörten ungeheuren Liebesglück berausche, aber er gab ihr doch auch die Erlaubnis wieder nicht, denn dieselbe würde ihm ja das Herz zerrissen haben. Aus Liebe erlaubte er es ihr gern, doch wiederum aus Liebe und aus sonst gar nichts anderem bat und beschwor er sie, hübsch artig bei ihm zu Hause zu bleiben, damit er nicht den gesunden und armen Verstand verliere, den er doch gern aus Liebe zu ihr verlieren und für immer vermissen wollte. Die Frau weinte, weil sie erstens nicht mit dem Geliebten in die Welt hinauszuziehen, und zweitens, weil sie nicht ruhig zu Hause bei ihrem Mann zu sitzen und sorgfältig, wie bisher, die Haushaltung zu machen mehr die Kraft fand. Der Mann weinte, vergoß Tränen und gebärdete sich wie ein Verzweifelter, erstens, weil er ja genötigt war, der Frau zu sagen, sie solle gefälligst zu Hause bleiben und sich ruhig verhalten, was ihm Schmerz verursachte, da er ja als liebender Mann seiner Frau alles gewähren wollte, und zweitens, weil er seiner Frau alles Mögliche und alles

Erdenkliche gönnte, aber doch nicht konnte. Die Frau wollte wohl, war aber nicht imstande, und ebenso wollte der Mann wohl, aber er konnte nicht. Und so weinten sie beide. Auch der junge Mann mußte wohl oder übel mithelfen weinen. Alle drei schluchzten zum Erbarmen. Sie waren eben alle drei zu fein, und daher wurde nichts draus, und hiermit ist auch die Geschichte aus.

MARIE

Ich kam in ein Zimmerchen zu wohnen, das einst einem Uhrmacher als Atelier gedient haben mochte. Darf ich behaupten, daß das Zimmer ganz entzückend war, daß es wie die Zierlichkeit, Behaglichkeit und Wohnlichkeit selber aussah? Ja, das darf ich! Es war ein schmaler, eben recht länglicher Raum, derart, daß ich gemütlich darin auf- und abspazieren konnte, was ich mit großem Vergnügen tat. Die Fensterreihe und -seite gewährte eine reizende Aussicht auf die Landschaft.

Das Haus selber, das kaum auf die Bezeichnung Haus Anspruch machen durfte, sondern mit dem Titel Häuschen zufrieden sein mußte, lag nah an der Eisenbahnlinie und am hier anstoßenden, bräunlich-schwärzlichen Felsen und sah wie ein Hexenhäuschen aus.

Tatsächlich wohnte hier eine Hexe, die Frau Bandi hieß, die im Grunde jedoch keine Hexe, sondern eine sehr gescheite und liebenswürdige Frau war. Sie wohnte unten im Erdgeschoß, während ich oben unter dem Dach residierte und logierte.

Täglich sah ich einen alten guten Mann, das war mein Vater, der in seinem weißen Haar rührend aussah. Jeden Mittag, nach dem Mittagessen, pflegte er seine Tasse schwarzen Kaffee zu trinken und hiezu das Tagblatt zu lesen, eine Übung, die ihn regelmäßig einnicken oder einschlafen machte, über welchen Umstand er sich unmittelbar darauf stets ein wenig ärgerte. Vater wollte noch lange kein alter Mann sein, und die kleinen Beweise eines schon ziemlich hohen Alters liebte er keineswegs.

Zum Haus gehörte eine kleine, elegante Terrasse oder Veranda sowie ein zierliches, überaus hübsches nettes

Gärtchen. Östlich stieß ein altes Friedhofstück mit Urnen aus der guten alten Zeit ans Haus. Im Westen lag weit ausgebreitet der See. Südlich lag die Altstadt mit ihren würdevollen Häusern, schlanken Festungstürmen, nebst allerlei merkwürdigen alten Gärten, die von charakterreichen hohen Tannen besetzt waren.

Mit einer Kammer, in welcher sich laut meiner freilich etwas phantasievollen Auffassung ein wegen hohen politischen Bedenklichkeiten verbannter Prinz von Geblüt vorübergehenderweise hätte aufhalten können, war ich selbstverständlich in hohem oder höchstem Grad zufrieden. In schönen Nächten war das Stübchen oder Gelaß schimmernd weiß; es gab nämlich einige fabelhaft schöne helle Zaubernächte mit unendlich liebem Mondlicht, holder Mondromantik.

Frau Bandi besaß etwas Stilles und Vornehmes, nur sprach sie mir allerdings fast ein wenig zu klug. Sie las viel. Ihre Lieblingsschriftsteller und -dichter waren aber übrigens nicht die meinigen; doch verstand sich dies eigentlich von selber. Das andere Geschlecht wird immer auch einen andern Geschmack und ein anderes Gefühl haben. Als schön konnte Frau Bandi nicht mehr gut gelten; aber sie zeigte noch deutliche Spuren von ehemaliger Lieblichkeit und war geistreich. Wie alle geistreichen Leute war sie mitunter ein wenig boshaft. Dann und wann schriftstellerte sie ein wenig, ohne aber deswegen schon eine eigentliche Schriftstellerin zu sein, was mir unter Umständen, wie ich unumwunden gestehe, ein wenig unangenehm hätte sein können. Ihr Mund hatte einen etwas schroffen Ausdruck; in ihren Augen lag etwas Abweisendes und Kaltes. Sonst aber war sie sehr lieb. Im großen und ganzen erhob sie den Anspruch, tiefunbefriedigt zu sein und sich für unglücklich zu halten. Offenbar ist man in der Tat unglücklich, sobald man es sich einbildet. Sie umgab sich mit Hund und Katze,

schöner Literatur und wehmütigen Einfällen, und es mochte manchmal aussehen, als lebe sie nur noch darum, weil ein gütiger, trostreicher Tod sie bisher noch nicht abgeholt hatte. Oft wurde sie von sanftem, aber schier unaufhörlich strömendem Weinen förmlich überfallen. Wünschte sie vom Leben befreit zu sein? Ich weiß es nicht und vermag in dieser Hinsicht nicht das geringste zu sagen. Auch tut man meiner Ansicht nach gut, über Dinge, die vielleicht allzu zart sind, still hinwegzusehen.
Bezüglich des hübschen Kämmerchens, wovon er nach Belieben Gebrauch machte, und was des Mieters vermutlich recht geringe Finanzkraft betreffen konnte, so hatte mein guter Vater in seiner vielleicht etwas übertriebenen Sorglichkeit für angezeigt gefunden, einige größere oder kleinere Zweifel laut werden zu lassen; denn er kannte seinen ohne Zweifel bisweilen kühnen, kecken und verwegenen Herrn Sohn, wenn vielleicht nicht vollständig, so doch wahrscheinlich ziemlich gut.
»Kannst du aber auch zahlen, mein lieber Sohn? Nimm mir diese Frage nicht übel. Du weißt, daß ich kein reicher Mann bin«, hatte er gesagt, wobei er seine alte gute Hand in ganz bedenkenerregender Manier ans Ohr hinaufgesetzt und ein überaus bekümmertes Gesicht gemacht haben wollte.
Lachend legte ich hundert Franken auf den Tisch, und der äußerst delikate Handel war erledigt.
Da der Vater gutwilligerweise gezögert hatte, das Geld sogleich anzunehmen, so leistete ich mir, stolz und vornehm, wie ein spanischer Edelmann, die großzügige Bemerkung: »Mach keine Umstände«, worauf der Zimmervermieter und Vater sich beeilte, Wein und zwei Gläser herbeizuholen, um sich und mir ein Glas Wein einzuschenken, was er mit einer Sorte jugendfrischer Artigkeit und Liebenswürdigkeit tat, die ich ehrlich bewunderte.

Vater war überhaupt immer, falls es ihm die äußern Umstände nur irgendwie erlaubten, ein gefälliger, lebenslustiger, höflicher und artiger Mann, und im Weineinschenken und -aufstellen erwies er sich, das darf ich getrost sagen, stets als ein Meister.

Ich darf im Erzählen nicht eher fortfahren, als bis ich erwähnt habe, was durchaus erwähnt, hervorgehoben und verständlich gemacht werden muß, nämlich daß ich eben erst aus wahrhaft prächtiger Lebensstellung herausgeflohen war, die ich nach kurzem Bedenken preisgegeben hatte, weil ich mir sagen zu dürfen glaubte, daß ich zum endgültigen Sitzen- und Klebenbleiben noch zu jung und dementsprechend zum Auf- und Davonlaufen und leichtsinnigen Stellungspreisgeben nicht bereits zu alt sei; daß es für mich wesentlich noch zu früh sein könnte, mich für immer an eine eintönige, gleichmäßige, tägliche, berufliche Pflichterfüllung und damit für immer an ein und denselben trockenen, langweiligen Aufenthaltsort zu binden; daß mich der allerfesteste und schönste Jahres- oder Monatsgehalt für zu früh herbeigeführten Verzicht auf Bewegungsfreiheit kaum je reichlich genug zu entschädigen vermöge.

Einen bindenden Anstellungsvertrag, der mir in der Voraussetzung vorgelegt worden war, daß ich ihn mit dem denkbar stärksten und größten Behagen unterzeichnen wollen würde, hatte ich die Kühnheit gehabt zurückzuweisen, womit ich eine Fessel mich geradezu unglaublicherweise unterstanden hatte zu verwerfen, die mich wohl auch in gewisser Hinsicht locken mochte, weil sie eine gesicherte Existenz darstellte.

So saß ich denn jetzt in einer Stube, die mir ein freundlicher alter Mann bereitwillig abgetreten hatte, und da ich über jede nur erdenkliche freie Zeit verfügte, so strich, strolchte, schlenkerte und schlenderte ich teils im Wald herum und schrieb anderenteils über das Herumschweifen

gelegentlich einen vielleicht ganz hübschen Aufsatz. Von Zeit zu Zeit drehte und rauchte ich eine französische Zigarette oder rauchte aus einer der zahlreichen Tabakpfeifen meines Vaters, der mir das durchaus nicht untersagte. Ich besaß zwei hübsche ganze Anzüge und einiges sauer erspartes Geld.
Sehr ernsthaft sprach ich zu mir selber: »Wenn ich auch vorläufig noch zaudere und einstweilen noch wie ein auserlesener Vergnügungsmensch aussehe, so zweifle ich deswegen keinen Augenblick, daß vielleicht bald eine Zeit kommt, wo ich wie die feste Entschlossenheit selber aussehen, und wo ich bereit sein werde, es mit der ganzen Rauheit und mit der völligen Nacktheit des Lebens ebenso wacker aufzunehmen wie irgendeiner.«
Auf dieses Selbstgespräch war ich nicht wenig stolz.
Es war Vorfrühling; der nahegelegene Marktplatz sah mit seinem netten Getümmel von Menschen und Waren im hellen Sonnenschein und in der klaren Frühjahrsluft zum Entzücken aus. Aus den umliegenden Gärten und durch alle engeren und breiteren Gassen tönten die vielverheißenden, liebreizenden, schmelzenden Stimmen der Vögel. Altbekannte, vertrauenswürdige Farben zeigten sich da und dort, und es schien von überall her nach Liebesbedürfnis und Liebesglück zu duften. Stimmen und wieder andere Stimmen wurden laut, und die Kinder benützten Straßen und Plätze, um übermütig zu spielen. Alle hör- und sichtbaren Töne und Farben gingen ineinander über. Freundlicher, nachbarlicher als sonst schienen alle alten und jungen Menschen auszusehen. Alle guten Dinge schienen einander nah verwandt; alles war angenehm erregt, beseelt, belebt. Alles Verschiedene, Zerstreute hing zu einem wohlwollenden, glücklichen Ganzen zusammen. Freude, Güte und nachsichtiges Gönnen schienen als helle, holde Gestalten unter den Leuten erquicklich einherzuspazieren.

Ich ging in den Wald, wo ich Blumen und kleine hübsche Gräser sammelte, die ich auf gewinnende und sprechende Art in eine Schachtel stellte, derart, daß es einem winzigen Stückchen Frühling ähnlich sehen sollte. Auf das Blumenstück legte ich ein säuberliches Zettelchen, worauf ich einige offenkundige Zärtlichkeiten geschrieben hatte, und das Ganze sandte ich an eine junge Schauspielerin, die in »Kabale und Liebe« die Rolle der Luise spielte.

Nebenbei knüpfte ich, und zwar scheinbar mit einigem Glück, auch noch andere Beziehungen an, nämlich zum erstenmal in meinem Leben zu einer schöngeistigen Zeitschrift.

Hin und wieder glaubte ich, durch bessere und schlechtere Wirtschaften eine Gastspielreise veranstalten, absolvieren oder unternehmen zu müssen. Das Bier wollte keineswegs aufhören mir zu schmecken, und ich sah nicht ein, daß es vorteilhaft für mich hätte sein können, wenn ich mich gezwungen haben würde, wei ein Mönch zu leben.

Saß ich emsig schreibend zu Hause, so trat, um zu sehen, was ich mache, etwa Frau Bandi zu mir in die Stube.

»Was schreibt der Herr Baron da?« fragte sie in der Tonart des Neckens. Ich gab in ebensolcher Sprechweise zurück: »Allerlei Dummheiten«.

Fast regelmäßig nachmittags spendete sie mir in ihrem Wohnzimmer eine Tasse Tee, was begreiflicherweise jedesmal ein Anlaß zum Plaudern war. Bisweilen hatte sie um diese Zeit Besuch. Wollte wieder sie selber jemand besuchen, so begleitete ich sie. Oft auch unternahmen wir zusammen irgendeinen kleinen Spaziergang.

Bald hernach jedoch kam ich mit einer Frau von ganz anderer Art näher zusammen. Aus Frau Bandis kleinster Äußerung oder Bewegung sprach die typische gebildete Frau; die andere aber konnte ich unmöglich für gebildet halten. Ich werde auf diese andere Frau sogleich zu sprechen kommen.

Vorher möchte ich noch erwähnen, daß mir Zubettgehen sowohl wie frühmorgens Aufstehen die größte Freude machten. Bei schönem Wetter war mein Zimmer dicht voll von hellstrahlendem Sonnenschein, worin ich nach Herzenslust baden konnte. Jeden Tag ging ich eine größere oder kleinere Strecke den nahen Berg hinauf, und hier, im phantastisch hohen Wald, lernte ich eines Tages das fremdartige weibliche Wesen kennen, von dem ich soeben gesprochen habe.

Abends war's; ich verfolgte, von allerlei Gedanken stark in Anspruch genommen, indes die untergehende Sonne goldene Gluten in das wunderbare, von Üppigkeit und Jugendglanz strotzende, tiefsinnige Grün hineinwarf, so meinen Weg, als mit einmal eine große Frauengestalt, die von vorspringendem Gestrüpp bis dahin verborgen gehalten wurde, dicht vor mir auftauchte. Verwunderungsvoll und höchlich betroffen blieb ich stehen; denn ich hatte eine so seltsame und zugleich so schöne Erscheinung nie auch nur von weitem, geschweige je so nah vor mir gesehen. Freundlich lächelnd trat sie zu mir heran und bot mir die Hand dar, die ich ohne geringstes unschönes Bedenken ergriff, worauf mich die Frau tiefer ins Waldesdickicht hineinführte, indem sie sagte, daß sie mir einen Platz zeigen wolle, wo wir beide völlig ungestört sein könnten. Mich ergriff ein wunderbares, inniges Behagen. Ein Glück, wie ich es nie vorher und nie mehr nachher wieder empfunden habe, hauchte mich von allen Seiten her an. Ich fühlte mich in ein Märchenland versetzt, und die stillen, hohen, schlanken Tannen, die am verborgenen Waldweg standen, kamen mir wie Palmen vor. Ein unbestimmtes Etwas, irgendwelches Gute und Schöne, an das ich dachte, zwang mich, mit leiser, ruhiger Stimme zur fremden Frau zu sagen:

»Ich liebe dich. Führe mich, wohin du willst. Ich traue dir in jedem Sinne und vertraue mich dir mit aller Seelenlust an.«

Liebreich, aber immer sehr ernst, schaute sie mich an. Zu den Worten, die ich gesprochen hatte, sagte sie nichts, sondern geleitete mich weiter, bis wir an einem eingeschlossenen Ort ankamen, der ihr um seiner Abgelegenheit willen geeignet erschien, uns auf den Boden zu setzen, was wir taten, und uns gegenseitig ungestört anzuschauen, wozu wir ebensoviel Lust wie Zeit hatten. Die Zeit schien mir stillzustehen, und der grüne Wald, aller Raum um uns beide, schien sich für uns in ein hohes, freudereiches, malerisches Lustzelt verwandelt zu haben, um zwei stille, glücklich Liebende mit seiner Pracht zu ergötzen. Der Moosboden, auf dem wir eng nebeneinandersaßen, war weich und schön und schien mir kostbar wie ein Fürstenteppich. Perserteppiche laden nicht freundlicher und eindringlicher zum Sitzen und Ruhen ein wie dieser liebe grüne, bescheidene Waldboden, auf welchem wir es uns zu unserem Entzücken wohl sein ließen.

Alles Störende, Beeinträchtigende, Beunruhigende war wie für immer aus der Welt verbannt und verschwunden; nichts Ungutes mischte und drängte sich in den Genuß der Zauberstunde, die ich mit der wunderbaren Frau im Waldwinkel, lieben, süßen Waldesdüster und -geflüster verbrachte. Nur die Abendsonne drang mit ihren letzten, schwelgerischen Liebesstrahlen rosengleich noch in die wonnige Abgeschiedenheit hinein, und ein leiser Abendwind nur leistete uns auf höchst liebenswürdige, erwünschte Art Gesellschaft, indem er die zarten, leichten Blätter um uns herum von Zeit zu Zeit in lispelnde, wispernde Bewegung setzte. Indem ich mir die Frau sorgfältig anschaute, küßte ich sie, und sie duldete den Kuß. Ein gütiges Lächeln schwebte ihr über die Lippe,

die ich mit meinem Mund berührte. Entzücken rann mir durch die unsäglich ruhige Seele.
Da ich sie bat, mir zu sagen, wer sie sei und wie sie heiße, so erwiderte sie mir, daß sie mir das ein anderes Mal sagen wolle. Ich war mit der ausweichenden Antwort zufrieden. Sie zeigte bei allem natürlichen, ungekünstelten Benehmen dennoch ein Wesen voll hoher Würde. Ihr Charakter schien mir tiefernst, aber dessenungeachtet ebenso heiter zu sein. Wir redeten beide kaum einige Worte, begnügten uns vielmehr mit dem Genuß, der für uns darin liegen wollte, daß wir anhaltend still und gedankenvoll nebeneinander dasaßen. Ernst und schön und mutig saß sie da. »Offenbar ist sie ein seltenes Naturgeschöpf. Was für Gedanken mag sie haben?« sagte ich mir im stillen.
Längst war es Nacht geworden; alles war finster.
»Du wirst wohl nach Hause gehen müssen«, sagte sie.
»Und du?« fragte ich.
Sie sagte: »Ich bin hier im Wald zu Hause.«
Wir trennten uns.
Frau Bandi war mit Übersetzen einer kleinen polnischen Erzählung beschäftigt. Die häusliche Arbeit, die sie zu besorgen hatte, schien verhältnismäßig nur wenig Kraft und Zeit zu beanspruchen. Gelegentlich ersuchte sie mich, genannte literarische Arbeit durchlesen und vielleicht hie und da verbessern helfen zu wollen. Ich gehorchte, d. h. tat, was gefordert wurde, langweilte mich aber dabei entsetzlich und vermochte daher weder ein allerdings ziemlich abscheuliches Gähnen noch zwei bis drei womöglich durchaus unstatthafte, weil höchst übelangebrachte, hübsche, meilenweite, haushohe Stoßseufzer gänzlich zu unterdrücken. Das polnische Produkt kam mir allzu sentimental und düster vor. Schwarze, schwarze, nochmals schwarze Raben; Tränen, Tränen und nochmals Tränen flogen und rannen in der kolossa-

len Novelle drückend, pressend, krächzend, schauerlich herum. Junge, Junge, halt den Mund, oder du bist rettungslos verloren. – Item!, die ungeheure unerhörte, tragödienhafte, rabenschwarze Geschichte war jedenfalls durchaus gegen meinen Geschmack. Aber mein Lieber, hören Sie, was sagt denn Frau Bandi, die doch mit dem jungen polnischen Verfasser, einem ohne Zweifel ungemein interessanten Menschen, immerhin brieflich Verkehr pflegte.

»Ein ganz frecher, unverschämter Kauz sind Sie, wissen Sie das? Wollen Sie sofort Ihr spöttisches Seufzen und dummes Gähnen bereuen und mich um Verzeihung bitten? Ja oder nein? O Sie!«

So sprach sie, und wegen des unleugbaren, allzu offensichtlichen, unvorsichtigen Mangels an Polenhochachtung und Polenverständnis, den ich an den Tag zu legen wagte, schaute sie mich ganz geringschätzig an, worüber ich natürlich laut lachen mußte. Die Entrüstete bat ich freilich sehr manierlich und sehr sorgfältig um Entschuldigung. »Warten Sie, ich werde Ihnen bald!« machte sie und lachte ebenfalls.

Sie spielte dann und wann auf einer Art Mandoline, wozu sie mitunter auch sang; indessen besaß sie nicht Stimme genug, um mit ihrer gesanglichen Leistung irgend jemandes Ohr erfreuen zu können. Sehr hübsch und lustig pflegte sie dagegen mit ihrer schönen Angorakatze zu reden, die manierlich horchte und Augen machte, als verstehe sie jedes Wort, das man an sie richtete.

»Führen Sie nicht eigentlich ein richtiges liederliches Vagabundendasein? Schämen Sie sich nicht? Machen Sie sich wirklich nie Vorwürfe?« sagte mir einmal Frau Bandi.

Ich erlaubte mir zu entgegnen: »Das kommt auf die Auffassung an. Ich bin mit meinem bisherigen, scheinbar leichtfertigen Lebenswandel im allgemeinen durchaus nicht unzufrieden, und zwar vorläufig deshalb nicht, weil ich mir sagen darf, daß ich absolut niemand im Weg bin, und daß ich für mein ferneres Fortkommen doch wohl hoffentlich zu sorgen wissen werde.«

Allerdings warf ich mir bisweilen selber meinen andauerlichen Müßiggang lebhaft vor, ohne mich jedoch deswegen allzu stark zu beunruhigen. Beständig dachte ich an Beschäftigung, nahm ich mir Arbeit vor, arbeitete aber deshalb doch noch lange nicht, lief vielmehr nach wie vor arbeitslos und ohne jegliche Tätigkeit herum. Tiefsinn und Wehmut hielten mich auf eigentümliche Art gefangen, den ganzen Tag kam ich von vielerlei Gedanken nicht recht los, sah mich von den eigenen Einfällen gefesselt. Ich war gewissermaßen Gefangener und zugleich Gefängnis, fühlte mich durch mich selber eingeengt, gehemmt, eingekerkert. Ich war frei, war es aber plötzlich wieder nicht im mindesten. Das weiße Haar meines Vaters machte mir einen tiefen Eindruck. Weit fort in die helle, weite, offene, gesunde Welt hinaus hätte ich wandern mögen, hatte aber doch auch wieder nicht die geringste Lust, nicht den geringsten Trieb dazu, obwohl ich eigentlich ganz gewiß nicht zu träge dazu war.

In meinem Dachstübchen, Schmuckstück, Zierstück, wahren Ideal von Dachstübchen, schrieb ich an meine Frau Bandi, um ihr einige Unterhaltung zu verschaffen, kleine Mitteilungen, Briefe oder Notizen. Die Schriftstücke ließ ich später unten im Treppenhaus in ihren Briefkasten fallen. Einer dieser kleinen Briefe lautete:

Liebe Frau Bandi! Ich fühle mich hier oben in meiner Stube wie mitten in einer Erzählung, worin gesagt wird oder geschrieben und gedruckt steht, daß eines Tages ein junger, netter Mensch, der vielleicht nicht recht gescheit war, in einer artigen Dachkammer saß und für sich träumte. Ich komme mir manchmal wie eine Traumgestalt oder Phantasiefigur vor. Ich lebe nicht und bin dennoch lebendig. Wie kommt das? Und Ihnen, wie geht es Ihnen unten in Ihrem Erdgeschoß? Womit sind Sie in diesem Augenblick beschäftigt? Ich wünsche Ihnen zum Frühstück eine Beigabe von hundert, wenn nicht sogar tausend willkommenen Heiterkeiten. Die liebe Sonne scheint mir ins Zimmer hinein, auf den Tisch, auf das Schreibpapier, an die Nasenspitze und an die Federspitze, mit der ich diese unklugen Worte schreibe. Nicht wahr, Sie sind doch eigentlich auch der Meinung, daß die Welt entzückend schön ist. Was Sie betrifft, so finde ich, daß Sie eine sehr liebe Frau sind, und ich behaupte steif und fest, daß ich Ihnen sozusagen tatsächlich zugetan bin. Aber womit könnte ich Ihnen beweisen, daß Sie mir lieb sind? Mich selber halte ich für einen eher guten, dummen, ehrlichen, als schlechten, schlauen und zweideutigen Kerl, für eher treuherzig als gänzlich abgefeimt, für mehr grad als krumm und für leider eher bedeutungslos als wichtig und bedeutend. Im großen und ganzen bin ich vielleicht ein ganz passabler, netter Mensch, wiewohl ich dies bis dahin freilich noch nicht bewiesen habe. Ich bitte Sie, probieren zu wollen, ob es Ihnen möglich sei zu glauben, daß ich unter Umständen ganz nett sein könnte, falls ich nur wollte. Sie jedenfalls sind sicher eine sehr nette Frau.

Über solcherlei Ergüsse lachte Frau Bandi manchmal ganz ausgelassen. Sie pflegte dies auf so silbrige und kicherige Art zu tun, daß es ein Genuß sein konnte, sie lachen zu hören. Sind nicht am Ende die lustigen Momente die schönsten von allen, die wir armen, von trüben Stimmungen leider nur zu häufig geplagten Menschen erleben?

Mit einem wackern, schlichten Menschen ging ich um diese Zeit einmal über den Berg. Wie ich mich deutlich erinnere, entspann sich auf dem Wege eine gute und sehr angenehme Unterhaltung, wobei die treffliche Persönlichkeit, in deren Gesellschaft ich ging, den Gedanken entwickelte, der dahin lautete, daß im allgemeinen wir Menschen während unseres ganzen Lebens uns von einem gewissen eifrigen Suchen und Sehnen weder jemals zu befreien imstande seien, noch uns Mühe geben sollten, uns davon befreien zu wollen; daß unser Sehnen nach Glück als solches offenbar viel schöner, immer viel zarter, bedeutsamer und darum im Grunde wahrscheinlich auch viel begehrenswerter sei als das Glück selber, welches vielleicht überhaupt gar nicht zu existieren brauche, weil ein heißes, beglückendes Streben und ein immerwährendes sehnsüchtiges Verlangen nach ihm unserem Bedürfnis unter Umständen nicht nur vollständig genüge, sondern viel besser, viel inniger entspreche; daß glücklich sein keineswegs so ohne weitere Frage, ohne Sorge der Sinn der Welt, Ziel und Endzweck des Lebens sei usw.

»Warum marschieren Sie nicht einfach einmal fröhlich nach Italien? Italienischer Himmel und italienische Heiterkeit würden Ihnen sicher nicht schaden, sondern sicher nur nützlich sein.«

»Gewiß ist dies durchaus kein schlechter Gedanke«, sagte ich.

Inzwischen blieb mir die schöne Fremde vom Wald fortwährend im Kopf. Ich war ihr nah wie dem eigenen Wesen. Vertrauter konnte mir die eigene Seele nicht sein. Ich ging unter die hohen Kastanienbäume zu den Schwänen, und indem ich die Anmut, den sanften Stolz, das prächtige Gefieder, die edle Haltung der schönen Tiere mit sorgsamer Aufmerksamkeit betrachtete, so vertiefte ich mich auch schon wieder auf das emsigste in allerlei Betrachtungen über die sonderbare, herrliche Frauenerscheinung, die mir fast nur wie ein hauchartiger, nebelhafter Traum vor den Augen, vor dem Gemüt schwebte, obwohl ich sie doch mit Augen tatsächlich gesehen und mit leibeigenen, körperlichen Händen auf das wärmste und unzweifelhafteste berührt hatte. Wie mich ihr Bild beständig begleitete, so vernahm ich auch unaufhörlich den Wohlklang ihrer dunklen, lieben, angenehmen Stimme. Der Gedanke an die schöne Seltsame und Rätselhafte glich dem eigenen Leben. Atmen und an sie denken war für mich ein und dasselbe. An das Geländer gelehnt, studierte ich mit scheinbar größter Genauigkeit und fleißiger Achtsamkeit die hübschen schillernden Bewegungen des Wassers, sah jedoch dabei nur sie, die mich unwiderstehlich zu sich zog, die mein Dasein, Fühlen und Denken unumschränkt beherrschte.

Da es Abend und außerdem der Abend schön war, so spazierten unter dem wohltuenden Grün der Allee zahlreiche Spaziergänger und Spaziergängerinnen einher. Alles rund herum war in sonnigen, goldenen Hauch, in träumerischen, gedankenvollen Dunst gehüllt. Ich sah Frau Bandi kommen und ging ihr entgegen, um sie zu grüßen; mit dem Herzen aber war ich bei der andern, beim Geschöpf der Natur, bei der wundersamen Erscheinung vom Walde.

Frau Bandi und ich setzten uns auf eine augenblicklich durch weiter niemand benützte Ruhebank, worauf erstere sagte:

»Nicht wahr, Sie sahen hin und wieder, wie ich weinte, wie ich gänzlich verzagt und hoffnungslos gewesen bin, wie ich um einen verloren gegangenen holden Traum klagte, ein Liebenswertes, Lebenswertes, das mir auf immer entschwunden ist, beweinte. Sie haben mir wohl auch gesagt oder bisweilen zu verstehen gegeben, daß Sie mir zugetan seien. Würden Sie mir, wenn ich unmöglich länger zu leben, unmöglich mehr am Leben zu bleiben vermöchte, gänzlich verzweifelte, den Dienst erweisen, mich zu töten, wozu ich die Tapferkeit nicht fände, obwohl ich alsdann fest entschlossen wäre zu sterben? Und mit mir sterben? Möchten Sie, könnten sie das?«

»Sagen Sie nicht so traurige Dinge. Wie ich fest überzeugt bin, wird es sich immer noch lohnen, geduldig und sanftmütig am Leben zu bleiben; denn ich denke, daß trotz des Unterganges von vielem Schönen Ihnen noch manche schöne Stunde blühen kann.«

In die Stimme, mit der ich dies sagte, versuchte ich so viel Weichheit und zugleich so viel Achtung wie möglich zu legen. Vielleicht würde ich noch mehr haben sagen können; aber ich glaubte fühlen zu müssen, daß irgendein einfaches einziges Wort bei solcherlei Anlaß das beste sei. Außerdem meinte ich berechtigt zu sein, mir im stillen sagen zu dürfen: »Vielleicht meint sie es gar nicht so ernst.«

Sie stand auf und ging weg.

Rasch erhob auch ich mich und eilte, vom Verlangen getragen und durch Wiedersehensbegierde, die mich erfüllte, zum voraus schon freudig erregt, den steilen Rebberg hinauf. Wie eine weiße Fürstinnenerscheinung glänzte in der Ferne der abendlich blasse, geisterbleiche See. Rosig brennendes Abendgewölk schwebte über dem weitausgedehnten, spiegelblanken, schönen Wasser. Auf bekanntem Weg angelangt, sah ich sie gleich einem Gemälde oder einer Skulptur, als wenn sie schon die längste Zeit auf den späten Ankömmling geduldig warte, gelassen auf einem altertümlichen, zerrissenen Gemäuer sitzen. Meine Freude, sie wiederzusehen, glich dem Glück und dem Vergnügen, ihr in die groß wie tiefsinnige Fragen geöffneten Augen schauen und ihr die Hand darreichen zu dürfen. In ihrer sympathischen Ruhe, ihrem Stolz, ihrer Kraft glich sie einer Gestalt aus längst entschwundenen, goldenen Zeiten, und schien einer andern Zone als der unsrigen anzugehören. Die Kraft, die sie verkörperte, ähnelte an Unverblüht- und Unverblümtheit, folglich auch an Unverkommen- und Unverdorbenheit, wie an Ungekünstelt- und Unverwäschtheit der Güte, Schönheit, Nachgiebigkeit ihres mütterlichen und schwesterlichen, ebenso kräftigen wie süßen, himmlisch-guten Lächelns, das mich lüstete zu küssen, womit ich freilich auch den weichsten, wärmsten Menschen- und Frauenmund der Erde küssen mußte, was mir in keiner Weise verweigert wurde. Einen Hut trug sie nicht; in herrlich-phantastisch-wildem Strom stürzte ihr das Haar herab, das die Abendsonne mit Goldglanz überschüttete.

Langsam gingen wir zusammen wieder den alten Weg entlang in den gebüschreichen Wald hinein. Glücklich und in mir selbst befestigt war ich wie nie. Auch sie sah mich gern, auch sie war mit sich selbst und mit mir zufrieden, das fühlte und sah ich deutlich.

Bald saßen wir wieder auf dem köstlichen, beliebten Moosplätzchen vom vorigen Mal, wo ich sie in aller behutsamen Bequemlichkeit umarmte und es mir an ihrer freundlichen, gutherzigen Brust, die mir wie das schönste, weichste Kopfkissen erscheinen wollte, behaglich machte. Mich an die liebe Figur umständlich anzuschmiegen, das Gesicht an das ihrige zu drücken, mir recht viel Zeit zu nehmen, sie so frei, so zärtlich, so inbrünstig wie möglich zu umhalsen, das und mancherlei anderes, ebenso Gutes tun zu können, dünkte mich ohne langes Herumsinnen und ohne daß ich Worte dafür fand, ein schwellendes in Segelschiffen schaukelndes Emporschwingen zum Ideal und folgerichtigermaßen ein Aufenthalt in Gegenden zu sein, wo Selige und Kummerlose wohnen, die sich an unaufhörlichen Freuden ergötzen.

Sie streichelte mir die Stirne, und während sie dies tat, sagte sie mir, wer sie sei, indem sie sprach:

»Ich heiße Marie und stamme aus dem Emmental. Vater und Mutter habe ich früh verloren, kam schon als Kind in fremder Leute Hände. Tüchtig arbeitete ich; denn ich bin stark. Bald kam mir alles, was ich sah und hörte, kalt, fremd und klein vor. Was die Leute Leben nennen, habe ich nie begriffen. Der Menschen kleines Weinen und kleines Lachen wurden mir fremder und fremder, unverständlicher und unverständlicher. An ihren raschen Freuden hatte ich keinen Teil; ihre Schmerzen vermochte ich nicht zu verstehen. Immer ruhig und gefaßt war ich. Weder Unruhe noch Angst kommen bis zu mir. Niemals hatte ich vor irgend etwas Angst. Die Menschen fingen an, vor mir auszuweichen, als wenn ich ein Geist sei; aber ich verlor die Ruhe nie und werde sie nie verlieren. Hier im Wald fühle ich mich wohl. Die Menschen mag ich nicht. Freilich wohne ich nicht hier im Wald, wie ich dir das letzte Mal sagte; ich wohne unten in der Stadt in einer Seitengasse; immer aber zieht es mich hier hinauf, wo ich stehe oder sitze und den Tag verbringe. Auch du liebst den Wald.«

»Wie dich«, sagte ich.

»Nie habe ich geweint, bin aber«, fuhr sie fort, »auch nie besonders lustig gewesen. Von diesen Unterschieden, diesen vielerlei Dingen verstehe ich nichts. Immer ernst war ich, immer so, wie du mich siehst. Zornig oder traurig war ich nie. Immer gleich bin ich, und darum haben mich die Leute eine Gleichgültige genannt und mit bösen Augen angeschaut, obwohl ich keinem Menschen je Leides oder Böses zufügte. Die Menschen haben mich nie verstanden, sind deswegen böse geworden, haben mir gezürnt und mich fortgestoßen; denn sie wollen alles wissen und sogleich verstehen. Mein Schweigen, das ich wie den Himmel liebe, an den ich glaube, hat sie gegen mich empört. Ich habe sie mit meiner Ruhe, mit meinem Schweigen beleidigt, bin jedoch nicht aus Trotz ruhig und schweigsam gewesen. Nie habe ich mit meinem Wesen jemand kränken wollen. So geboren bin ich; aber die Leute meinen immer, daß man absichtlich so oder so sei. Mich kümmert das nicht viel, heute, wo du bei mir bist, schon ganz und gar nicht. Du bist gut und liebst mich und vertraust mir. Du bist ruhig und hast keine Angst vor mir.«

Schweigend und horchend saßen wir beieinander, bis alles rings um uns wieder finster war und sie leise sagte: »Geh jetzt nach Hause.«

Frau Bandi erzählte ich nichts von Marie, die ich überhaupt nicht erwähnte. Frau Bandi würde die Freude, die ich fühlte, und das Bedürfnis, das ich hatte, mit einer Frau wie Marie zu verkehren, sicherlich in keiner Weise verstanden haben. Auch würde ich sie mit Beschreiben von Maries Schönheit, mit Auseinandersetzen alles dessen, was an einer andern reizend, anziehend und wertvoll für mich war, vermutlich nur haben verstimmen können, und das mochte ich nicht tun. Vielmehr mußte jedes Derartige sorgfältig vermieden werden. Irgend jemandes Eigenliebe und ganz natürliche Eitelkeit sich nicht scheuen zu verletzen, in dieser oder ähnlicher Hinsicht rücksichtslos, grob, unhöflich sein, halte ich und hielt ich Gott sei Dank stets für ebenso unzart wie unklug, für ebenso brutal wie töricht, für ebenso feig wie grausam. Genug, ich fand jedenfalls für ratsam, das Geheimnis meines Glückes vorsichtig für mich zu behalten. Es leuchtete mir ein, daß ich mich streng zu hüten habe, zartes Wissen preiszugeben und angenehmes, vielversprechendes Stillschweigen unbeobachtet zu lassen, Fehler, womit ich mir nur Ärger verschafft und Unwohlbefinden zugezogen haben würde, ohne den geringsten Nutzen zu stiften. Wenn die Einsicht vorhanden ist, daß mit Reden etwas Gutes, Liebes und Vorzügliches zerstört, dementsprechend mit Schweigen nicht das geringste Schädliche und Üble angerichtet wird, so schweigt man gern.

Marie war immer gleich schön und naturhaft, und die zahlreichen Stunden, die ich erbaulicher- wie vergnüglicherweise in ihrer Gesellschaft verbringen durfte, befriedigten mich in stets gleich hohem Maße.
Einmal ging ich zusammen mit Frau Bandi in der Waldumgebung spazieren, wo ich Marie, wenn ich auf Besuch zu ihr ging, anzutreffen pflegte, und da wollte es der Zufall, daß sie uns begegne. Sie trug diesmal seltsamer- und abenteuerlicher- oder launenhafterweise einen Fächer in der Hand. Das Handgelenk schmückten schimmernde, wenngleich offensichtlich billige Spangen. Wundersamer blauer Meerglanz strahlte ihr aus den freundlichen Augen. Das war in der Tat die Frau in Person, die für die Liebe und für das Glück eines Menschen geschaffen zu sein schien. Ihre siegesgewisse, doch auch wieder unendlich bescheidene Miene glich dem Gesichtsausdruck einer Göttin. Leicht und groß zugleich; anmutig und zugleich fast ein wenig schwerfällig kam sie daher, die Schritte Musik und die Bewegungen Melodien, wieder ohne Hut und nur leicht gekleidet, wunderschönem Körper jegliche Freiheit gönnend.
Frau Bandi warf auf Marie nur zu rasch einen offenbar ungerechtfertigten Blick voll Abscheu und Verachtung. Indem ich mich von so unbedenklicher Geringschätzung und Unfreundlichkeit als Zeuge erblickte, tat mir jedoch nur die gebildete Frau leid, die mit Entsetzen und Wegwerfung auf das gute unwissende Kind der Natur schaute, dessen Erscheinung sie mißbilligen zu sollen meinte.
Zu Marie ging ich so oft, als ich irgendwie konnte; hörte aber darum keinesfalls auf, in Frau Bandi eine schätzenswerte, edle Weiblichkeit zu verehren, da mir beide Gegensätze, jeder nur eben auf seine besondere Art, insofern bedeutend erschienen, als mich zu Marie mehr das Herz zog, während mich an die Dame, die von Frau Bandi

vergegenwärtigt wurde, mehr der Drang und der Wunsch nach Bildung fesselte.
Eines Tages aber war Marie verschwunden, ohne daß sie das leiseste Zeichen oder nur die geringste Spur zurückließ. Ihr Verschwinden von Ort und Stelle blieb mir unerklärlich. Es sah aus, wie wenn sie nie dagewesen wäre. Nur ein süßer Duft, ein Nachtigallenton, ein liebes Bild und eine Schmetterlingserinnerung, eine Erinnerung, die leise wie ein milder Abendwind war, blieben noch von ihr zurück. Ganze Tage streifte ich vergeblich in zaghaftem, unordentlichem Forschen, in einem traurigen Herumsuchen nach der Entschwundenen, in wirrem, bangem Bemühen, das keinerlei Resultat hatte, durch den Wald hin und her, der einer verlassenen Wohnung glich, aus welcher die Bewohnerin entflohen war.
Marie sah ich nicht mehr wieder, und da es mir ohnehin endlich Zeit für mich schien, in einige Beweglichkeit zu geraten und eine oder die andere Tätigkeit aufzusuchen, irgendeine feste Beschäftigung zu ergreifen und mich nachgerade wieder einmal an ein zielbewußtes Streben zu gewöhnen, so faßte ich den Entschluß, meine paar Sachen einzupacken, Abschied zu nehmen und zu verreisen.
»Wohin reisen Sie?« fragte Frau Bandi.
»Das weiß ich noch gar nicht recht. Nun! in irgendeine der Zentralen heutiger Zivilisation, Kultur, Arbeit, Entbehrung, verfeinerten Genusses, moderner Eleganz und Bildung, in eine der großen geräuschvollen Städte, wo ich sehen lernen werde, wie ich es anzufangen habe, mir unter den Mitmenschen einige Achtung und einiges Ansehen zu verschaffen.«
»Wollen Sie nicht noch einige Tage hier bleiben?«
»Nein.«
»Wird man Sie lange nicht mehr sehen?«
»Das kann sein.«
»Was werden Sie erleben? Wird es Ihnen gut gehen?«

»Das wird sich zeigen.«
»Treten Sie, wie ein guter Freund, nah zu mir heran und küssen Sie mich zum Abschied sanft und artig auf die Stirne.«
Indem ich tat, was sie wünschte, verabschiedeten wir uns. Mein Vater wünschte mir Glück und gute Reise; ich ihm Gesundheit und ein gutes Alter. Damit ging ich fort.

BERTA

Berta arbeitet als fleißige Angestellte im Kontor einer Fabrik. Ihr Vorgesetzter, ein allerdings leider Gottes schon etwas ältlicher Herr, sehr galant natürlich, spielt, so ist mir neulich zufälligerweise zu Ohren gekommen, da er den Tag über mit ihr in Berührung kommt, den Liebhaber bei ihr. Einmal tut er, als sei er verliebt in sie bis über die Ohren, und ein anderes Mal wieder gebärdet er sich wie der gestrenge Herr und Meister und behandelt das ganz gewiß nette Mädchen mit ausgesuchter Kälte. Ist das nicht entweder ein Schlaukopf oder aber einer, der nicht weiß, was er will. Heute ist er ein Verehrer und morgen ist er ein Verächter des weiblichen Geschlechtes, je nachdem es ihm zu passen scheint. Gewiß steht dieser Herr keineswegs in seiner Art einzig da, es gibt ihrer mehr, die es genauso oder ähnlich machen. Zu der und der Stunde möchte er sie vor lauter Verliebtheit auf den Händen tragen, ihr vielleicht gar die Hand kniefällig küssen; zu einer andern Zeit hingegen scheint er sich besonnen zu haben und alsdann kommt sie ihm nicht anders als ein armes Tröpfchen vor, das nicht wert ist, auch nur flüchtig mit einiger Freundlichkeit und Achtsamkeit betrachtet zu werden. O, so ein Schurke, so ein Hauptkerl! Bald ist er Herr, und bald ist er Diener bei ihr, bald schnauzt und knurrt er sie mit groben Vorgesetztentönen an; bald bettelt er mit flehender Miene und Stimme wieder um Gnade, ganz je nachdem er geruht, aufgelegt zu sein. Sollte es nicht als Verdienst und als wichtige Aufgabe gelten, daß jemand, der diese Art von Arbeit über sich zu nehmen entschlossen wäre, dem wetterwendischen Halunken einen gehörigen Puff gäbe.

Gewiß sind Hunderte von Menschen ganz meiner Meinung, wenn ich sage, daß der Spitzbube zehntausend Rippenstöße verdiente. Geht auf Verehrersfüßen und gleichzeitig noch auf andern Füßen. Ist er etwa ein Vierfüßer? Ich weiß es nicht genau. So viel aber weiß ich, daß ich nächstens Berta raten werde, alles aufzubieten, damit sie sich den launenhaften Mann unterjoche. Teufel noch einmal, so einer sollte mir, wenn ich Frau wäre, parieren!

DER ANDERE JUNGGESELLE

Ein anderer Junggeselle, einer der hartnäckigsten, die es je gab, ein Frauenfeind erster Güte und doch wieder absolut kein Frauenfeind, sondern ein ganz netter, artiger Mensch, der keinem weiblichen Wesen nur ein Haar krümmte, tat seine Sache, erfüllte auf das Eifrigste seine Obliegenheiten und war ehrlich, solid und lebensfröhlich. Das aber war es ja gerade, das Schurkische, nämlich, daß er fröhlich war, denn es gab Leute, die das unverzeihlich fanden. Es gab ehrenwerte und nette Leute, die der Meinung waren, daß der gute Junggeselle verpflichtet sei, sich unglücklich zu fühlen. Das war er jedoch keineswegs, sondern er lebte, wie gesagt, ganz vergnügt dahin und von Verzweifeln wegen seines Junggesellentums war bei ihm keine Spur. Der Junggeselle ahnte, daß er einige nette und achtenswerte Leute mit seiner Vergnügtheit und Zufriedenheit beleidige, und daß seine heitere unbefangene Existenz für diejenigen fast ein Ärgernis sei, die lebhaft wünschten, daß der Junggeselle an seinem Junggesellenwesen zerschelle. Allerlei nette und achtenswerte Leute trafen allerlei gefährliche kriegerische Vorkehrungen, um dem Unhold sanft oder unsanft auf den Leib zu rücken, ihm das edle Gleichgewicht zu rauben, die Seele zu erschüttern, den guten Glauben an sich selbst zu untergraben und seine Charakterfestigkeit zunichte zu machen. Zahlreiche, wohlvorbereitete Angriffe wurden ins Werk gesetzt, um des Junggesellen zähes Selbstbewußtsein zu zerschmettern, doch es wurde nichts erreicht, denn der Schreckliche blieb unerschütterlich. Unerhörte Leckerbissen wurden der grausamen Bestie mit wir möchten sagen vollendeter Kunst vorgeworfen, aber das Ungeheuer verzichtete mit diebischem Vergnügen auf alle dargebotenen Genüsse, recht wohl wissend, daß es die liebliche Kost mit dem Verlust von Freiheit und Unabhängigkeit bezahlen müsse. Fallstricke wurden gelegt, Schlingen und Angeln säuberlich und appetitlich dargehalten, Fallgruben vorbereitet, schön mit Höflichkeiten und Artigkeiten zugedeckt, Netze wurden ausgestreckt, doch der Junggeselle fiel nicht in die Falle und stürzte nicht in die Grube, ging nicht in die Schlinge und rannte nicht ins Netz. Eine Dame, die sich besonders Mühe gegeben hatte, unsern guten und muntern Junggesellen zu entjunggesellen, schrieb ihm eines Tages voll Unmut und Ungnade: »Wissen Sie, daß Sie sehr unhöflich sind? Wissen Sie, daß es charmante Leute gibt, die berechtigt sind, von Ihnen zu sagen, daß mit Ihnen nichts anzufangen sei? Wissen Sie, daß man allgemein über Ihr Betragen, das sehr absonderlich ist, die Achsel zuckt und den Kopf schüttelt? Man glaubte sich einreden zu dürfen, daß Sie unglücklich seien, nun sind Sie aber scheinbar ganz glücklich und vergnügt. Statt herzlich froh zu sein, daß reizende und nette Leute Sie aus dem Kerker des Junggesellenstandes zu erlösen versuchten, spötteln und lächeln Sie wohl gar noch! Das ist nicht fein, leben Sie wohl. Ich überlasse Sie der Menge von Vorwürfen, die Sie sich zu machen haben. Ihr Betragen muß von niemand anderem so aufrichtig bedauert werden, wie von Ihnen selber.« – »Gnädige Frau«, schrieb der standhafte Junggeselle anmutig und manierlich zurück: »Ich vermag nicht einzusehen, wie ich mir irgendeinen Vorwurf zu machen hätte. Gnädige Frau werden mir gütig erlauben, zu bemerken, daß ich mir unmöglich einreden darf, es habe irgend jemand an der rein menschlichen Verfassung, die ich vergegenwärtige, ein Interesse. Ich beklage die sehr unangenehme und bedauerliche Tatsache, daß sich nette und charmante Leute meinethalb umsonst angestrengt haben; verantwortlich kann ich mich jedoch hiefür ganz unmöglich fühlen. Ich bin so frei, Sie daran zu erinnern, daß ich als Mann von einiger Bildung entschlossen sein muß, zu denken, ich sei fähig, für mein Wohlergehen jederzeit selber zu sorgen.«

DIE ITALIENISCHE NOVELLE

Ich habe starke Ursache, mich zu fragen, ob eine Geschichte gefallen wird, die von zwei Leuten oder Leutchen, nämlich von einem reizenden netten Mädchen und von einem in seiner Art mindestens ebenso netten braven guten jungen Mann berichtet, die im schönsten und innigsten Freundschaftsverhältnis zu einander standen. Die zärtliche und leidenschaftliche Liebe, die sie gegenseitig fühlten, glich an Hitze der Sommersonne und an Reinheit und Keuschheit dem dezemberlichen Schnee. Ihr beidseitiges liebenswürdiges Vertrauen schien unerschütterlich, und die feurige unschuldige Neigung wuchs von Tag zu Tag wie eine wundervolle farben- und duftreiche Pflanze. Nichts schien den allerholdesten Zustand und das allerschönste Zutrauen stören zu können. Alles wäre schön und gut gewesen, wenn nur der brave gute liebe und junge Mann die italienische Novelle nicht so gut gekannt hätte. Die exakte Kenntnis jedoch von der Schönheit, Pracht und Herrlichkeit der italienischen Novelle machte ihn, wie der aufmerksame Leser sogleich erfahren wird, zum Schafskopf, raubte ihm für eine Zeitlang die Hälfte des gesunden Verstandes und veranlaßte, zwang und nötigte ihn eines Tages, morgens oder abends, um acht, zwei oder sieben Uhr zu seiner Geliebten mit dumpfer Stimme zu sagen: »Du, höre, ich habe dir etwas zu sagen, etwas, das mich schon die längste Zeit drückt, plagt und foltert, etwas, das uns beide vielleicht unglücklich machen wird. Ich darf es dir nicht verschweigen, ich muß, ich muß es dir sagen. Nimm allen deinen Mut und alle deine Festigkeit zusammen. Es kann sein, daß dich die Kunde von dem Schrecklichen und Furchtbaren tötet.

O ich möchte mir tausend schallende Ohrfeigen geben und mir das Haar ausraufen.« Das arme Mädchen rief angstvoll aus: »Ich kenne dich nicht mehr. Was quält, was peinigt dich. Was ist es Schreckliches, das du mir bis dahin verheimlicht und das du mir anzuvertrauen hast. Heraus mit der Sprache auf der Stelle, damit ich weiß, was ich zu fürchten und was ich irgendwie noch zu hoffen habe. An Mut, das Härteste zu dulden und das Äußerste zu ertragen, fehlt es mir nicht.« – Die so redete, zitterte freilich vor Angst am ganzen Körper, und das Unbehagen verbreitete eine tödliche Blässe über ihr liebreizendes, sonst so frisches und hübsches Gesicht. »Vernimm«, sagte der junge Mann, »daß ich leider nur ein zu gründlicher Kenner der italienischen Novelle bin und daß eben diese Wissenschaft unser Unglück ist.« – »Wieso das, um Gotteswillen?« fragte die Bedauernswürdige, »wie ist es möglich, daß Bildung und Wissenschaft uns trostlos machen und unser Glück zerstören können?« Worauf es ihm beliebte, zu erwidern: »Weil der Stil in der italienischen Novelle an Schönheit, Saft und Kraft einzig dasteht, und weil unsere Liebe keinen derartigen Stil aufzuweisen hat. Dieser Gedanke macht mich trostlos, und ich vermag an kein Glück mehr zu glauben.« Beide guten jungen Leute ließen zirka zehn Minuten lang oder etwas länger den Kopf und das Köpfchen hängen und waren völlig rat- und fassungslos. Nach und nach gewannen sie jedoch die Zuversicht und den verlorenen Glauben wieder zurück, und sie kamen wieder zur Besinnung. Sie rafften sich aus Trauer und Entmutigung auf, schauten einander freundlich in die Augen, lächelten und gaben sich die Hand, schmiegten sich eng zusammen, waren glücklicher und vertraulicher als je zuvor, indem sie sagten: »Wir wollen nach wie vor trotz allen stilvollen und prachtvollen italienischen Novellen Freude und Genuß aneinander haben und uns zärtlich lieben, so wie wir einmal sind. Wir wollen genügsam und zufrieden sein und uns um keine Vorbilder kümmern, die uns nur den Geschmack und das natürliche Vergnügen rauben. Schlicht und ehrlich aneinanderhängen und warm und gut sein ist besser als der schönste und vornehmste Stil, der uns gestohlen sein kann, nicht wahr.« Mit diesen fröhlichen Worten küßten sie sich auf das innigste, lachten über ihre lächerliche Mutlosigkeit und waren wieder zufrieden.

LUISE

Ich war neunzehn Jahre alt und lebte als Handelsbeflissener zu Z ... Mein Kamerad Paul stellte mich seiner Freundin Rosa vor, die mich ihrerseits wieder mit ihrer Freundin Luise bekannt machte, was eine Güte war, die mich zur bescheidensten und artigsten Aufführung verpflichtete. Ob ich dann aber auch wirklich immer bescheiden und artig war, will und soll ich hier nicht näher untersuchen. In bezug auf meinen Monatsgehalt von hundertfünfundzwanzig Franken hatte ich die Unverschämtheit mir selbst zuzurufen: »Ein so hohes Salär verdiene ich ja unter keinen Umständen, ich Lümmel!« Ich zeichnete mich damals auf das vorteil- oder unvorteilhafteste dadurch aus, daß ich vor mir selbst eine überaus geringe, dagegen vor den meisten andern Leuten eine übertrieben hohe Achtung hatte. In dieser Hinsicht ist man mit neunzehn Jahren wahrhaft kühn. Ich erkühnte mich eines schönen Tages, ich weiß nicht mehr genau, um wieviel Uhr, Luise, die ich im höchsten Grad verehrte, einen Brief zu schreiben, der, soviel ich mich zu erinnern vermag, ungefähr mit folgenden hübschen Worten begann: »Verehrte, liebe Frau, es ist das erstemal in meinem jungen armen und vielleicht ganz unnützen Leben, daß ich mich erdreiste, einer Frau zu schreiben, und es hat Mühe, Überwindung und Mut gekostet, bis ich mich zu entschließen gewagt habe, die Anrede aufzusetzen, die niederschreiben zu dürfen, mich schon an und für sich glücklich macht.« Luise besaß die Freundlichkeit, den Brief-Erstling insofern zu beantworten, als sie mir ihre Gedichtmanuskripte nebst einem Album mit der Bitte zuschickte, erstere mit meiner zierlichen Handschrift säuberlich in Letzteres abzuschreiben. Gab es auf dieses Ersuchen hin auf der Welt einen glücklicheren Menschen als den überglücklichen Burschen, an den die Bitte und das Gesuch gerichtet wurden? Ich schrieb mit feinster Schrift und klopfendem Herzen die schönsten und liebenswürdigsten Verse ab und befand mich, während ich das tat, wie im Himmel. Es braucht in der Tat wenig, um einen jungen Kommis glücklich zu machen. Luise sagte mir im Verlauf unseres Verkehres auf eine ernsthafte Art, daß sie Rauchen und Biertrinken, die den männlichen Lebenswandel zu begleiten pflegen, häßlich und abscheulich finde, und ich gab ihr vollkommen recht, denn ich bewunderte zum voraus alles, was sie sagte. Ich nahm mir so fest wie möglich vor, beide genannten Übel so sehr zu vermeiden wie zu verachten, tat gewissermaßen ein tiefinnerliches Gelübde, das zu allen Zeiten und bei jederlei Gelegenheit aufrecht zu halten ich jedoch keineswegs die nötige Kraft hatte, aber schon der bloße Versuch nur, folgsam und enthaltsam zu sein, machte mich glücklich. Ihr schönen dahingegangenen guten Zeiten, wie entzückt ihr mich!

»Neunzehn Jahre, und noch nichts für die Unsterblichkeit getan!« rief es in mir mit jugendheller und zugleich anklagender Stimme. Meine Lektüre waren Lenau, Heine, Börne und der edle Friedrich Schiller, welch letzteren ich übrigens nie aufhören werde im höchsten Sinn zu verehren. Da ich überzeugt, und von der Überzeugung so tief wie man nur sein kann durchdrungen war, daß es allerhöchste Zeit für mich sei, mich der Menschheit zu widmen, so schrieb ich einer angesehenen publizistischen Person, daß es mein glühender und brennender Wunsch sei, ihm und der Sache, als deren Vertreter und Abgesandter er mir erscheine, aufopferungsvoll und eifrig zu dienen. »Jugendlicher und ungestümer Verehrer«, schrieb mir der Mann ganz trocken zurück, »es ist nicht so leicht, wie Sie sich zu denken scheinen, dort Dienste zu verrichten und Opfer zu bringen, wo doch Meyers Konversationslexikon wohl in allererster und schließlich auch in letzter Linie in Frage kommt. Daß Sie zu mir emporstaunen, begreife und billige ich, denn Sie haben durchaus Grund, mich für einen großen Mann zu halten.« Ich stutzte über dieses seltsame Schreiben. »Dieser edle Verleugner alles Selbstischen, dieser Vertreter alles dessen, was uneigennützig und uneitel ist, muß ein sonderbarer Herr sein«, sagte ich zu mir selber, und die Lust, mich für die hohen Ziele und Zwecke der Menschheit einzusetzen und abzumühen, nahm verblüffend schnell und stark ab, sank beträchtlich und verlor sichtlich an froher, frischer Farbe. Mit um so frecherem, froherem und frischerem Mut machte ich jetzt den kühnen und waghalsigen Versuch, in die gebildeten und vornehmen Gesellschaftskreise einzudringen, die ich bis dahin nur von weitem bewundert, bestaunt und angebetet hatte. Ich mietete bei der Frau Professor Krähenbühl ein Zimmer und lernte infolgedessen in recht kurzer Zeit die besten, gediegensten und höchsten Kreise, Zirkel und Verbände kennen, derart, daß mir Luise zeitweise ganz niedrig und sozusagen proletarisch erschien. Ich undankbares Ungeheuer! Aber der Glanz und die Herrlichkeit dauerten nicht lange; es wurde mir unter all dem feinen Benehmen und unter all den schönen geistvollen Redensarten und Gesprächen glücklicherweise rechtzeitig angst und bang, und daher bat ich Frau Professor Krähenbühl, mich um der Barmherzigkeit Gottes willen doch lieber wieder fortziehen und weiterschwenken lassen zu wollen, weil ich fürchten müsse, elendiglich umzukommen. Die Dame lächelte und sagte, sie bedaure aufs lebhafteste, tiefste und höchste meinen schleunigen Abgang, könne mich jedoch natürlich in meinen freien Entschließungen nicht hindern, sie wünsche mir selbstverständlich alles Gute und Schöne und freue sich unendlich, daß ich, wie es scheine, gesonnen sei, sie zu verlassen. Offenkundige, abscheuliche Ironie war das! Aber ich war nur von Herzen froh, daß ich das Weite suchen und auf und davonrennen durfte.

Ich kam nun in die Vorstadt zu Schreinersleuten. »Wenn ich mich mit einiger Aufmerksamkeit vom Kopf bis zu den Füßen betrachte«, redete ich mit mir selber, »so muß mir unwillkürlich einleuchten, daß ich weit besser ins Arbeiterviertel als in die bessere Gesellschaft oder mit andern Worten entschieden besser zu den armen Leuten als ins Villenquartier passe.« Wie ich mich erinnere, war ich herzlich froh, daß ich den Mut hatte, mir aufrichtig die Meinung zu sagen. Zu einer gesunden Einsicht zu gelangen ist für den äußern sowohl wie für den innern Menschen stets ein großer Vorteil, der mit Annehmlichkeiten verbunden ist. Bei meinen Schreinersleuten sah ich dann und wann im gegenüberliegenden Fenster einen armen Knaben, der auf unbegreiflich erschreckende Art Pfeife rauchte, was einen traurigen und entsetzlichen Anblick darbot. Des frühverdorbenen Knaben Mutter, oder was die Person sonst sein mochte, schlug, wie ich deutlich hörte und merkte, den Jungen täglich unbarmherzig, und das Fürchterliche bei der Kindermißhandlung war die unnatürlich stumpfe Gelassenheit, womit das Kind sein elendes Schicksal hinnahm, daß es über die Schläge, die es erhielt, nicht einmal mehr weinte. Die Frau, die den Knaben schlug, und der Knabe, der gleich einem jugendlichen Gespenst regelmäßig, als wenn er ein alter Mann sei, zum Fenster hinausschaute und rauchte, seine frühe grauenvolle Fühllosigkeit, des Weibsbildes Grausamkeit, ihre leuchtendrote Nase, deren Aussehen auf ein abscheuliches Laster deutete: das alles ergab ein Bild, dessen rohe Häßlichkeit mich schaudern machte. Bei dieser Gelegenheit darf ich mir vielleicht erlauben, sehr ernsthaft zu bemerken, daß, wenn ich auch den schönen und fröhlichen Erinnerungen stets den Vorzug vor den traurigen und beweinenswürdigen gebe, ich dennoch aus Gradheit, Rechtlichkeit und Ehrlichkeit, Eigenschaften, die ich glücklicherweise nicht gänzlich entbehre, das Böse und Schlimme, das ich da und dort sah, nicht verschweigen darf, weil sonst die Ehre meiner Gedanken litte. Auch muß ich vorauszusetzen wagen dürfen, daß dem geneigten gütigen Leser der Schmerz und das Weh an Wichtigkeit nicht unter der Lust und unter dem Lächeln stehen. Im übrigen tu ich niemand irgend etwas zuleid, wenn ich das Leid eines Knaben schildere.

Beinahe habe ich nun den eigentlichen Gegenstand hintangestellt, zu dem ich zurückkehre, nämlich zu Luise. Ich verdanke dieser liebenswürdigen Frau, dieser »Proletarierin« so viel, daß ich das mit einigen kurzen Sätzen werde auseinanderzusetzen haben. Was für ein freier, heller Kopf war sie, was für eine weite, freie gute Seele. Wenn ich an Luise denke, so steht kaum eine körperliche Gestalt, vielmehr nur etwas wie eine reine Menschenseele vor mir, und dies ist gewiß bedeutsam, da es sich um das Bildnis einer Frau handelt. Luise war schön! aber das zehntausendmal Schönere an ihr als ihre Schönheit waren offenbar ihre Eigenschaften. Ich bin kaum mehr in meinem nachherigen Leben wieder einer so heiteren und fröhlichen Frau begegnet. Sie besaß eine Vereinigung von Bildung und Heiterkeit, von Schönheit und Fröhlichkeit, von Lebensernst und Freundlichkeit, die ich, nach allem, was ich in der weiten Welt gesehen und erfahren habe, als köstlich und höchst selten bezeichnen muß. Wie manche mißmutige, verdrießliche und mißgünstige Frau habe ich kennengelernt! Von Luise strahlte eine immer gleichartige helle frische Munterkeit und Zufriedenheit aus. Ihr Verstand und ihre Schönheit waren gleich groß; ihr Geist und ihre Menschenfreundlichkeit gleich bedeutend. Wie oft kam es vor, daß ich Frauen sah, die hauptsächlich Geist besitzen, um sich selber und andere zu ärgern. Luise ärgerte sich nie! Ihre Schönheit, die an die mondscheinhafte Schönheit einer mittelalterlichen Madonna erinnerte, fand bei ihrer Besitzerin und Trägerin kaum irgendwelche kleine Beachtung. Ihr schönes Haar besaß mitunter einen gewissen leuchtendgoldenen Glanz. Güte und eine Welt von Hilfsbereitschaft lagen in ihren Augen, aber gelassene und sanfte Überlegenheit war ihr nicht minder eigen. Ich habe stolze und schöne Frauen gesehen, denen die Ängstlichkeit, daß ihre Schönheit verblassen und mithin ihr Stern sinken könnte, aus den Augen herausflackerte. An Luise habe ich nie so etwas gesehen. Ich sah bildhübsche Frauen auf den Wind und den Regen zornig werden, die es wagten, im Haarheiligtum einige Unordnung zu verursachen, und es mag vorgekommen sein, daß ich Gelegenheit hatte, Frauen vor Zorn über des weiblichen Nebenmenschen frische Reize mit den Zähnen klappern zu sehen. Man irrt sich vielleicht nicht allzusehr, aber man läßt es sicherlich an Höflichkeit und Artigkeit fehlen, wenn man zu sagen wagt, daß derartiger Frauen Äußeres auf der beständigen Pein beruht, die sie sich durch eine beklagenswerte fortwährende Unruhe wegen Mund, Wangen, Augen, Frisur und Gestalt bereiten. Es scheint, daß es zahlreiche Frauen gibt, die niemals über den kleinen, im Grunde doch recht ärmlichen Gedanken an ihre Erscheinung hinausgelangen und die, weil sie geplagte Sklavinnen sind, die vor der Peitsche der erbärmlichen Frage zittern: »Wie sehe ich aus?« oder: »Welchen Eindruck mache ich?« nicht fröhlich sein können.

Was Rosa betrifft, die ich am Anfang erwähnte, so muß ich mich, da ich sie in des werten Lesers Gesellschaft eingeführt habe, nun auch wenigstens insoweit um sie bekümmern, als ich sie nicht in irgendeinem Winkel sitzen lasse. Der ebenfalls anfänglich erwähnte Paul, ihr Freund und Vertrauter, ließ gegenüber der Freundin mit der Zeit deutliche Zeichen von Lieblosigkeit und Untreue merken, worüber Rosa ebensosehr weinte wie aufgebracht war, da sie die zunehmende Gleichgültigkeit und Sorglosigkeit des zärtlich Geliebten als tiefste Beleidigung empfinden mußte. Eines Tages, da ich mit ihr zu zweit in ihrem Zimmer saß, bat sie mich mit gleichsam finsterer Miene, d. h. ersuchte sie mich, noch besser: befahl sie mir mit kurzen Worten, ihr über Pauls Aufführung ehrlich und aufrichtig alles zu sagen, was ich wisse. »Er ist Ihr Kamerad«, fügte sie bei. Keinen Augenblick im Zweifel, was ich zu erwidern haben würde, bemerkte und erwiderte ich, daß ich eben deshalb, weil Paul mein Kamerad sei, eine Meinung über ihn zu haben mir soeben im stillen verboten habe. Indem ich ihr darlegen zu dürfen glaubte, daß solcherlei Hinterbringungen und Aufklärungen für Rosa nicht den mindesten Wert haben konnten, nahm ich mir die Freiheit, ihr auf eine sehr einfache Art begreiflich zu machen und so kurz wie möglich auseinanderzusetzen, daß die Eröffnung eines Informationsbureaus den Absichten und dem Geschmack eines redlichen Mannes unter Umständen keineswegs entsprechen. Sie rief aus: »Paul betrügt mich; Sie, Sie wissen etwas davon, wollen es mir aber nicht sagen. Sie sind abscheulich!« – Ich blieb ruhig sitzen, machte eine ganz heitere Miene und antwortete keine Silbe, und nach einigen Minuten hatte ich die Ehre, die Genugtuung und das Vergnügen, mir von Rosa sagen zu lassen, daß ich im Recht sei. Sie gab mir die Hand und war mit mir zufrieden. Von Rosa ist im allgemeinen zu sagen, daß sie sich vermöge ihrer kätzchenhaften Geschmeidigkeit und Behendigkeit vorzüglich als Kammerzofe für eine große Dame oder als Tänzerin für die große Oper geeignet haben würde. Sie war sehr graziös, lebhaft und ungemein klug. Sie pflegte öfters mit Kastagnetten als verführerische Spanierin in ihrer Stube umherzutanzen. Auch als Schauspielerin würde sie sehr wahrscheinlich Erfolg gefunden haben. Noch lieber dachte ich sie mir als Hirtin, Schäferin oder Jägerin im Wald oder auf grüner freier Wiese im flatternden Phantasiekostüm. Sie besaß Witz, Anmut und Schelmerei und mahnte mit diesen Gaben an das Rokoko. Sie heiratete immerhin später einen Lehrer.

Zeitweise wohnten beide Freundinnen in einer gemeinsamen bescheidenen Wohnung, und sowohl Rosa wie Luise hatten mir die Erlaubnis gegeben, so oft vorbeizukommen und anzuklopfen als es mir Vergnügen machen könne, und da mir das Vorsprechen bei zwei muntern und gescheiten Frauen selbstverständlich die größte Freude machte, und mir außerdem die besondere Freude blühte, merken zu dürfen, daß ich willkommen und gern gesehen sei, so nützte ich obige Erlaubnis nach Herzenslust aus, und der Verkehr ist immer heiter, angenehm und ungezwungen geblieben. Luise war immer die Ruhe selber. Rosa konnte mitunter recht aufgebracht oder niedergeschlagen sein. Einmal hatte sie einen Mann von der Straßenbahn überfahren sehen. Über den bedauerlichen Vorfall gänzlich fassungslos sein und vor Erregung, Erschöpfung und Beelendung wegen des Gesehenen fast ohnmächtig werden, stand der Zarten und Leichtbeweglichen ganz und gar an. Luise war gewissermaßen die große, Rosa die empfindliche Seele. Wie froh war ich aber jedenfalls zu einer Zeit, da eine noch völlig unbekannte Welt sich vor den Augen des unerfahrenen jungen Mannes öffnete, die zu betreten und zu befahren er noch wesentlich zu ungeschickt und zu ungebildet sein mußte, über eine Bekanntschaft, die mir erlaubte, mich, indem ich fröhlich plauderte und Gesellschaft leistete, in vielerlei Dingen auf eine freie, wohltuende Art zu belehren. Mit einem erheiternden, belebenden Umgang waren Bildung und eifrige Erkundigung auf das Wünschenswerteste verbunden. Irgendeinen andern Dank als munteres Reden in ihrer Gegenwart wollten die liebenswürdigen Frauen nicht von mir empfangen, daher waren mein junges dummes zufriedenes Gesicht und im übrigen meine noch ungeschliffenen Manieren der einzige Tribut, den ich zahlte. Heimatlichen Anschluß, Rat, Unterricht, gesellige Befriedigung, Verfeinerung, Förderung und Besserung genoß ich, wo ich nur die leichte Verpflichtung zu übernehmen hatte, kein ganz langweiliger, fader und trockener Mensch, sondern wenn irgendwie möglich das Gegenteil davon zu sein, einige passable Unterhaltung einzufädeln, dann und wann hell und laut zu lachen, meine lieben wohlwollenden Freundinnen damit anzustecken, kluge und dumme Sachen sorglos durcheinander zu sagen, im großen und ganzen einigermaßen vernünftig und gescheit zu sein, mich vor allen Dingen von jeder mißmutigen Verfassung frei zu zeigen, etlichen Witz zu bekunden, guten Willen zu offenbaren, der noch immer nötig gewesen ist, wenn es gegolten hat, Zerstreuung oder Zeitvertreib zustande zu bringen und alles in allem den Damen zu beweisen, daß ich – noch ein junger Mensch sei. Luise! Ich brauche diesen Namen, der für mich die Bedeutung eines Denkmals hat, heute, wo so manches Jahr seither vergangen ist, nur leise auszusprechen, um mich ermutigt und in die freudigste Stimmung versetzt zu sehen. Wenn nach und nach dem Alternden vieles oder in Gottes Namen alles verlorengeht, wenn er ärmer und immer ärmer wird, alles Schöne und Gute ihm abbröckelt und zerbricht, unerbittliche Winde ihm die Hoffnungen rauben, wenn es ihm um Kopf und Herz herum kälter und kälter wird, langsam ihm, wie er fürchtet, die Lebensfreuden sterben, unangenehme frostige Voraussetzungen notwendigerweise zur Tatsache, zur vermutlich sehr düsteren und sehr unerfreulichen Wahrheit werden, so gehen ihm doch die Erinnerungen, so geht ihm doch wenigstens das immer wieder neue frische warme junge Andenken an die dahingesunkenen und geschwundenen schönen Zeiten nicht verloren, und man darf sich nicht wundern, ihn dieses Andenken so eifrig und so aufmerksam pflegen zu sehen, denn das Andenken, das an und für sich schon schön ist, bereitet dem an frohen und schönen Stunden Armgewordenen andere, und vielleicht noch schönere, frohe und schöne Stunden. Er weiß, warum er sich so fleißig bemüht, die Zerstörung und Zertrümmerung seiner holdseligen, freudereichen Stadt Jerusalem zu verhüten; er weiß, warum er den lieben Garten der Erinnerungen so treulich und ausharrlich netzt, spritzt, hegt und pflegt und warum er sich zur emsigen Aufgabe macht, in die kalte, nackte Gegenwart die blühend-lebendige Vergangenheit zu pflanzen und zu setzen.

Luise, die die Tochter eines braven ländlichen Zimmermannes war, kam früh als Arbeitsuchende in die Stadt, wo sie bei einem Herrn Mortimer Stellung fand. Engelgleiche Schönheit, die sie war, sah sie bald ihren Chef zu ihren Füßen, der seine Arbeiterin und Untergebene leidenschaftlich liebte. Mit ihren wundervollen und seelenvollen Augen schaute sie den Mann sanft an, und lächelnd schenkte sie seinen heißen Beteuerungen Gehör. Der Umstand, daß sie ihrem Prinzipal und Brotherrn in bezug auf Witz, Intelligenz, Verstand, Geist und Geschmack in jeder Weise überlegen war, hinderte die edle schöne Seele keineswegs, sich zu unterwerfen, dem stürmisch-herrischen Begehren nachzugeben und all die Zumutungen eines starken Verlangens anzunehmen. Sie gab sich ihm hin, d. h. sie erlaubte ihm, zu tun, was ihn das Entzücken, das ihre Gegenwart ihm einflößte, tun hieß. Sie schauerte unter der Wirkung seiner Küsse. Da sie einmal den Einfall hatte, Magd, Knechtin und gehorsame Sklavin sein zu wollen, so war sie selig, und der Gedanke, auf schrankenlose Art ihrem Herrn dienlich und angenehm zu sein, beglückte sie durch seine Kühnheit bis ins Innerste ihres Wesens. War Herr Mortimer mittelmäßig begabt? Es scheint so. Er war schön und eitel. Über die starke Summe von Eigenliebe, nach welcher seine Person förmlich duftete, konnte niemand, der ihn auch nur flüchtig betrachtete, im Zweifel sein. Wir wollen im übrigen zu vermeiden suchen, ihn allzu hart zu beurteilen; denn damit täten wir ihm unrecht. Er gehörte aber immerhin scheinbar zu den Männern, die sich von ihrem erstaunlich hohen Wert vorteilhafterweise sattsam zu durchdringen wissen. Wir haben es jedoch hier mit einem Fehler oder Laster zu tun, das die Liebenden am Gegenstand ihrer Zärtlichkeit vielleicht über alles lieben. Wenn die schöne Proletarierin den reichen, stolzen, mächtigen Handelsherrn bei kühler Betrachtung durchaus nicht hoch geachtet haben würde, so ist zu sagen, daß sie ihn dafür um so mehr liebte. Liebe hat mit Wertschätzung und Achtung sehr wenig oder überhaupt nicht das geringste zu tun. Liebe stellt nicht Untersuchungen an, ob sich das Geliebte auch für die Hochachtung eigne. Falls ich mich nicht irre, so war Herr Mortimer etwas wie Freimaurer. Luise stellte mich ihm eines Tages vor, wir beiden Männer redeten jedoch, soviel ich weiß, nur einige wenige und dazu sehr bedeutungslose und trockene Worte miteinander. Den Eindruck der Verstandesschärfe machte er mir so wenig wie den Eindruck der Härte. Ich hielt ihn, als ich ihn sah, sogleich für einen Wollüstling und Weichling, für eine gerne alles, was an Weiblichkeit und Gefälligkeit nur immer in ihre Nähe käme, aufessende, aufbrauchende und schlingende Lebe- und Genußmenschen-Natur. Man wird vielleicht finden, daß ich Herrn Mortimer zu derb anfasse, und ich gestehe gern, daß dies möglicherweise leider der Fall ist. Hierdurch würde ich nur mir selber schaden. Gewissen Männern ist es beschieden, einen hohen Wert insbesondere für Frauen zu haben; als Zeitgenossen und als Mitmenschen besitzen sie jedoch manchmal, wie wenn die Vorsehung und der Himmel für eine gleichmäßige Verteilung der Gaben sorgte, wenig oder nicht die leiseste Bedeutung, von Liebesdingen abgesehen, sind sie belanglos, und als treibende Elemente in Staats- oder Menschheitssachen fallen sie in keinerlei Betracht. Genug! Luise, die Edle, war jedenfalls dieses scheinbar sehr gewichtigen, ansehnlichen Mannes, imposanten Vertreters alles Selbstgefälligen und Selbstbeweihräucherigen demütige Geliebte. Mortimer war verheiratet. Luise ist aber meines Wissens mit Frau Mortimer nie in irgend eine Berührung gekommen. Eine Beziehung oder einen Verkehr zwischen beiden Frauen hat es also nicht gegeben, wozu ja auch ganz gewiß nicht der kleinste Anlaß vorhanden war. Als Luise Mutter eines Knaben wurde, regte sich die Löwin, die Heldin in ihr, und Mortimer erhielt den Abschied. Sie sagte ihm bei Gelegenheit ganz still und voll unverkennbarer Hoheit, von sanften, aber unerschütterlichen Entschlüssen erfüllt, daß sie in Zukunft allein sein wolle, daß sie ihn nicht mehr zu sehen begehre, daß sie den Wunsch habe, er möge ihr von nun an fern bleiben, daß sie in ihrem Inneren mit dem Gewesenen und Geschehenen gebrochen habe. Er bot ihr seine fernere materielle Unterstützung an. »Nichts von dem! Geh!« sagte sie schneidend und ruhig, wobei sie ihm Augen voll Abweisung und Gleichgültigkeit zeigte. Sie schien ihn kaum noch mehr zu kennen, er war ein Fremder für sie. Als er sie anflehte, Mitleid mit ihm zu haben, bat sie ihn auf eine kalte und formelle Art, die ihn erschreckte, sich entfernen zu wollen, worauf er ging.

Luise begann nun einen ebenso harten wie fröhlichen, freien, unerschrockenen Kampf mit den Nöten und Bedürfnissen des täglichen Lebens zu kämpfen. Wenn ich sie in ihrer sehr zweifelhaften Lage sah, kam sie mir stets ebenso arm wie mutig und ebenso bedürftig wie klug, tapfer und heiter vor. Ich habe sie in der ärmsten Lage und in den kümmerlichsten Verhältnissen gesehen, aber immer fand ich sie bereit, lebhaft zu reden, Anmut und Geist zu zeigen und fröhlich und zuversichtlich zu lächeln. Immer blieb sie die Ruhige und Gefaßte, und für kopfaufrichtende kleine Lustigkeiten bewies sie ein immer gleich sich bleibendes reizendes, liebliches Verständnis. Eine solche Frau, solch ein wackerer Charakter von Frau durfte und mußte hindurchdringen. Sie siegte denn auch in der Tat im harten Kampf, trotzte allen feindseligen Stürmen und brach sich durch alle Schwierigkeiten Bahn. Im Krieg des täglichen Lebens wurde sie stark, und nie verlernte sie Lachen, Mitteilen und Menschenfreundlichkeit. Selber in hohem oder höchstem Grad arm, war sie andern Armen eine beständige treue Freundin. Als Proletarierin lebte sie unter Proletariern und Proletarierinnen. Sie schwang sich, so kann man sagen, zur geliebten und bewunderten Königin der Armen auf. Indem sie Menschen aufrichtete und tröstete, richtete sie auch sich selbst immer wieder von neuem auf, tröstete sich selbst, und von gänzlichem Mutsinkenlassen und Ermüden wußte Luise nichts. – Lebt sie noch? Und wenn ja, wo lebt sie? Ich sah sie schon lange, lange nicht mehr. Das Leben riß mich aus ihrer Nähe, aus der Gesellschaft der Vortrefflichen fort. Freilich möchte ich die Gute gern einmal noch wiedersehen, und es mag wohl auch eintreffen, daß ich sie wiedersehe. Ich ging auch schon früher zeitweise von ihr fort, aber ich erinnere mich, daß es mich immer wieder, wie zu einem schönen und glückverheißenden Stern, zu ihr zurückzog.

DER KAMERAD

Mir ging es damals jedenfalls kurios. Immerhin erzähle ich vielleicht hier etwas Lächerliches. Ich lebte in einer Kleinstadt, worüber ich mich freute wie ein Kind. Ein Landstädtchen mit Schloßtürmen und Stadtmauern war immer mein Traum gewesen. Die Stellung war durchaus angenehm; die Leute behandelten mich freundlich. Trotzdem war ich unzufrieden und verging schier vor Unruhe. Der neue Platz behagte mir und war mir zugleich unerträglich. Wie war das möglich? Was war an dieser verwerflichen Verworrenheit schuld?

Ich hatte es mir verflixt schön ausgeträumt, und nun war's null und nichts; alles rings erschien mir kleinlich und albern. Rührte das aus mir selbst oder von woanders her? Der Kuckuck mochte es wissen. Innen und außen war mir plötzlich alles wertlos, was mich natürlich recht sehr plagte. Was drückte, preßte mich? Hatte ich Geld verloren? Als wenn ich zu jener Zeit dem Gelde irgendwie nachgefragt hätte.

Nein, um etwas viel Dümmeres handelte es sich. Da ich es aber sehr ernst nahm, so war es durchaus nichts Dummes und dennoch furchtbar dumm.

Das Beste, was ich dazumal hatte, war ein gleichaltriger Kamerad, der mir einen Brief schrieb, worin er mir mitteilte, daß er eine Frau liebe. Für mich war das etwas Gewaltiges, und von da an mißfiel ich mir.

In der Überstürzung hatte ich nichts Eiligeres zu tun, als mich auf die Nachricht hin völlig gering zu schätzen, was offenbar unrichtig war. Doch war ich jung und stürmisch, und vom Wert eines Mitteldings wußte ich nichts.

Die Sache verhielt sich so. Bisher hatte ich närrischerweise für unmöglich gehalten, daß dem einen oder dem andern von uns je solches Große und Hohe widerfahren könne. Dazu waren ja wir zwei viel zu arm und unbeholfen, vor allen Dingen viel zu unbedeutend. Ich und er waren für eine Liebe fraglos viel zu grob usw.

Freilich hatte ich schon früher stets auf etwas Seltsames gleichsam gespannt gewartet, wobei ich jedoch immer lächelte, indem ich dachte, es würde niemals kommen.

Nun kam es also doch. Mein Kamerad hatte eine Liebe, und was für eine ernste, tiefe! Offenbar war er nun ein ganz neuer Mensch geworden, ein viel trefflicherer, und das in kürzester Zeit, wie von einem Tag auf den andern. Was war ich nun, mit ihm verglichen?

Tagelang nagte ich an dem Brief, der eigentümlich ernsthaft lautete, und wurde in gewissem Sinne krank davon. Zunächst hatte ich an nichts mehr Freude. Heute lache ich, weil mir das alles drollig vorkommt. Damals war ich aufgewühlt, und von Lachen war keine Spur.

Was ich nie erlebt hatte, erlebte ich jetzt. Was ich nie sah, war nun sichtbar. Wie ein Riese stand das Erlebnis vor mir. Zwar erlebte es nicht ich selbst, sondern er, doch erlebte ich es mit ihm. Hätte ich es in eigener Person erlebt, so würde es mich vielleicht weniger stark angegriffen haben. Wundersam war's. Es glich dem unbegreiflichen nächtlichen Geräusch, dem undurchdringlichen Wald, dem fremdartigen Strom. Kurz, es überwältigte mich.

Weil mein Kamerad eine Frau liebte, konnte ich entweder überhaupt nicht mehr oder nur noch spärlich und dürftig schlafen, was sehr hart war. Für Essen, Trinken, Vergnügen und tägliches Geschäft hatte ich wenig oder kein Interesse mehr. Das war übel! Seinetwegen nahm ich mir heraus, alles, was mich umgab, ungerechtfertigter Mißbilligung auszusetzen, die an Verachtung streifte. Welche Voreiligkeit!

Ich sah ihn als einen Großen und Glücklichen über ein Gebirge schreiten, den Kopf hoch erhoben, das Haar frei im Sturm, der die Bäume schüttelte. Die Lebenslust nötigte ihn laut zu lachen. »Wie muß nun der Mutige in allen seinen Gaben wachsen, daß er beinahe keine Ermüdung mehr kennt! Wie ist Unermüdlichkeit herrlich!«
Zu Hause, im lieben, aber dumpfen Zimmer, schrieb ich auf einen Bogen Papier verzagt hin: »Warum bin ich nun arm und klein zum Zergehen und unmutig, daß mir das Herz springt, als wenn es mich töten wollte? Wie unschön ist Niedergeschlagenheit. Ihn hebt es; mich drückt es. Er geht freudig, ich traurig. Um ihn steht es gut, um mich schlimm.«
Wie im Fieber schlich ich hin und her. Heller Sonnenschein flößte mir Kälte und wirbelnden Schwindel ein. Auch verlor ich alle Ausdauer, die das Kennzeichen der Gesundheit ist, und beging die Ungeschicklichkeit, meinen Bürovorgesetzten zu verletzen, wonach mir das Vergnügen blühte, hören zu müssen, daß ich frei wie der Wind, das heißt entlassen sei.
Also auch das noch, und alles hauptsächlich deshalb, weil mein Kamerad eine Frau liebte. War ich verrückt? O nein, keineswegs! Ich war in einem Konflikt mit mir selbst und lief schließlich herzlich gerne fort.
Viele Ältere finden das Leben ungemein behaglich. Jugend muß es sich um ihrer Eigentümlichkeit und ihres jungen Blutes willen schwerer machen, als manche flüchtig denken. Man kann lustig und zugleich unglücklich, anderseits griesgrämig und dabei insgeheim riesig vergnügt sein. Bei etwas mehr Aufmerksamkeit träte allerlei darauf bezüglicher Irrtum klar zutage.

FREUNDSCHAFTSBRIEF

Deine Nachricht, daß du eine Frau liebst, hat mich tief übernommen. Sicher ist sie das Schönste, was es jetzt auf der Welt für dich gibt. Geliebtes ist über alles schön. Soviel verstehe ich. Ebenso ist mir klar, daß man gern um des Lieben und Schönen willen sterben mag. Wie arm ist das Leben ohne Liebe, ohne diese Freude, die über jeder andern steht, ohne Begeisterung, die uns zum Guten entflammt, das unendlich reich ist. Für das Gute zu glühen muß eine Lust sein.

Ich habe eine fröhliche Entdeckung in mir gemacht: ich liebe deine Liebe und bin in deinem Glück glücklich, und da du reich an Fühlen bist, so bin ich es auch. Reizend ist die Freundschaft, die nicht den Neid und die üble Anwandlung von Mißgunst kennt. Wäre ich böse, so würde ich mich töten. Haß ist töricht, und Unmut nicht würdig, daß man sich ihm hingibt.

Wie bist du nun durch das herrliche Ereignis in deinen Gaben gewachsen. Kann es ein schöneres Erlebnis geben als das deinige? Ich erlebe es mit dir, bin vom Ergreifenden so stark ergriffen wie du selbst. Das glaubst du doch. Wohin schreitest du? Ich phantasiere Schöneres von dir, als ich je dichtete. Du wanderst über ein zackiges Gebirge, und die Lust in dir ist so groß, daß du lachen mußt, was auch mich zum Übermut zwingt, weil alles Kleine mit einmal weit entfernt scheint. Der Wind macht dir das Haar flattern. Unter dem Sturm krümmen sich die Bäume. Wie groß ist ein Glück von hoher Art. Dich macht die Freude so stark, daß du beinahe keine Ermüdung mehr kennst und schaffen kannst, ohne zu ermatten. Ist der Seelendurst gestillt, so sind wir unbezwingli-

cher, als wenn wir nur den gemeinen Durst befriedigt haben. Die höhere Stärkung erringt den höheren Gewinn. Was sagst du?
Ich kann kaum schlafen und achte nicht, wohin ich trete und gehe. Wie ein Nachtvogel ist dieses Schöne übers Haus geflogen; es gleicht dem fremdartigen Strom, den man liebt, weil er wundervoll ist. Ich frage nicht, wie sie aussieht. Was hätte derlei Äußerlichkeit zu bedeuten? Liebe ist das alleinige Schöne und die alleinige Macht. Was ich liebe, ist nie unschön. Aber Schönheit, die nicht geliebt wird, glänzt lediglich nach außen.
Die Innigkeit ist die Kraft, die uns aus uns selbst wie aus dem Sarg heraushebt. Ohne Fühlen ersticken wir an uns, wir können sagen, was wir wollen. Redensarten helfen uns nicht.
Ich zittere, schweife aus. Das Leben steht wie ein Riese vor mir. Der Bogen Papier fliegt mir weg, ich bin wie im Fieber. Die Feder springt, mir wird angst. Ich muß an die Luft hinaus, damit ich mich kühle und mich etwas oberflächlicher fühle, sonst zergehe ich. Wie bin ich im Meer der Erregtheit arm. Doch bin ich froh, denn ich denke, daß nur der Arme fähig sei, vom engen Selbst geringschätzig wegzugehen, um sich an etwas Besseres zu verlieren, an das Schwebende, das uns selig macht, an die Bewegung, die nicht stockt, an ein Hohes, das immer wächst, an das schwingende Allgemeine, an das nie erlöschende Gemeinsame, das uns trägt, bis es uns in Frieden begraben mag.

LIEBESPAARE

Helene spazierte mit Hugo. Sie liebt einen anderen, aber Hugo gefällt ihr. Sie setzen sich unter dem Grün auf eine Bank; unfern plaudert ein Bächlein. Er wird zärtlich, sie sieht es mit Entzücken und Schrecken. Er umarmt und küßt sie. Schade um die Mühe. Sie gesteht ihm, sie sei verlobt. Er freut sich schier über die Mitteilung, denn er hat es gar nicht sehr ernst gemeint. Fröhlich begleitet er sie bis vor ihr Haus und nimmt artig Abschied. Sie lächelt, denn sie fühlt sich geschmeichelt.

Ottilie pflegt ihren Edgar rührend, springt für ihn von morgens bis abends, kennt keine Müdigkeit, dient ihm unablässig. Sie hat Mitleid mit ihm. Er ist krank, weiß sich nicht zu helfen. Er leidet, und sie findet es herrlich, ihm Zeit und Kraft und die Mittel zu widmen, über die sie verfügt. Sich gibt sie damit eine Tätigkeit, ihm einen Trost. Ihre Wohltaten sind für sie so wohltuend wie für ihn. Er erholt sich, hat sie nun nicht mehr nötig, langweilt sich bei ihr und gibt ihr das mehr oder weniger deutlich zu verstehen. Sie begreift ihn, hat ihn überhaupt immer gut begriffen, und wahrscheinlich ist es das, was er uninteressant findet. Sie wünscht ihn krank und muß sich natürlich zugleich freuen, daß er gesund ist, tut's auch und verzichtet auf ihn.

Vormittagssonne scheint in ein Zimmer, draußen spielt die Stadtmusik, in der blauen Luft fliegen Schwalben, auf der Straße promenieren Menschen. Arthur hat Besuch. Er ist Künstler. Wer verkürzt ihm die Zeit? Lina! Diese ist hübsch und geistreich. Sie besitzt, gleichsam für alle

Fälle, bescheiden im Hintergrund, einen ehrlichen Anhänger. Heute nützt sie die Situation, scherzt mit Arthur, genießt den Augenblick und nennt das bei sich eine »Episode«. Er hat Witz, Phantasie, plaudert ausgezeichnet. Sie unterhält sich vorzüglich. Am Schluß sagt sie ihm: »Du bist langweilig«, weiß wohl, daß sie die Unwahrheit spricht, sagt's bloß, um den Mut zu bekommen, sich von ihm zu trennen, und denkt später ihr Leben lang an die entzückende Stunde.

Anna wohnt in einem ungemein heimeligen Stübchen. Zwei Fenster bieten die schönste Aussicht. Allerliebste Möbel zieren den Raum. An den Wänden hängen geschmackvolle Bilder. Eine Etagere ist voll Bücher. Man kann sich nichts Wohnlicheres vorstellen. In hellen Nächten wirft der Mond sein liebes Licht ins Zimmer. Anna sagt zu sich: »In solchem Milieu ist es mir unnmöglich, ohne Liebe zu leben; ich bin es dieser Behausung schuldig, mir einen Freund anzuschaffen, dem ich sagen kann, wie reizend sie mir vorkommt, und der mir zugibt, daß ich recht habe.« Sie sucht und hat keine Ruhe, als bis ihr Wunsch sich erfüllt. Demnach ist's gleichsam ihr Kunst- und Naturverständnis, wodurch sie glücklich wird.

Erich ist schön und infolgedessen verwöhnt. Kätchen liebt ihn rasend. Sie ist leider etwas leidenschaftlich, er leider etwas kühl. Was können sie dafür? Es ist ihre Art. Gegen Veranlagungen wehren sich Menschen meist vergeblich. Er ist Zeichner, und sie zeichnet sich dadurch aus, daß sie ihn abzeichnet. Sie schreibt einen schwärmerischen Aufsatz über ihn. Er liest das Produkt, wirft's ihr vor die Füße, will mit einmal nichts mehr von ihr wissen. Arme Verehrerin!

Theodor denkt an nichts als an Lotte. Sie hat schöne Hände und ein niedliches Näschen. Ihr Mund hat Ähnlichkeit mit einer Blüte, aber das Kostbarste ist, was sie damit spricht: »Ich will nur mit wahrer Liebe geliebt sein«. Seltsam, was einem Köpfchen einfällt. Theodor scheint für sie wie gemacht, er liebt sie innig. Sie sehen sich nie, stehen sich darum auch nicht im Wege. Sein Lieben ist selig, er ist glücklich und sie den ganzen Tag fröhlich. Sie scheint zart und er ebenfalls. Wäre er's nicht, wie würd' er sich mit bloßer Herzensnahrung begnügen? Sie leben wie Blumen; eine wächst hier, die andre dort, haben einander im Geist lieb, aber dafür lange, sind allen übrigen Menschen herzlich gut, sind zärtlich, und jedes überläßt das andere ruhig seinem Geschick.

EINE GESCHICHTE

Ein Mädchen und ein junger Mann waren sehr unglücklich. Er sollte sie entführen, war aber dazu nicht recht entschlossen. Sie wollte entführt sein, ahnte aber, daß das ziemlich schwierig wäre. Ich weiß nicht, in welchem Zeitalter dies passierte, item, es kam zur Entscheidung, die Stunde schlug, natürlich war's Nacht, der Wind wehte, der nahe Wald war ganz schwarz. Eigentlich hätte Mondlicht leuchten sollen, leider war's nicht der Fall. Was taten unsere Liebenden? Sie schauten einander lange an, mit Zweifel und Bangen in den Augen. Schließlich flohen sie, aber es war, als flöhen sie vor ihrem Nichtwissen, wohin nun? Sie kamen aufs Feld, das Gras duftete, es war zur Zeit der Heuernte. Schon fingen sie an müde zu werden und sich ein wenig zu langweilen. Entführungen waren sonst immer aufrüttelnd, die Herzen klopften, die Erwartung stieg aufs höchste. Hier war's anders. Als sie in einem Wald anlangten und sich zu Boden setzten, hörten sie von da und dorther ein Geräusch, als käme jemand, aber es kam niemand. Nichts begegnete ihnen, nur die Tannen wankten, die Blätter flüsterten, das Laub rauschte, die Äste knaxten, ein Käuzchen schrie leise und über den Bäumen blinzelten die Sterne. Da kam eine Stimmung des Einsehens in beide, sie sagten sich, es wäre besser, wenn sie umkehrten. Alles bliebe beim alten, und das wäre ja eigentlich das Schönste. Sie hielten es für vernünftig, heimzuziehen, und auf dem Heimweg lächelten sie. Ein Hund bellte, sonst war alles still, und jetzt trat der Mond hervor, als käme er, um ihnen beizupflichten. Es war, als freue er sich über ihre Entsagung. Sie wollten auf alles verzichten, zukünftig nichts wie folgsam und brav, nicht mehr abenteuerlustig, sondern rechtschaffen, nicht mehr dumm, sondern klug, nicht mehr widerspenstig, sondern artig, nicht mehr übermütig, dafür aber auch nicht mehr unschlüssig sein. »Morgen früh spiel' ich zu meiner Erbauung ein Stück auf dem Piano«, sagte sie, und er sagte auch etwas. Sie liebten sich wegen der mißlungenen Entführung nicht weniger, nein, die wahre Liebe fing nun erst an. Jetzt erst wurden sie warm. Jetzt, wo sie nicht mehr an Äußerlichkeiten dachten, begann das Innerliche. Nun lachten sie, umarmten sich, küßten sich, waren sich kolossal gut, nahmen das als selbstverständlich. Vorher hatte eins dem andern die Pflicht aufgebürdet, furchtbar mutig zu sein, die Ruhe des alltäglichen Lebens geringzuschätzen. Nun sie ruhig geworden waren, nichts Extravagantes mehr vollbringen wollten, gingen ihnen die Sinne wie Sommersprossen auf, sie waren befriedigt, führten einander heim, fanden es schön, bis zur Verlobung noch ein wenig Geduld zu haben. Als sie zu Hause ankamen, stand jemand da, der sie fragte: »Seid ihr nun einig?« Sie antworteten: »Ja, wir sind's.« Und so hätte unsere Geschichte einen glücklichen Abschluß gefunden: das ist die Hauptsache, da gibt's morgen schönes Wetter.

DARF MAN SEIN VERSPRECHEN BRECHEN?

*Tragödie in wenigen Zeilen von einem Neuling,
d. h. von mir*

Es ist da einmal so ein Mädelchen gewesen. Wo hab' ich denn jetzt meine Gedanken?

Groß ist zur Zeit die Not der Gedanklichen. Ich reibe mir die Stirn und sinne nach.

Sie besaß etwas, das sie niemand anvertrauen durfte, so eine Art Makel, wiewohl ich nicht gerade sagen will Schandfleck.

Es hat sich einmal ein hochbegabter junger Mann wegen was Belastendem erschossen.

Ich halte mir gegenwärtig eine Masseuse.

Von dem Fräuleinchen wäre zu sagen, daß sie einen Herrn liebt, von dem sie wiedergeliebt wurde.

Weil sie nun vor der Welt, d. h. vor der Gesellschaft, die die Welt bedeutet, etwas sehr Fragwürdiges zu verbergen hatte, wodurch sie ihm wahrscheinlich Unglück, bescheidener gesprochen, Verdruß gebracht und geschenkt hätte, so tat sie was?

Sie sprach zu ihm: »Du kannst mich unmöglich heiraten.« »Gut«, gab er zur Antwort, »so heirate ich dich also nicht, du Überallesgeliebte. Da ich dich aber nicht heiraten darf, so bleibe ich ledig.«

Er küßte sie daraufhin stürmisch; will sagen ungestüm, mit einer eigentlichen Unerlaubtheit, die sie ihm verzieh, indem sie ihrerseits vorbrachte:

»Ich liebe dich auf ewig, d. h. Liebster, so lange ich bei Atem bleibe, d. h. bis mich der liebe Gott zu sich ruft in seine denkbar sinnreich ausgeschmückte, tadellos möblierte Wohnung.«

Auch sie küßte ihn ihrerseits, wobei sich ihre Nase auf seinem geliebten Gesicht ein bißchen umbog.

Sie verabschiedeten sich aufs innigste und gingen ihrer Wege, stets ihres Versprechens tapfer eingedenk, daß sie sich nur lieben, aber nie ehelichen wollten.

Durften sie sich ein solches keckes Versprechen aber auch geben? Durften sie ein so hochgeartetes Problem, eine so schwierige, aufopferungsvolle Aufgabe auf sich nehmen?

Was sagt hierzu die gute Natur?

Die Allmutter?

Jahre flogen dahin, d. h. die Zeit ging vorwärts, Schritt um Schritt, marternd langsam.

Wohl hielt das Fräulein ihr Wort, nicht aber ihr Begehrter, den sie nicht nehmen durfte, weil eine dunkle Macht, so eine Vergangenheitslast, auf ihrem schneeweißen Halse lastete.

Fast muß ich hier ein wenig lachen, aber ich halte mir das Nastuch vor den Mund mit den schwellenden Lippen, mittels derer ich eben eine Banane aß.

Tugendumflügeltes Fräulein, ich lobpreise dich, und zum Wortbrecher sage ich einfach nichts als dies eine: »Schändlicher Schuft!«

Es verhielt sich mit ihm so: seines Versprechens müde, bewarb er sich um die Gunst einer Vonirgendwohergelaufenen.

Sie erwies sich als wunderhübsch.

Und er schloß mit ihr einen Bund auf Lebenszeit, eine Art Schutz- und Trutzbündnis, der Uneingedenkliche, und mit strahlendem Freudengesicht trat er mit ihr zum Altar, indes kleine Kinder ihm und ihr Kränze, die die Lebenslust geflochten zu haben schien, zu Füßen warfen, und indes in ihrem Kämmerchen die Treugebliebene, vom Geschehnis in Kenntnis gesetzt, und von der Orgel

umbraust, die den beiden ins zukünftige Glück das Geleit gab, vor Wehmut verging, womit ausgesprochen ist, daß sie etwas sehr Gescheites vollbrachte, nämlich vom enttäuschungsreichen Leben abtrat, indem sie sich aus ihrer Zärtlichkeit einen Strang zurechtband, oder indem sie am gegebenen Wort erstickte.
Man trug die Standhafte und Ehrenfeste in einem Sarg zum Haus hinaus.

MANUEL

Manuel stand in der Menschenmenge; auf dem Platze vor dem Palast wurde ein Konzert gegeben. Die Leute standen teils still, teils gingen sie im Gedränge so unstörend wie möglich hin und her. Ihn belustigte etwas; das bescheidene Dastehen behagte ihm. Unauffälligkeit kann sehr genußreich sein. Er rauchte mit langsamster Vergnüglichkeit einen landesüblichen Stumpen, wodurch er sich vor niemand hervorhob. Wir wissen nicht genau, womit er den Nachmittag ausfüllte. Hier im stillen Abend, unter seinesgleichen stehend, hatte er mit zwei Mädchen zu tun, übrigens nicht sehr anstrengend. Die eine stand zufällig dicht neben ihm, ließ ihn die seidenweiche Kühle und Wärme ihres Körpers spüren. Er wollte das Gegebene nicht, es gab sich ihm. Oben am offenen Fenster zeigten sich bekannte und unbekannte Gestalten, unter diesen ein Mädchen, dem er gleichsam Treue versprochen hatte, dem er auch bisher noch nicht untreu war, auch in diesem etwas fraglichen Augenblick nicht, wo ihn die Nähe einer andern nicht unangenehm berührte. »Schmeicheln denn die Töne dieses Konzertes nicht auch? Soll mir nichts Sonstiges gefallen, weil mir eines so sehr gefiel?« Sprach er das vor sich hin? Es mag sein! Er schaute sie ruhig an, die oben ein paarmal sichtbar wurde, im Gesicht den ihm so wohlbekannten Zug von Sorglichkeit, leisen Unmutes, feinen Mißtrauens trug. »Sie fürchtet immer etwas. Sie ist zart. Unrecht, sich wohlgemut zu fühlen, sie von unten her anzulachen; sie ahnungslos; ich hier im Publikum voll schelmischer Sicherheit und Überlegenheit. Das Schöne so hochverehrt, emporgehoben. Der Verehrer nah und nicht zitternder?« Manuel glich in seiner Gleichmütigkeit einem Baum mit festumhäuteten, ruhig-schweren Früchten behangen. Er war gefaßt, traute sich etwas zu, hatte es mit Erklärungen nicht eilig, daran er sich zunächst selbst satt aß im genügsamen Herzen. Das Konzert war aus, die Leute gingen auseinander. Er glaubte, er habe sich in der Hand. Bevor er sich gibt, wagt er Umstände zu machen. Er prüft sich, denn er böte nicht gern wenig dar.

DER ONKEL

Eine gewisse Frau Schmeichel hatte zwei heiratsfähige Töchter und erinnerte sich auch noch eines Onkels, sie könne von ihm profitieren. Unser Onkel hieß Stiesel, und er freute sich an seiner Stieselei wie an der Sonne. Damit er sich nicht langweile, schickte ihm Frau Schmeichel eine der Töchter ins Haus, das von einem Vögeligarten umgeben war, aus dem es den ganzen Tag nur so herauszwitscherte. Onkel Schenkel begrub die Ankommende unter lauter Geschenken, wie denn in dieser Geschichte die Gegenstände nur so herumflogen, die zu Geschenkzwekken dienten. Auf jeder Druckseite wurde irgend etwas eingepackt. Onkelchen erhielt für die Beweise von Abwesenheit aller Grobheit ein Nichtchenküßchen, das ihm durch die Adern rann. Sodann setzte sich der Wildfang noch auf des von Lebensglück bei Erreichtheit einer gewissen Anzahl von Jahren beinah bebenden Stiesels Schoß, der beim ungeahnten Erfölglein beim Vöglein Augen wie Fünffrankenstücke machte. Die Beonkelung, die ihr zuteil wurde, schmeckte der Helma sehr, aber da ging die Türe unvermutet auf, und eine Erscheinung trat ein, die sich als die eines Referendars auswies, wodurch dem onkeligen Entzücken ein Ziel gesetzt wurde. Sie fühlte, sie eigne sich zu Besserem als zum Bestieseltwerden, ging ihrem Zukünftigen entgegen, und der Onkel und die Vögel draußen im Garten bestätigten das Ereignis.

DIE GELIEBTE

D*ie Zigeunerin:* Ich war sorglos, achtete nicht auf Kleider, war den ganzen Tag heiter. Sank der Abend aufs Lager herab, so tanzte ich; ich tat es gern, denn es vergnügte mich selber. Fredo, oder wie er hieß, liebte mich, woraus ich mir nichts machte. Er küßte mir von Zeit zu Zeit die Finger. Eines Tages lernte mich der Herr des Schloßgutes kennen, in dessen Nähe wir lagerten. Er fand sein Interesse an mir, bloß so eine Art sehr eingehendes Gefallen. Hätt' er mich geliebt, würd' ich ihn verlacht haben; so ging ich auf den zierlich vorgetragenen Wunsch, seine Frau zu werden, aus Vernunft und Neugierde ein. Seine Artigkeit war nicht nur appetitlich, sondern zeugte von ernsthafter Absicht. Er flößte mir Vertrauen ein, ich gewährte ihm, was er forderte, und wurde Gräfin Fredo, wie er sich nun gebärdete! Er zerriß das Gras mit dem Mund und heulte dazu. »Du darfst mich hier und da besuchen«, beruhigte ich ihn und befahl ihm im übrigen, sich wie ein gebildeter Mensch zu benehmen. Die Ermahnung wirkte. Für eine Frau ist es hübsch, sich vom Herrn ihres Geschickes geachtet und von einem Liebenden verherrlicht zu wissen. Er schlich ums Schloß und um den Luxus, worin ich mich gebettet sah, wie ein Hund, falls man sich so ausdrücken darf. Einst geriet ich in Lebensgefahr, aus der er mich rettete. Ich dankte ihm nicht, er tat bloß, wozu er sich verpflichtet fühlte. Übrigens war ich beinah eifersüchtig auf ihn; jedesmal, wenn er mich sah, lächelte er so schön, daß sich mir die Gewißheit aufdrängte, er sei tief glücklich. So sehr ich mich in der neuen Umgebung verwandelt hatte, für ihn war ich stets dieselbe, die Liebe. Ich diente ihm mehr als er mir, diente ihm zur fortlaufenden Belebung, fühlte fast zu meinem Verdruß, wie ich ihm, der mich in sein Herz einschloß, zum unentreißbaren Eigentum geworden. Der Gatte besaß mich in geringerem Grad, weil er mich – besaß. Er genoß mich nicht halb wie der, dem jeder Anteil versagt, jeder Genuß verboten schien. Dich binden, Macht des Geistes, wem gelänge das?

FLAMMENZEICHEN

Eine Familiengeschichte

Rodominsky klingt als Name für einen Generalssohn gut, der keinen Sinn für Tugend, wie z. B. Vaterlandsdienst, aufweist. Sein Rock hing ihm leichtsinnig von der Schulter. Dabei liebte er eine junge Dame, eine von den denkbar gottvollsten und schönsten, die mit einem blauen Flammenzeichen begabt war. Vornehmstes Blut rollte in ihren Adern. Unter der Wucht seiner Küsse schien er sie ersticken zu wollen. Sie pflegten sich gegenseitig langanhaltend und sündhaft-sorgfältig zu bezüngeln.

Eine Zeitlang ertrug sie das, wonach sie ihn mit einem Verächtlichkeitsausruf von sich stieß. Sie hieß Blonda. Ein seltener Mädchenname, und ihre Mutter trug noch den Stempel einstiger Schönheit. Der Vater, oder der Alte, nein, wartet, ich muß noch vorher den Sohn exemplarisieren, will sagen darstellen und vornehmen.

Er trug auf dem edelgeformten Kopf schwarzes Haar. Seine Mutter mag eine Kroatin gewesen sein. Ich erlaube ihr das. Nachdem er mit seinem Mund zahlreiche kosige, rosige Spaziergänge rund um Blondas Mund durchgeführt hatte, schien er sich leise auf die Notwendigkeit besinnen zu wollen, langsam und behutsam weise zu werden.

Er ließ ja denn auch in seinen Zärtlichkeiten eine Pause eintreten, aber was half sie ihm? Er unterlag dem Bann; er kam nicht mehr los von ihm. Von wem? Vom Bann ihrer schlankgewachsenen, tannenhaft aufgerichteten Persönlichkeit, die die erlesenste Garderobe zierte. Ihr Hut war zwei mal so hoch und groß wie das Zartheitswunder von blassem Köpfchen. Von ihrem Näschen, das sich kaum merkbar vom Antlitz abhob, bis herab zu den Spitzen ihrer Füße zu reisen, würde eine starke Wanderschaft abgegeben haben.

Ich schreite über diese Trivialität, die ja vielleicht eines gewissen Reizes nicht entbehrt, hinweg und gelange zu einem Auftritt zwischen Blonda und ihrem dunkelbewimperten Geliebten, wobei sie ihm sagte: »Mich zu besitzen, kann doch unmöglich dein einziges Sehnen sein. Du mußt doch auch daneben etwas werden. Deinen Eltern ziehen sich deinetwegen Furchen über die gutherzigen, besorgten Stirnen, hinter denen die lauterste Verantwortung schimmert und schlummert. Wenn du nichts außer mir erstrebst, erringst du mich nie. Wer nur Süßes kosten will, für den verwandelt es sich in Bitteres. So bin ich dir heute bitter gesinnt und will so bleiben, bis du irgend etwas Hervorragendes geleistet hast.«

Bei diesen Worten leuchtete das Flammenzeichen wieder einmal so recht deutlich, und ihn vom Kopf bis zu den Füßen messend, woran er ungeputzte Schuhe trug, kein Flammen- aber ein Nachlässigkeitszeichen, drehte sie ihm den schönsten feingeschnittenen Rücken, den je die Erde sah. Elegant schritt sie von dannen. Der Held setzte sich auf eine zufällig in der Nähe befindliche Parkbank, stützte den Kopf in die Hand und würde ein Gedicht voll Wehmut geschrieben haben, hätte er Bleistift und ein Blatt Papier bei sich gehabt.

Aber er war einer, der nie Sorge für Nächstliegendes trug, und so sehen wir denn jetzt den Deutsch-Französischen Krieg ausbrechen, der den General an der Spitze der Seinigen in die Pflichterfüllung rief, die an die Moral usw. die höchsten Anforderungen stellte. Zu seinem Sohn sprach er von oben herab und kalt: »Bleibe du inzwischen daheim bei deiner Blonda.« Mit solchen Worten, o, mein Gott, überließ er seinen verzärtelten Sprößling ausgedehnten, irrgartenhaftverzweigten Beklemmungen, indem er mit einer Geste, die nichts und wieder alles darlegte, sein Streitroß bestieg, um dem Feind entgegenzureiten.

Überall, wohin er schaute, erblickte der von Ungewißheit umgarnte Zurückgebliebene das pflichtheischende Flammenzeichen. Er aß nichts mehr, zerfiel sichtlich, bis er sich eines Tages entschloß, als gewöhnlicher Soldat, man denke, ein Generalssohn, Dienst anzunehmen, dabei denkend, daß er sich mit ihm schon etwa befreunden werde. In finsteren Nächten stand er unbeweglich wie eine Säule Wacht, wobei ihm vielfach vor Müdigkeit die Augen zufielen, um sie wieder zu öffnen und ins Dunkel hinauszurichten.

Da! O, wie wird mir, überbrachte er bei Gelegenheit seinem gestrengen Herrn Papa, der sehr erstaunt war, seinen Sohn in hohem Grad tätig und tüchtig zu sehen, eine immens wichtige Nachricht, die, man kann sagen, einem Armeekorps das Leben rettete. »Ich hatte bisher eine ebenso geringe Meinung von dir, wie deine heutige Erscheinung mich nötigt, in ungewöhnlichem Maß an dich zu glauben. Du bist ja einfach vor mir und der übrigen Mitwelt ein Held. Ich gratuliere mir zu dir und dir zu mir, denn nun bin ich ein Vater, der seinen Sohn achtet.« Diese Sprache war laut gesprochen worden. Nur Generale reden so metallhart und hell. O, Blonda, mache dich auf die Heimkehr eines durch die Bank Gebesserten gefaßt. Mit Wunden bedeckt, eilte er in ihre ausgebreiteten Arme, d. h. sie standen einander zunächst bloß stillbewegt gegenüber. Wieder wurde ihm das Vergnügen zuteil, das Flammenzeichen wahrzunehmen, diesmal aber schien es ihm nicht mehr ein Vorwurf zu sein, sondern eine Anerkennung.

Es kam zu keinem leidenschaftlichen Geküsse, eher nur zu einem langen Zubodenblicken und schüchternen Wange an Wange legen. Die spärliche Liebkosung ist die schönere, die heißere, sie sagt mehr.

DIE SCHÖNE RITTERGUTSBESITZERSTOCHTER

Herr von Wehrburg und Herr von Wunderburg liebten und umrahmten mit dem Goldrahmen ihrer Wertschätzung ein tadelloses Mädchenbild.
Herr von Wehrburg war ein prima Fachmann in der Landwirtschaft. Er hob, kann man sagen, ein Landgut mit einer an Federleichtigkeit grenzenden Schnelligkeit in die Höhe.
Da ritt er denn so durch den Wald, nachdem er seiner Frau Mama mit einer hart an das grenzenden Artigkeit die Hand geküßt hatte, was man Manieren besitzen nennt.
Die Mutterhand war über den Sohneskuß glücklich. Man sah ihr das an. Die Hand lächelte nämlich ein schimmernd-weißes Damenhändelächeln. Die Lippen des Herrn Wehrburg lächelten wieder ihrerseits ein Landwirtschaftsbetriebslächeln.
Nicht wahr, es ist recht erheblich und sehr der Erwähnung wert, in der Wehrburg- und Wunderburggeschichte wegen zarter Art von Lächeln lächerliche Wichtigkeitsgeschichten zu machen. Eine Erzählung tut aber gut, wenn sie sich wichtig nimmt.
Das sollte ich doch auch schon aus eigener Erfahrung wissen!
Wera hieß der Gegenstand der Wehrburgelei und Wunderburgelei. Wehrburg wurde auf Wunderburg wunderbar eifersüchtig. Durch den Wald ritt nämlich auch Wera. Sie ritt ein sehr feuriges Pferd, das mit ihr, ohne eine diesbezügliche, höfliche, vorherige Anfrage an sie zu richten, durchging.
Wera, das tadellose Bild, das sich von Wehrburg sowohl

wie Wunderburg umrahmt sah, schwebte in Lebensgefahr.
Es ritt jedoch auch der gute, wunderliche Wunderburg zufällig durch den Wald. Er sah, wie sie einer Gefahr entgegenritt. Er sah, wie ihre zarten Kräfte sie zu verlassen drohten.
Ein Ruck, und das Pferd stand still, und Wera, dieses Rittergutsbesitzerstochterjuwel, lag in den Armen ihres Retters, und jetzt kam der wehrhafte Wehrburg herangeritten, mußte beide so erblicken und wurde daher von unerhörter Eifersucht heimgesucht.
Jetzt dachte Wehrburg nicht mehr daran, seiner Frau Mama Hand an die Lippen zu führen; er nannte vielmehr prompt Herrn von Wunderberg einen Schurken, der seinerseits in vornehmer Tonart, jedoch mit der nötigen Bestimmtheit, eine Benennungsweise ablehnte, die er unmöglich annehmen könne.
Herr von Wehrburg adressierte an Herrn von Wunderburg die im übrigen schlichte Frage, um wieviel Uhr das Renkontre etwa stattfinden könnte. Genannter blieb die Antwort nicht schuldig, und so zielten sie denn gelegentlich aufeinander wie auf Zielscheiben und trafen sich gegenseitig aufs freundschaftlichste und rücksichtsvollste bloß in je in einen harmlosen Oberarm.
Beide hatten absichtlich human gezielt.
Beide besaßen offenbar ein hohes Maß an europäischer Bildung.
Beiden war es einfach um Absolvierung einer Pflicht zu tun.
Diese Pflicht war nun erfüllt, aber, o Wera, dein Herr von Wehrburg kann sich vom Eindruck nicht loslösen, daß du mit Herrn von Wunderburg geschätzelt hast.
Er litt Qualen, und sie auch, nämlich Herzensqualen, bis sie sich dann legten, nämlich die Qualen, und bis sie sich vertrauensvoll in die jedesmaligen zwei Augen blickten,

nämlich die sich wie neugeboren fühlende Wera und der sich wiedergetauft wähnend, erheblich eifersüchtig gewesene, nunmehr aber nicht mehr eifersüchtige, in Landwirtschaftsangelegenheiten ausnehmend tüchtige, mutterhandandielippenzuführenpflegende Herr von Wehrburg, der sich jetzt mit ihr vermählte, nämlich mit seiner Wera, wozu ihnen von jemand gratuliert wurde, nämlich von dem immer noch Wunderburg heißenden Wunderling, der so lange so heißen wird, als er sich zu erhalten weiß.

Wir wünschen ihm und uns ein langes, arbeitüberladenes Leben, das heißt nur ihm, uns nicht; wir gehören nicht zu denen, die sich gern überanstrengen.

Und hiermit erlaube ich mir, diese Geschichte für fertig zu erklären.

DIE KEUSCHE NACHT

Schon um der eigenartigen Überschrift willen zog mich diese mit allem gegliedertsten Detail gedichtete Geschichte an, die ich mit vehementer Begierde las, was vielleicht besser unterblieben wäre, aber ich ließ mich hinziehen und kam auf manchem zarten Umweg, und nachdem ich alle Umständlichkeit vollnaturalistischer Umschreibung durchgekostet hatte, zum Moment, wo sich endlich der junge Mann entschloß, sich zu entkleiden.

Ich freute mich über seinen mit Schweißtropfen sauer verdienten Erfolg redlich, er zitterte, und wer ebenfalls? Sie, die die Partnerin spielte und ihm flehentlich zurief: »Tu doch so etwas nicht. Ach, wie ich mich vor dem Naturalismus fürchte. Bitte, bitte!« Derartige Sprache führte die Dumme! Die Dumme? Durchaus nicht! Sie war gebildet, leider vielleicht zu sehr, wiewohl es unrichtig scheint, so etwas zum Mund herausquellen und fallen zu lassen. Alle, alle Dichter hatte sie bis zur totalen Genüge willfährig in sich aufgenommen und die Malerei in ihrer gesamten Ausdehnung auf ihr Eigenleben unbekümmert wirken lassen, und jetzt stand sie nur noch so zur Hälfte mit verhüllenden Gewändern bedeckt da, rang vor Ängstlichkeit die Hände und sagte teils zu sich, teils aber ebensogut zu ihm: »Ich verstehe nicht.« Eben dies unglückliche Nichtverstehen möchte er ihr nehmen, sie vom Zwang, den Kulturdinge auf sie ausübten, energisch und leise befreien, gab er so wohlwollend und gutmeinend zur Antwort, daß sie Anlaß fand, zu hoffen, sie dringe zum Verständnis der ihr unzart und deshalb hart scheinenden Situation langsam durch. Gerade das viele Wissen ums Leben hatte sie diesem selben Leben gegenüber scheu gemacht. Wenn von ihm zu wünschen war, er begreife sie, so war von ihr zu glauben, sie entledige sich mit der nötigen Schlichtheit, d. h. nichts anderem als Gemächlichkeit, ihrer Strümpfe, welches bisweilen etwas hoch hinaufreichende Wort man wohl wird aussprechen dürfen, da es sich in eine keusche Nacht bestens einfügt. Ob noch die Lampe brannte oder nicht, kommt uns eher nebensächlich als maßgebend vor, und ob er sich den Schnurrbart drehte, eh' er sprach: »Ich will den Regeln nicht mehr zurückzuhaltenden Wirklichkeitssinns nun einmal zum Sieg verhelfen«, kann kaum eine Frage von Bedeutung sein. Wie ich wissen zu können meine, tröstete er sie mit Anmerkungen, die ihm aus irgendeiner zeitgenössischen Zeitschrift zuflossen, wie z. B. . . . aber ich kann ihm das nicht nachsagen, mein schlichter Verstand scheint mir zu eng dazu.

Im Buche machten diesbezügliche Erwähnungen zwei Seiten aus, wir überschlagen sie; wir sind von der Keuschheit dieser Nacht nach wie vor überzeugt; beide Teilnehmer am nächtlichen Vergnügen sehen ganz danach aus. Ihm kam ein Gedanke, er sagte: »Weißt Du was, wir legen uns ins Bett, und dort laß uns so unschuldig wie möglich tun . . .« Sie schrie: »O schweig! Aber ich will tun, was Du sagst; Du scheinst mir jetzt, nachdem so viel Schwieriges hinter mir liegt, der Vertrauenswerteste, der mir je hätte unter die Augen treten können.« Das Interessante an den zwei Leuten war, daß sie durchaus keusch sein wollten, doch jedes diplomatisch dachte, es komme wahrscheinlich anders, aber macht das etwas? Ich meine, sie hatten sich eben bis dahin noch nicht genügend Hemmungslosigkeit angeeignet, was ihnen aber nahelag, nachzuholen. Nun lagen sie annähernd glücklich beieinander, manchmal berührte eins das andere unabsichtlich, bei der leisesten Berührung nahmen sie wahr, was nicht ausgesprochen zu werden braucht, weil

es der Leser ahnt und man ihm dies Wissen herzlich gerne gönnt.
Ringsumher blieb alles still. Den Grad der Stille, das Ausmaß der Lieblichkeit anzugeben, die Stimmung anzudeuten, das entzückende Gemisch von Heiligem und Trautem, Schönem und Tiefem, worüber der, der's erlebt hat, weder gern ganz schweigt noch völlig unbefangen redet, das Selige zu sagen, erlasse man uns. Sie haben es jedenfalls gefunden, und niemand freut sich mehr als der, den noch selten eine Erzählung inniger interessierte als diese.

DIE SCHÖNE UND DER TREUE

Die Schöne sieht sich im Salon mit Artigkeit überhäuft, von Herren umringt. Ihr Liebhaber kommt ihr klein vor; er sitzt auch ganz kleinlaut etwas abseits, lächelt aber ziemlich dreist. Will er sich rächen? Selten hat ein Liebender geleugnet, den Haß gekannt zu haben. Die Schöne beachtet ihn nicht, ihr wird gehuldigt, er ist vernachlässigt. Gleichwohl schaut sie von Zeit zu Zeit auf ihn, vielleicht in der Absicht, ihn eifersüchtig zu machen, im Wunsch, ihm zu imponieren. Sie strahlt, fühlt sich so sicher. Muß er sie nicht beneiden, sich bedrückt fühlen? In Gesellschaft die Nebenperson zu sein: wie unerträglich! *Die Schöne:* Du verschwindest heute abend förmlich, bist vor lauter Bescheidenheit kaum noch sichtbar. Man merkt dich nicht. Was tust du?

Der Liebhaber (zeigt ihr ein Damentaschentuch, das er einer Kabarettkünstlerin abgekauft hat): Ich tändle!

Die Schöne wird blaß, weicht zurück, geht äußerlich gefaßt, doch innerlich aufgebracht, zu den andern, ist niedergeschlagen, heuchelt Befriedigtheit. Die Frage: »Liebt er mich nicht mehr?« plagt sie von Minute zu Minute mehr. Den Treuen anwesend wissen, umflog sie mit einer Gewißheit von Schönheit. Sie verlangte viel von ihm und glaubte, das zu dürfen. Keinem mutete sie Entsagungslust zu wie ihm, und nun diese Unverfrorenheit? Sie setzt sich, sendet Blicke des Entsetzens zu ihm.

Der Liebhaber (für sich): Was tut man nicht, um der Geringschätzung zu entgehen?

DER LIEBENDE UND DIE UNBEKANNTE

Heinrich: Nicht wahr, dieser Weg ist hübsch?

Die Unbekannte: Als Sie mir vorhin in die Nähe kamen, sah ich es Ihrem Schritt, der Langsamkeit, dem Behagen, der Ruhe Ihres Gehens an, daß Sie ein Wort an mich richten würden. Sie haben es getan, und da ich darauf gefaßt war, antwortete ich Ihnen.

Heinrich: Mir wäre es unnatürlich vorgekommen, an Ihnen vorbeizugehen. Der Strom daneben, die Blätter so still, so einladend. Ich war sicher, daß Sie stehenbleiben und eine Weile meine Begleitung duldeten. Hab' ich etwas Beunruhigendes für Sie?

Die Unbekannte: Ganz und gar nicht. Gehen Sie stets allein?

Heinrich: Ihre Hände sind niedlich, ihre Füße fein. Es ist wahr, ich bin für kein Mädchen gefährlich. Ich gehöre mir nicht, geh' nie allein, bin gekettet und dabei zu glücklich, als daß ich Unrechtes tun könnte. Eine begleitet mich beständig, die sich nicht um mich kümmert. Was und wie sie ist, schwebt um mich. Sie spricht mit mir, bald heiter, das heißt, ich lasse sie nie anders als ernst mit mir reden. Ich habe sie so, wie ich sie mir am liebsten denke, mache mit ihrer Erscheinung, was ich will, jage sie oft weg, brauche nicht zu fürchten, ich verlöre sie. Wenn sie wüßte, wie lieb sie mir ist, wie ich mit ihr verfahre, würde sie unwillig, aber kann sie mir das Denken verbieten? Jeder mit ihr zusammenhängende, kleinste Gedanke stärkt mich. Sie gleichen ihr entfernt, deshalb wohl war ich zutraulich.

Die Unbekannte: An wen kam ich da?

Heinrich: An einen Liebenden.
Die Unbekannte: Man hört's Ihrer Offenheit an.
Heinrich: Verletzt sie Sie?
Die Unbekannte: Sie sollte nicht und tut es dennoch. Ich wünschte eine Bekanntschaft zu machen, Sie aber sind ja unausgesetzt in Gesellschaft. Ich dachte, ich könnte Ihnen etwas sein.
Heinrich: Sie sind mir lieb.
Die Unbekannte: Darum, daß Sie mir von Ihrem Glück erzählten?

SCHWÄCHE UND STÄRKE

Sie: An dir ist etwas Verlebtes und Junges. Du bist anziehend und abstoßend.

Er: Wenn du dir Zeit nehmen willst, mir zuzuhören, will ich dir einiges über mich sagen. Wirst du dich nicht ärgern? Einst schwärmte ich für Studentinnen, weil sie viel sprachen, ich sie für außerordentlich klug hielt. Eine Studentin betrat einmal in meiner Abwesenheit mein Zimmer, um nachzusehen, was ich lese. Diese Art, mich zu prüfen, imponierte mir. Dies ist die Einleitung. Bevor man ausspricht, was man bisher für sich behielt, macht man Umstände. Ich bin ein sehr hartherziger Mensch, unglaublich trotzig. Mit neunzehn Jahren hatte ich Freundschaften mit Mädchen, hielt mich für ungebildet; aber die, mit denen ich umging, erklärten mich für klug, daß ich's halb und halb glaubte. Sie hatten mich lieb, ich sie auch, aber es fiel mir nie ein, sie möchten geküßt sein. Ich gab bloß die Hand, war munteren Geistes, lieh ihnen für ihr Sprechen mein Ohr. Einer Büroangestellten schrieb ich Verliebtheiten ins Album, sie pflegte sich auf mich zu setzen. Glaube übrigens nicht, daß ich dir haarklein alles sagen will. Ohne Verschwiegenes käm' ich mir arm vor. Interessieren wird dich mein erster Besuch in einem öffentlichen Hause, wobei ich mir kolossal mutig erschien. Die Empfangsdame führte mich zu einer Reihe von nicht übel geschmückten Mädchen, unter denen ich mir eine auswählte. Eine Flasche Wein wurde gebracht; das Mädchen sagte, es schicke sich so, ich wandte nichts dagegen ein. Ihr Parfümiertheit flößte mir große Achtung ein. Sie entkleidete sich und bat mich, das auch zu tun; ich gehorchte ihr wie ein Kind. Meine Beziehung zu ihr

bestand in nichts als in Anerkennung; daß sie Erfahrung in ihrem Beruf zeigte, überraschte mich nicht; ich ging auch gar nicht mit Bedürfnis in dies Haus, sondern aus Pflichttrieb, ich befahl es mir, obschon ich mich nicht geeignet fühlte. »Du hast nicht Lust, mein Lieber.« Sie versuchte, mich künstlich in Wärme zu bringen, was ihr aber keineswegs gelang. »Du kamst bloß aus Eitelkeit zu uns.« Sie lächelte, und gar nicht unschön. Meine Unempfänglichkeit lag am Tag; ihre liebenswürdige Bereitschaft, mir nützlich zu sein, brachte keine Muskel an mir in Bewegung; offenbar war ich nicht geschaffen, mich mit ihr zu zerstreuen. Von Genugtuung war keine Rede; sie bot mir dar, was ich nicht brauchte, gab mir, was ich nicht nahm, nichts in mir verlangte irgend etwas von ihr. Ich schämte mich über ihr zweckloses Gewähren. »Verzeih mir«, sagte ich, »ich kannte mich nicht und glaubte, ich könnte bei dir zu Kenntnissen über mich gelangen. Dich versteh' ich, aber mich noch nicht. Nimm nicht übel, daß ich dich verschmähe. Nicht du bist schuld, sondern meine mir alle Besitzlust rund verweigernde Wunschlosigkeit. Sonst würd' ich dich sehr hübsch finden.« Beim Versuch, mich mit ihr zu vereinbaren, übertrug sie mir aus dem Reservoir ihrer Eigenart, was sich mir nicht anpaßte, mich jedoch mit Stolz versah. Ich ließ mir vom Arzt Mittel verschreiben. Fähigkeit vortäuschend, suchte ich eine Beschäftigung, die von mir nicht erledigt sein wollte. Was sagt mir Gutwilligkeit, aus der ich mir nichts mache? Kann sich ein Befriedigter befriedigen gehen? Ich wurde geboren, um ohne Not zu sein, und da ich der Mädchen nicht bedurfte, dachte ich nach, wie's mir möglich wäre, mich trotzdem mit ihnen abzugeben.
Sie: Du wurdest unfein?
Er: Wenn du's so nennen willst, ja! Ich rede nicht von Beziehungen zu bürgerlichen Mädchen –.

Sie: Ich seh' dir an, wovon du reden willst.
Er: Ich wollte von Mutwilligkeit sprechen.
Sie: Tu's lieber nicht. Ist es so verlockend, sich schlechter Meinung auszusetzen? Du hast dir dein hübsches Lächeln bewahrt. Ich habe dich schelten wollen, bin dazu aber nicht imstande. Ich bedaure dich.
Er: Ich selber tu das nicht. Schade, daß du all das Lustige, das ich dir auftischen wollte, nicht mitgeteilt haben willst. Es trieb mich beinah täglich zu jenen Fröhlichen; es liegt etwas Schönes darin, Zeit zu verlieren und sich genug Ehrbarkeit zuzutrauen, um zuzulassen, daß daran gezehrt wird. Ich fand sie alle verhältnismäßig recht geistreich. Da sie mich gerne sahen, durfte ich mich ihnen nicht entziehen.
Sie: Du warest weder so stark, noch so schwach, wie ich meinte.
Er: Gib mir, bitte, noch ein Glas Bier.

DIE MÄDCHEN

Eine Art Vortrag

Sie flanieren oft zu viel.
Flirt kann recht ergebnislos sein. Aber das Promenieren ist an sich zweifellos etwas sehr Nettes.
Die nettesten, hübschesten, niedlichsten, bezauberndsten Mädchen sind dem »Sitzenbleiben« ausgesetzt. Ich rede da grausam, doch das macht mir Spaß. Eine Eigenschaft kann einer Schönen mehr nützen als das schöne Äußere. Oft begegnet mir eine ausnehmend Hübsche; jedesmal schenkt sie mir viel: ihren Anblick!
Im Vorübergehen gefällt man stark, aber doch immer nur flüchtig. Auf der Straße werden verschwindend wenig Bekanntschaften gemacht.
Die Mädchen glauben nicht den Verehrern, sondern den Tapfern; nicht den Genießenden, sondern den Entsagenden; nicht den Augen, sondern dem Betragen. Das beste Betragen den Guten gegenüber ist immer, sie nicht für gar so gut zu halten.
Vertrauensseligkeit stößt nicht auf Vertrauen. Sie wollen durchschaut und dadurch respektiert sein.
Ich ignorierte monatelang eine Tänzerin. Diese Geringschätzung flößte ihr Vertrauen zu mir ein.
Jedes Mädchen strebt gleichzeitig nach Liebe wie Liebeeinflößen. Sie beklagen sich gern; man tut ihnen beinah einen Gefallen, sie zu enttäuschen. Weh ist ihnen eine Wonne. Wer lieblos zu ihnen ist, gewinnt Aussicht bei ihnen. Sie wollen unterhalten sein, um sich in einen Langweiligen, und gelangweilt sein, um sich in einen Unterhaltenden verlieben zu können.

Leichtigkeit gefällt, Charakterfestigkeit imponiert ihnen. Nichts finden sie so schön an einem Mann wie Selbstbeherrschung; sie sind auf diese unsichtbare Rivalin eifersüchtig, und mit Recht, denn sie ist eine schöne Erscheinung.

Ich machte einem Mädchen ein Geschenk. Daraufhin verlor sie mir gegenüber die Freundlichkeit, weil sie mich für leichtsinnig hielt, während sie mich vorher sparsam glaubte.

Man kann sie mit Liebenswürdigkeiten verstimmen, durch Gleichgültigkeit gläubig machen. Sie gefallen uns ihrerseits auch besser, wenn sie nicht auf uns blicken, nicht mit uns artig tun.

Sie wünschen Vorlaute und Sichere unsicher, Schüchterne gesellig und lachen dich aus, wenn du ihnen nicht Gelegenheit gibst, dir zu unterliegen, grüßen dich nicht, weil sie's sehr gern täten, können trauern, wenn du ihnen Achtung abnötigst, und können einen Haltlosen verabscheuen und bewundern.

»Wie kommt es, daß Sie mich so gut verstehen?« fragte mich vor Jahren ein Mädchen, das sich über die Redeweise des Unerfahrenen wunderte.

Feinde verstehen uns oft besser als Freunde. Denkende sind nicht immer freundlich, meist aber verständig. Aber das Mißverstehen ist soviel wert wie das Verstehen.

Wenn ich sie recht verstehe, streben sie nach Tätigkeit, sie möchten gerührt sein, möchten etwas geben.

Lieb sein ist ihr Traum.

DIE EINZIGE

Ich kenne eine bedeutende Angedichtete, die nicht dichtet, aber ein Gedicht ist, was für einen Dichter viel bedeutet. Ist man frech zu ihr, so hat sie bloß ein herrliches Verwundern. Ich habe sie schon ein paar Mal besungen, doch einstweilen ungenügend. Sie jagte mich weg; ich habe darüber fröhlich gelacht, als wenn sie mir eine Nacht bewilligt hätte, die den Dichter kalt läßt, da ihm seine Phantasie ihre Glieder längst zu sehen erlaubte. Nie werd' ich nachher wieder lieben. Sie machte mich zum Kind, das die Erde anstaunt, in die schönste Unterweisung geht und Gott verehrt. Ihre Schuhe sind nicht besonders wundervoll. Ich liebe aber schon die Serviette, womit sie tändelt. Ich darf sie nicht wiedersehen und bin dennoch glücklich, dürfte es eigentlich nicht sein. Ich wurde unverschämt bei ihr weil ich in ihrer Gegenwart zitterte und weil ich Überlegenheit vortäuschen wollte und dieses Zittern, diese Liebe blöde fand und beinah haßte. Aber fern von ihr, kose, spiele ich mit ihr, hüpfe wie ein Verrückter, wie ein dummer Bub. Ich könnte sie zirka vier Jahre lang vergessen; dann würde alles neu über mich kommen. Entzückend, dies zu wissen! Was ein Mädchen für eine Macht hat, hätte ich nie vorher gedacht. Alle Treue und was sonst Gutes in mir ist, sinkt am Kleide der einzigen nieder. Ich bin munter, wie sonst nur frühmorgens: doch ist's Mitternacht; ich schreibe dies auf, als gäbe ich's niemand zu lesen.

ALFREDS ERKLÄRUNG

Ich glaube, du ärgerst dich über mich«, sprach Alfred zu seinem Freund. Sie waren übrigens kaum das, was man unter Befreundung versteht; sie saßen nur zufällig einmal im Kaffeehaus zusammen.

»Was hast du davon«, fuhr er fort, der obiges Wort gesagt hatte, »wenn du eine schlechte Meinung von mir nährst? Gering von seinen Nebenmenschen denken ist sehr leicht. Das vermag jeder. In einer Sekunde ist's getan. Ich kann dich, wenn ich will, mit so viel Recht verachten wie du mich, nicht wahr? Ich bin aber bestrebt, das zu vermeiden. Du hast nicht erreicht, was du erreichen wolltest, und läßt deine Unstimmigkeit an mir aus. Ist es etwa nicht ungefähr so? Wir sind uns an Intelligenz ebenbürtig, darin liegt kein Grund, uns zu bekämpfen. Letztes Jahr, erlaube, daß ich dir etwas erzähle, hatte ich über ein schönes, liebes Mädchen insofern einen Vorteil, als ich sie beleidigte; ich prägte ihr Eindruck ein. Wenn wir artig sind, hinterlassen wir weniger Macht auf Seelen. Sie zwang sich, gelassen zu bleiben, aber ich sah ihr die Erregtheit an. Sie hatte überaus ungeschickt mit mir gesprochen, ich stand auf und verließ sie, zu der ich eine Minute vorher sozusagen noch emporblickte. Mit verächtlichen Schimpfworten entfernte ich mich aus dem Kreis, und seither liebe ich sie, denn ihr Bild drang mir tief ins Herz, in einem fort sah ich ihr Gesicht vor mir, in den Augen Haß und Schrecken, es saß Haß auch über sich selbst darin, aber wie kann man eine Unbedachtsamkeit so übel nehmen? Damals war sie die Arme, die Zurechtgewiesene, die Zarte, die von mir grob behandelt wurde. Einige Zeit nachher besuchte ich sie in ihrem zierlichen Salönchen, gleichsam so aus Herablassung, und sie schien in der Tat durch mein munteres Auftreten erfreut, sie grüßte mich achtungsvoll und fein, mit einer, wie soll ich sagen, aus der Dankbarkeit hervorglühenden Grazie. Den Erfolg wußte ich absolut nicht auszunützen. Ich kann es unter Umständen sehr gut zu einem Erfolg bringen, aber mir fehlt der Antrieb, die günstige Situation zu kosten. Ich lächelte, war in ihrer Gegenwart glücklich, und zwar bereits zu glücklich, ließ es mir wohl sein und dachte nicht daran, mich ein bißchen anzustrengen, damit sie Unterhaltung habe, liebte sie, ohne mich näher zu kümmern, nach ihren Wünschen zu fragen, und Geschäfte riefen mich ab, ich blieb einige Monate fern von ihr. Als ich wiederkam, immer nichts als sie im Vordergrund des Denkens, alle übrigen Angelegenheiten nebensächlich, was an sich ja unwichtig ist, und vor das Haus trat, in welchem ich sie so oft sah, wo sie mir so vertraut geworden war, überkam mich die Ahnung, sie sei nicht mehr da, ich ging nicht einmal hinein, um nachzusehen, ob ich recht mutmaßte, ich traute meinem Gefühl, ich wußte, sie war verschwunden, und entschloß mich, sie so ruhig wie möglich zu suchen, jedes Aufsehen sorgfältig vermeidend. Es war Frühling, und du kannst mir glauben, daß er für mich eine Bezauberungszeit wurde, die Blümchen im Gras und die blumenhafte Liebe in meiner Seele Erdreich, das klingt, als wolle ich's gleich in Versen vortragen, aber ich habe nichts diesbezügliches im Sinn. Wie du mich nun unfreundlich anblickst, bist du eifersüchtig, weil ich dir da mein Heiligtum auspacke? Du bist furchtbar gescheit und siehst mich im Erzählen glücklich, und deine Gescheitheit ist darob ganz empört, denn du redest dir ein, ich besäße gar nichts mehr, sei nur noch ein Bettler. Du hältst mich, nebenbei gesagt, für einen Wüstling und irrst dich, und ich quäle dich jetzt, indem ich dir meine schönere Seite zu spüren gebe. Ich erfuhr, wo sie sich aufhalte, bat einen Musikanten, mitzukommen, einen arbeitslosen Menschen, und so traten wir denn in einer Nacht, die für eine Serenade geeignet schien wie keine vor ihr, vor ein sehr schönes, hohes Haus, worin sie sich nun aufhielt, er spielte sehr hübsch. Die Türe ging auf, und wer trat hinaus zu mir? ›Du reichst jetzt nicht mehr an mich heran, ich stehe zu hoch über dir und dem, was du Schönes für mich empfindest. Freilich mag dir unlieb klingen, was ich dir eröffne, ich muß es dir aber sagen, damit du mich vergessen lernst. Als du mich einst kränktest, hatte ich Mitleid mit mir und hielt dich für etwas Bedeutendes, wie ich dich aber nachher mir treu ergeben sah, verwandelte sich der Begriff von dir, und ich wußte, daß ich mir wen anderes suchen müsse. Mit Zärtlichkeit ist einer Frau nicht geholfen, denn es ist nötig, daß uns irgendwer beschützt, der eine feste Hand und Brust besitzt. Ich fühle mich hier in Sicherheit, freue mich der veränderten Lage und bitte dich nicht um Aufmerksamkeiten, vielmehr darum, sie einzustellen.‹ Ich weiß nicht, was in mir vorging, aber es überkam mich bei ihren Worten ein Lachen, womit ich sie zum zweiten Mal kränkte, sie hatte mich entmutigt anzutreffen gedacht und sah mich nun auf einmal wieder heiter, voll Verwirrtheit kehrte sie in die Umfriedung zurück. Ich begleitete meinen Begleiter in ein Restaurant, um mich später von ihm zu verabschieden.«

GRETCHEN

Ein kapriziöses Mädchen war Gretchen. Sie wußte nicht, was sie wollte. Sie bekam einen Liebhaber. Schlimm, wenn ein Gretchen einen Verehrer bekommt. Er huldigte ihr; sie ließ ihn fallen, daß er acht Tage im Bett liegen blieb. Er merkte sich's; leider aber vergaß er's wieder total. Da er nicht mehr zu ihr kam, bekam sie Sehnsucht nach ihm, man nennt's auch Langeweile. »Sei doch so gut und komm«, schrieb sie ihm. Das klang artig und fromm, er ging aber nicht hin, weil er sozusagen ihre Nichtanwesenheit vorzog. Sie war so zart, wie man's gar nicht schildern kann. Ein zartes, zartes Pflänzchen! Er kam ihr wie ein Grobian vor; im Grunde war er keiner, sondern ein Zartian, Empfindian. Sie bildete sich eben ein, was nicht war. Armes Gretchen! Einmal weinte sie: über was, wußte sie nicht, schob es aber auf seine Rechnung, belastete ihn dafür, was der Gipfel der Bequemlichkeit genannt werden durfte und mußte. So könnte jede kommen, nicht wahr? Sie hieß ihn unbarmherzig, er sie seinerseits unmöglich, worüber sie zornig wurde. Überflüssige Anstrengung! Gretchen trieb Luxus: sie war reicher Leute Kind; namenlos fein erzogen. Bald lachte, bald schimpfte sie über den, von dem sie nicht wußte, ob sie ihn liebe. Zeitweise haßte sie ihn und haßte dann auch sich, was uns beweist, daß sie ihn eigentlich liebte. Sie wünschte ihn herbei und zugleich tausend Kilometer weit fort. Gehörte sie in ärztliche Behandlung? In der Tat starb sie; da lachte er. Wie sie das hörte, stand sie vom Tode auf, einzig, um ihm zu sagen, wie schlecht sie das von einem treuergebenen Liebhaber finde. Sie scheint also doch nicht so recht gestorben gewesen zu sein. Bald fand sie ihn charmant, bald blöd, fiel ihm aus lauter Abneigung an die Brust, bei welcher Gelegenheit er ihres Busens Pochen verspürte, eine Musik, die ihn bewog, ihr zu sagen: »Ich liebe Dich.« Sie rief: »Unanständiger!« und floh. Was tat er? Sprang er ihr nach? Nein, er ließ sie laufen. Das nahm sie ihm sehr übel. Wir müssen die Erzählung von Gretchen und ihrem Anbeter unterbrechen, weil wir launisch zu werden fürchten wie erstere und lächerlich wie letzterer, windspielhaft wie beide und den Kopf in abgründischer Verlegenheit brächen, was uns leid täte, weshalb wir sagen: adieu, Gretchen!

EDITH'S ANBETER

Rigolaio begehrte die unnahbare Edith hauptsächlich deshalb, weil sie in einem prunkvollen Hause wohnte und weil er Grund hatte, zu glauben, sie werde aufs sorgfältigste beschützt. Des Hauses vornehme Fassade irritierte ihn manchmal. Wir können ihn zum Glück als einen Knaben bezeichnen, den Schaufenster interessierten, in denen Korsetts usw. ausgestellt waren, und der einmal aus Perversität, d. h. mehr nur aus jugendlich-dummer Langeweile, einer Frau einen Kuß gab, die einen auffallend großen Kropf trug. Edith war edel, über diesen Umstand ärgerte sich der Flegel ebenfalls. »Er ist und bleibt ein Grobian«, äußerte sich eine sehr achtbare Dame gelegentlich über ihn, und nun schritt er stolz-trotzig und zugleich leicht-gleichgültig vor dem Schloß auf und ab, dessen Türen er einst geöffnet hatte, um ins Innere zu treten und sich dort womöglich fein, d. h. wirkungsvoll aufzuführen. »Sie kamen gewiß nur irrtümlicherweise zu uns«, war ihm gesagt worden. Da zog der Knabe in Gedanken seinen Revolver und schoß den Ungezogenen theoretisch zu Boden. In Wirklichkeit wurde er rot wie ein Schulbub, ließ den Kopf hängen, begriff die Lage sehr wohl, d. h. er sah ein, daß man seine Gegenwart nicht wünsche, und zog daher vor, sich zu entfernen, wobei er sich über seine Folgsamkeit amüsierte, die er verspottete. Er machte nämlich einen sehr unausgewachsenen, kindhaften, unfertigen, gleichsam um Schonung bittenden, nicht gerade schlechten, aber doch auch nicht guten Eindruck. Etwas Unsicheres haftete ihm stark an, und nun ging ihm dazu noch immer das Bewußtsein nach, daß er für Damenhandschuhe schwärme, was halt nur einem dummen Jungen passierte. Einem an seinen Fingern und Armen lange Lederbezüge mittragenden Mädchen drang er immer ziemlich mutig und doch gesetzt, unverschämt und zugleich doch wieder schüchtern nach, in der Hoffnung, daß ihn das Begleiten in gewissem Sinn bereichere. Hinterher ärgerte ihn dann alles das, d. h. wir wollen nicht gerade von Ärger reden, aber von Verwundern. Ja, es ist wahr, er staunte sich mitunter an, als bestände er aus Zweien, aus einem hochnäsigen Beurteiler und wieder einem von Blicken fixierten armen Schlucker, der den Verwunderten, Mißbilligenden schier vor Haß hätte erwürgen wollen. Leider war er immer sein Verfolger und Verdächtiger selber. Er verachtete sich um seiner Liebe willen. Liebe war entschieden etwas Blödes. Leiden, das ja mit Lieben immer ein bißchen verbunden ist, erschien ihm ganz einfach ekelhaft und saudumm und dann doch beinah wieder gottvoll. Doch wie stellen wir es an, ihm eine zu putzen, daß er laut aufschreit? Sein Zittern, Zagen macht uns nämlich Spaß! An nichts haben wir solche Freude, als an der Irreführung eines sich nicht auf ganzer Linie Beherrschenden. Wir wissen und können dreist sagen, er lecke Löffelchen ab, die vorher von Witwen zum Kaffeetrinken benützt wurden. Ein solches Mondkalb kam uns bisher noch nicht vor, wobei wir ihm einen kargbemessenen Intelligenzgrad nicht absprechen. Man kann eine Damenmündchen bezaubernd findende Intelligenz besitzen, hieran zweifeln wir keineswegs. Edith wußte hievon nichts, doch sie wird's wissen, denn wir werden ihr diese ihren Rigolaio wahrheitstreu abhandelnden Zeilen bestimmt zu lesen geben und uns an ihrer Qual, daß ihr Liebhaber eine Art Küchenbursche ist, nicht satt genug weiden. Sie soll sich alsdann kein Gewissen mehr machen, ihn zu verlachen, aber sie wird das nicht tun. Diejenigen, die man verlästert, haben meistensteils gewonnen, wo man geglaubt hat, ihnen den Gnadenstoß zu versetzen. Lästerer und Übelmitspieler können auch Unliebsames erleben. Aber wie reden wir, das ist ja Unsinn, weiter, weiter! Daß wir doch dem Burschen, anstatt ihm nachzuhumpeln und mitanzusehen, was er Plumpes anstellt, zu saufen gäben! Edith war unbeachtet gewesen, d. h. sie wurde nicht über Gebühr geschätzt, d. h. man maß ihr nicht übertrieben viel Bedeutung bei. Ohne Rigolaios Aufmerksamkeiten wären andere nicht auf sie aufmerksam geworden. Sein Auszeichnen fiel auf. Er trat da nämlich ziemlich gönnerhaft auf, kurz und gut, eines Tages verschwand sie aus bisheriger Bildfläche, und als er sie nach mühsamem Suchen wiederfand, war sie Fürstin geworden, die ihm ein Lächeln schenkte, an dessen reizender, vornehmer Heiterkeit ihm ihre Stellung klar zum Bewußtsein kam. Er hatte also für Aufschwung gesorgt, hatte sich weiß Gott wieviel Mühe gegeben, den Gegenstand seiner Liebe in die Unnahbarkeit hinaufzuheben, wovon wir schon sprachen, und einen solchen Esel sollte man nicht verhöhnen? Ihr hatte er geholfen und wußte sich nun selbst nicht zu helfen. O, wie er kläglich, jämmerlich um einen freundlichen, gnädigen Blick bettelte, nicht mit Worten, nein, das wäre unstatthaft gewesen, bloß mit den Augen; sie aber strafte ihn mit ruhiger Verachtung, indem sie für richtig hielt, ihm den Kopf zurechtzusetzen. Sie tat das wundervoll, und jetzt, jetzt, jetzt erst begann er zu fühlen, was Anbetung ist, er lag innerlich vor ihr auf Knien, der laut gelacht, ja gejauchzt hätte, wenn es auch zu einem äußeren, realen Kniefall gekommen wäre. Man wird doch hoffentlich einen Liebenden einigermaßen verstehen, oder nicht? Sollten unsere Leser zu nüchtern sein, um dies Rigolaio-Abenteuer in seinem Maß und Umfang, seiner geschmiedet-glühenden Ausrundung zu würdigen und vor der Person des Abenteurers den Hut vor Hochachtung abzuziehen?

Vor Rigolaio den Hut abziehen? Er lüfte ihn lieber vor uns. Ihm steht Höflichkeit an, uns die Pflicht, uns darüber zu vergnügen. Ihm sei erlaubt, zu hoffen, man finde ihn nach und nach erträglich.

PARZIVAL SCHREIBT AN SEINE FREUNDIN

Ich bin innerlich noch so jung, schrieb Parzival seiner Freundin, und vernachlässige darum viel, lese jedes Buch, beschäftige mich im Vorbeigehen mit jedem beliebigen Menschen. Es geht mir wie allen: Wir befassen uns lieber mit andern als mit uns selbst, sorgen uns um sie, weil wir ihre Fehler erblicken. Die meinigen fallen andern Leuten mehr auf als mir, und ich bin in ihrem Gespräch, wie sie im meinigen. Mir fiel noch nie ein, gering von mir zu denken. Der Glaube, daß ich etwas wert sei, verläßt mich nie. Du und andere aber hätten mich gerne eingeschüchtert, aber wie kann ich euch zuliebe mir etwas vortäuschen. Ich müßte unaufrichtig sein. Da mich der Gedanke an deine Reize tanzen machte, fiel ich um, kam ins Krankenhaus, und statt dich davon ordentlich zu benachrichtigen, ließ ich's mir in unaufhörlich denkendem Beidirsein wohl sein. Du warst beständig um mich, schautest mich an. Vielleicht ist gerade die Liebe die Feindin der Liebe. Aus lauter Treue wurde ich dir untreu, aus lauter Lust am Schönen handelte ich unschön und wagte dich, da mir's zum Bewußtsein kam, nachher nicht mehr aufzusuchen, wanderte umher, geistig und seelisch dir in einem fort innig untertan und daher bequem geworden. Sieh, Freundin, so ist es: ich mochte nicht zu dir kommen, weil du mich schon zu glücklich gemacht, mir vielleicht wieder genommen hättest, was ich besaß. Plump gesagt, hatt' ich von dir genug, das heißt, ich war so beschäftigt mit dir, daß ich deiner Gegenwart nicht bedurfte. Außerdem schämte ich mich vor dir, weil ich viel zuviel an dich gedacht hatte. Mich drängt es, eine andere kennen zu lernen, um sie auf entzückende Art zu betrügen, ihr Aufmerksamkeiten zu erweisen, auf die nur du ein Recht hast. Nahmest du mir nicht alle Lustigkeit, stempeltest mich zum unsicheren Kind? Liebe macht kindlich, und durfte ich mir erlauben, so zu verarmen? Weil ich vor dir ein so Armer geworden bin, konnt' ich mich nicht mehr entschließen, zu dir zurückzukehren, bot alle Kräfte auf, den Weg zu mir wiederzufinden. Nach und nach verlernte ich, um dich zu weinen. Vergessen kann ich dich nie, aber ich kann es ebensowenig über mich bringen, deinetwegen geringzuachten, was mich umgibt. Auf die Länge würde eine solche Flamme eintönig. Darf ich einem einzigen Gefühl erlauben, mich zu umnachten, der Seligkeit die Macht einräumen, mich unselig zu machen? Ich habe die Pflicht, über die Lebhaftigkeit meiner Fähigkeiten zu wachen. Dir zuliebe darf ich nicht außer acht lassen, der Mensch müsse seinen Mitmenschen dadurch zu ehren suchen, daß er ihm einen Anblick gibt, wozu er ja sagen könne. Zu einem Verunglückten aus übereinandergebrochener Empfindung sagt die Mitwelt nein, und ich bin nicht einer, den es nicht unangenehm berührte, wenn er sich bedauert sähe. Ich liebe und besitze dich, und da ich dich besitze, brauche ich dich nicht wiederzusehen. Wozu sich in Bewegung setzen, um einzufangen, was man schon hat? Du sättigtest mich für immer, gabest mir zuviel, ließest mich zuviel nehmen, als daß ich mir noch etwas möchte geben lassen. Wer wünschte sich in ein Gefäß noch mehr eingegossen, das er bis an den Rand gefüllt sieht? Ich finde dich mit einem Wort zu schön zum Begehren und erhob dich zu hoch, als daß du mir nunmehr noch genügtest. Mit der Verhimmelten hab' ich nicht gern Umgang, will nicht eine Rolle spielen, die du mißbrauchen müßtest. Hielt ich dich je für klug? In keiner Weise. Noch genoß ich dich nicht aus, und wenn's dir je einfiel, über die Demut meiner Haltung zu lächeln, so wirst du bereits stutzig über mich geworden sein, was ich dir beinah gönnen mag; denn bei aller Hingebungslust lebt der Wunsch in mir, daß man mich achte. Er ist vielleicht zu ausgeprägt, da er mir aber gegeben ist, muß ich ihn berücksichtigen. Und dann ist etwas in mir, das sich über des Glücks Nichtachtung beglückt fühlt. Dich zu verschmähen, Schöne, macht mich die Hände falten und Gott um Verzeihung bitten, aber ob ich mich tot nach dir sehne, mag ich mich von dir nicht abhängig wissen. Ich kann mich niemand anvertrauen als mir, denn nur ich versteh' mich zu lenken, und so muß ich mich mir fügen.

WENN SCHWACHE SICH FÜR STARK HALTEN

Selten ließ sie mich zu einem Wort kommen; wenn ich eines aussprach, achtete sie gar nicht darauf. Vielleicht hat sie mich von jeher absichtlich vernachlässigt, weil sie mich glücklich sah. Meine Augen mußten mich ihr verraten. Schon zu Anfang meiner Beziehungen zu ihr, die seltsam sind, schenkte ich ihr Veilchen. Sie ließ sie zu Boden fallen, ich flink wie ein Wiesel auf das Fallengelassene zu, sie hielt die Hand, die schöne, still dar, damit ihr das Bouquet zum zweitenmal überreicht werde, und küßte, küßte? Nein, berührte bloß, berührte? wiederum nein, atmete bloß heiß und dumm, man ist immer dumm, wenn man heiß ist, ihre Finger an. Oh, ich war selig: die Finger, in die ich hineindrückte, was da duftete und mich einige Rappen gekostet hatte, die blöden Blümchen, denen ich an Blödigkeit und treulicher Liebhaberei glich. Ich duftete wohl selber auch vom Duft und von Wünschen, ewig dem Mädchen lustig, knabenhaft zu dienen und für die Dienste halbe oder ganze Schalksmienen zum Dank einzustecken. Es war etwas Liebes, wunderbar Liebes, und dabei etwas sichtlich nichtswürdig Spitzbübisches an ihr, und ich liebte beide Teile; beides Wesentliche floß für mich in eines und blieb fortan in meiner armen Teufelsseele bildlich-unzertrennlich, daß man mich hätte zerschneiden müssen, um den eingesogenen, eingefangenen Schatz hervorzugraben. Gerne, ach, zu gerne würde ich dieses mein Leben hingegeben haben, nur hielt ich es zum Aufopfern für zu schlecht. Wie gesagt, sie überließ mich im Salönchen meistens mir selbst. Einmal ließ sie ein Büchelchen Papier, Nötchen usw., fallen, ich raffte sie mit dem Mund, dem höchsteigenen, auf; sie lachte über meine Fertigkeit und über die Fröhlichkeit, die aus derselben zu ihr hinaufstrahlte, zu der Hohen, die sie mir war. Ich sollte doch nicht so dumm tun, sondern bedenken, daß mich Leute sähen, setzte sie mich zurecht. Sie schien mich gerne zu korrigieren; ich wieder war mit unvergleichlicher Lust der Korrigierte und Zur-Redegestellte. Da brachte ich geringer Mensch in abscheulich-altem Mantel ihr unversehens Juwelen. Das war ein Abenteuer! Ediths Augen glänzten im Entzücken und Entsetzen, voll Hochachtung vor mir und wieder mit unnennbarer Geringschätzung. Das Näschen rümpfend und mich mit herausfordernder Fraglichkeit betrachtend, nahm sie den Schmuck ohne jedes Lächeln und ersuchte mich, ihr die Rechnung vorzulegen, damit sie sähe, daß die Kostbarkeit bezahlt sei. Ich tat, was sie verlangte und da war sie zufrieden, aber mehr mit sich als mit mir. Sie behandelte mich von da an liebloser, noch bedeutend schlechter als vorher. »Ob ich Ihnen wohl die Hand jetzt küssen darf«, wagte ich sie zu fragen. »Was bildet sich der Herr da ein«, war alles, was ich von ihr zu kosten bekam. Vor ihrem Blick schlug ich den meinigen nieder. Ich muß beifügen, daß ich die Demut zum Teil zu meinem Vergnügen nur spielte. Es war so süß für mich, sie so recht mutig, hochmütig zu machen. Man gönnt den Zarten gern das Glück, sich allerlei einzureden, an eine Stärke zu glauben, die sie nicht haben, die sie bloß vom Gutmütigen geborgt bekommen. Schwache sehen so hübsch in der Einbildung aus, sie seien die Starken. Edith »interessierte« mich einfach kolossal.

Liebe ist ein zu schönes Wort, als daß ich's leichtsinnig in den Mund nähme; ich möchte, was es bedeutet, lieber nur empfinden . . .

STORCH UND STACHELSCHWEIN

Stachelschwein: Bin ich nicht ergreifend, sag mal?
Storch: Ich liebe dich seit langem.
Stachelschwein: Ich sage nichts dazu. Ich rede nicht mit denen, die mich lieben. Liebe ist etwas so Rücksichtsloses, Freches! Ich mag mit Unvorsichtigen nichts zu tun haben. Merk dir das. Du bist in meine Stacheln verliebt, nicht wahr?
Storch: Der Mantel aus Stacheln steht dir reizend. Du siehst allerliebst darin aus. Schade, daß du so prüde bist. Ein Stachelschwein sollte vom Anstand nicht so engzugeknöpfte Begriffe haben.
Stachelschwein: Du irrst dich, und ich will dich eines Besseren belehren. Ein Storch darf sich allerlei herausnehmen, nicht aber ein Schwein. Dir wird flattiert, du bist ein Erziehungs-, ein Familienideal. Gemeinden blikken in aufrichtiger Achtung zu dir auf. Nichts als gute Meinungen sind deine Begleiter. Bei mir ist's anders. Was nützt mir deine Zärtlichkeit? Hast du dich in meine Furchtsamkeit vergafft?
Storch: Ja, ich glaube es.
Stachelschwein: Nicht wahr, sie kleidet mich vorzüglich? Ich bin so rundlich, appetitlich darin. Weil ich mich fürchte, habe ich Stacheln. Ich besteh' ganz nur aus Flucht und Furcht. Schau dir mein Köpfchen an, die Äugelchen, das Näschen. Ich fliege nicht majestätisch wie du. Von Emporheben ist an mir keine Spur. Die Füße sind die Unbegreiflichkeit selbst, aber dafür bin ich niedlich, sehe so nach etwas Dummem, Armem aus. Spreize mich nicht mit Flügeln, nein! Ich baue mir nicht auf

Kirchtürmen behagliche, von heller Luft umsäuselte Nester. In Wäldern hause ich, wage mich nur im Dunkel leise hervor.
Storch: Liebes Schüchternes!
Stachelschwein: Du hast Mitleid mit mir. Ich aber kenne kein Mitleid. Mitleid ist etwas Großzügiges. Mir steht es nicht an, denn ich bin kleinlich. Meine Stacheln sind übrigens der reine Hohn; sie verspotten mich.
Storch: So verspottet dich, was berufen zu sein scheint, dir Schutz zu gewähren. Ich liebe dich um solcher Verlassenheit noch mehr.
Stachelschwein: Ich bin aber ungeheuer gut aufgelegt. Du ahnst nicht, wie herrlich es sich in lächerlicher Umhüllung lebt. Mein Wohlbefinden ist unsäglich originell. Mich durchströmt förmlich die Gewißheit meines hübschen Aussehens. Auch du bist übrigens etwas komisch.
Storch: Du meinst meine Würde. Aber ich kann nichts dafür. Ich trete etwas steif, gemessen auf, aber ich gehe eben in diesem Gravitätischen auf, verstehst du?
Stachelschwein: Ich verbiete mir, irgend etwas zu verstehen. Verständnis würde mich ärgerlich machen. Glaubst du, ich gäbe mir Mühe, über dich Beobachtungen anzustellen? Ich überlasse das Tiefsinnigwerden dir und deinesgleichen. Du dauerst mich, daß du nicht von mir loskommst, finde es aber lustig, daß du mich dauerst. Also dauerst du mich wieder nicht. Ich besitze Hügelform, siehst du, und mache den Eindruck, als sei ich leblos.
Storch: Das ist ein sehr großer Vorteil. Ich bewundere dich, du kicherst?
Stachelschwein: Oh, über die Besorgnisse eines so Geistreichen. Kultiviert zu sein und einem Stachelschwein ein Lächeln zu entlocken wünschen. Mich überkommt nur innere Lustigkeit. Äußerlich würde ich nie lachen. Ich halte zu viel auf den guten Ton. Auch rede ich hier schon

zu lang mit dir. Ich bin dir lieb. Du aber, Befiederter, flößest mir Grauen ein. Ich schrecke aber nur vor dir zurück, weil mir das so paßt. Das Zurückschrecken vergnügt mich.
Storch: Verachtest du mich?
Stachelschwein: Meine Stacheln empfehlen mir das. Sonst würdest du mir imponieren. Du bist ja aber auch viel zu langbeinig, großschnäbelig, zu stolz, zu schön für mich.
Storch: Daß ich an dir Unscheinbarkeit sterbe.
Stachelschwein: Hüllt sich ganz in den Mantel, äugelt nur noch so ein bißchen daraus hervor. Sieht den Guten vor seiner Neigung beben, von seinen Schlankheiten umzogen. Sagt aber nichts mehr. Findet Sprache von nun an zwecklos, kauert nur noch so da in unsagbarer Eigenart und Unfaßlichkeit. Der Storch steht gebannt. Stachelschweinliche Unbehilflichkeit kommt über ihn. Im Grund ist das Stachelschwein ein komplettes Kind, und das Einsame liebend, ist nun der Gütige selber seltsam und einsam. Er glaubt auch mit Stacheln geziert zu sein. Im Wald wird es Nacht; der bezauberte Storch steht auf einem Bein, in hohes Liebesleid versunken.
Das Stachelschwein ignoriert ihn.
Anscheinend schläft es.
Aber das trifft nicht zu. Es wartet, ob der Storch schluchzen werde. Ihm scheint das Mühe zu machen, aber es ist Aussicht, daß er's fertigbringt.
Welch eine nächtliche Komödie.
Ich könnte noch vieles über das Verhältnis des Storches zum Stachelschwein vorbringen, will aber Maß halten. Des Storches Situation gegenüber dem Stück Kläglichkeit scheint kläglich. Weshalb sich aber auch so töricht rühren lassen? Nun fließen ihm Tränen über den sonst so gescheiten Schnabel herab. Hab' ich es ihm nicht gesagt, es müsse so kommen?
Ob sich wohl das Stachelschwein darob freut?

Das bleibt Geheimnis. Geheimnisse sind ihrer Natur nach unerklärlich. Das Unerklärliche ist interessant. Interessantes gefällt.
Storch, o wie tief fielest du!
Doch andererseits wieder für das liebe und an sich nicht unbedeutende Stachelschwein: welche Ehre!
Haben Sie schon einen Storch weinen gesehen? Nicht? Dann um so eigentümlicher.
Er weint in stiller Nacht nicht bloß Bäche, sondern Niagarafälle. Die Trauer um sein angebetetes Stachelschwein wird ihm zum langanhaltenden Bedürfnis.
Es liegt übrigens Heroismus in seiner Hingegebenheit. So ein Storch mopst sich bisweilen. Dann geht er hin und macht sich zum Helden.
Als der Morgen naht, steht er noch immer in seinem nie genug gelobten Schmerz da. Ist der geduldig!
Zu denken, daß er währenddessen versäumt hat, Kinder zu bringen. Herrschaft, dieser Verlust!
Wie gerne würde der Storch mit seinem Schnabel die Stacheln des Stachelschweines geküßt haben. Was das für ein Küssen gegeben hätte! Wir erschauern angesichts solcher Vorstellung.

EDITH UND DER KNABE

In meiner Bude, hol's der Teufel, ist's ja ganz schön, aber manchmal dünkt mich, ich ...

Sie ist schrecklich still. Sie soll aber auch kein Wort von mir erfahren. Ich will ihr trotzen, ihr nachahmen. Unglückliche, die wir beide sind. Ist sie etwa glücklich? Das wäre ein unangenehmer Gedanke. Wahrscheinlich ist sie's. Nun, dann muß ich's auch sein. Und wenn ich's noch nicht bin, muß ich mich beeilen, daß ich es werde. Neulich sah ich sie mit einem Herrn, der sie offenbar besitzt, beherrscht? Man weiß es nicht. Es ist so spannend, ein Mädchen zu lieben, das in der eleganten Welt lebt, umringt von Leuten, die sich aus den Artigkeiten eine Zerstreuung machen. Aber der Glaube versetzt mich immer in die höchste Ruhe. Vielleicht werde ich sie nicht mehr sehen. Ich halte sie für sehr schlecht und wieder für sehr fein und edel. Es kommt darauf an, wie man zu ihr steht. Ich beging ihr gegenüber einst einen starken Fehler, und da achtete sie mich. Ich ließ mich von Übellaunigkeit hinreißen. Man muß Mädchen gegenüber äußerlich höflich, aber innerlich hart sein. Sie lassen sich nur von Heuchlern überzeugen. Das finde ich furchtbar lustig.

O, wie ich dies Frühjahr sehnend herumging, sie suchte und mich über die Vergeblichkeit des Suchens freute! Ich armer Knabe halte mich zuweilen für geistvoll, zuweilen aber auch für recht blöde. Auf Regen folgt schönes Wetter, auf letzteres wiederum Regen. Eine Kirche ragt vor meinem Fenster in die Luft. Ich lasse mich aber dadurch eher in muntere als mißliche Stimmung versetzen. Ich trotze der Religion und ihren Lehren. Trotz

macht fröhlich, und wenn's möglich ist, daß Edith fröhlich sein kann, mag ich nicht hinter ihr zurückbleiben. Sie ist ein herrliches Geschöpf, das mir noch nicht einmal erlaubt hat, ein Wort an sie zu richten. Ich bin der richtige, aufrichtige Anbeter. Sie weiß es; meine Augen sprachen zu überzeugend. Das Dumme ist, daß ich sie nicht – begehre, sondern sie bloß entsetzlich liebe. Ich hoffe, diese Liebe sei die wahre. Wenn sie mir nicht vor dem Geist erscheint, bin ich trostlos. Sehe ich sie, so werde ich augenblicklich zum gediegenen Menschen. Oder meine ich das nur?
Aber ich gönne dem Mädchen diese Macht. Wäre ich Edith, so würde ich mich aufsuchen, aber sie denkt gar nicht dran. Ich würde nie gewagt haben, sie darum zu bitten. Die Bitte wäre ja auch abgelehnt worden. Ich finde sie entzückend, weil sie mich nicht mag.
Eine Frau, die ich zur Vermittelnden brauchte, hat mir zwar hinterbracht, Edith hätte gesagt, sie schätze mich. Doch kann die Hinterbringerin aus Geschäftsabsichten Falsches gesprochen haben; nur um mir etwas Lockendes ins Ohr zu sagen und mich damit gebefreudig zu machen. Niemand weiß etwas außer dieser Frau von mir und ihr. O, wie ist sie bös, daß sie so lieb ist.
Am peinlichsten werden die Reizendsten. Wie hat sie mich schon unschuldigerweise gequält, aber wie mich das Quälen belebt hat . . .

Eben sah ich sie über die Straße gehen. Ich bin noch ganz paff, d. h. vom Eindruck verwirrt. Das Abenddunkel verhinderte mich, sie genau zu erkennen; doch möchte ich annehmen, sie sei's gewesen. Sie schien mir diesmal gar nicht vornehm, beinah etwas ärmlich, vielleicht weil sie allein ging. Einzelne kommen uns einsam, arm vor. Aber ich werde Edith nie bemitleiden. Damit wäre ich anmaßend, würde sie schmähen.

Ich habe sie erhöht, nun soll sie auch oben bleiben; ich will sie unbedingt als über mir stehend ansehen, will vor ihr zittern, ich will, ich will das! Ob's ihr nun paßt oder nicht. Die Emporgehobene muß sich dem Untergebenen fügen.

Einige meinen vielleicht, so hätte ich nichts von ihr; ich aber weiß, daß ich nur so etwas von ihr habe. Es ist wichtig, daß jeder sich kennt. Ich lasse sie nicht wissen, wie ich ihr treu bin. Ihr einen Brief zu schreiben, habe ich längst beabsichtigt; öfter schon nahm ich Papier zur Hand, um mich ihr zu offenbaren, aber es ist mir lieb, daß ich's noch nicht tat. Man tut nicht gut, sich bloßzustellen, und dann bin ich auch stolz.

Der Stolz, der Hochmut in mir müssen ihre Nahrung haben. Diesen Stolz darf allein Edith anfechten; mir selbst aber erlaube ich's nicht. Wie leicht, wie angenehm wäre es, ihr alles mir in bezug auf sie Bewußte schlicht mitzuteilen. Das wäre wohl schon beinahe zu einfach. Ein zivilisierter Mensch darf nicht so gerade, so ehrlich, lautstimmig sein, sich vor keiner Enttäuschung, keinem Widerspiel, vor keinem üblen Zufall fürchten. Man soll jede Möglichkeit erwägen, schon im Interesse des Gegenstandes der Ehrfurcht.

Kann ich denn wissen, ob sie mich ihr überhaupt ergeben wünscht? Ob sie etwas von mir begehrt? Kennt sie mich überhaupt? Interessiert sie's, ob einer wie ich an sie glaubt, das Schönste von ihr hält, das Leben beinah für sie ließe, wenn sie's aufgeopfert haben wollte? Nichts widert mich mehr an als Voreiligkeit. Alles eher als das! So dumm hinspringen mit einem Sack voll Wärme, ihn über sie ausschütten, die vielleicht Kälte vorzieht, an sich warm genug hat, indem sie ziemlich sicher jemand liebt. Vermutlich tut sie das: muß ich da nicht besonders vorsichtig sein?

Mich liebt sie nicht. Sie hält mich für verdorben, un-

schmackhaft, untauglich, nimmt mich bürgerlich gar nicht ernst, verachtet mich, und sie darf das ruhig tun, wobei ich ja immer hoffe, sie irre sich. An einem Mädchen finde ich ja gerade rührend, daß sie sich leicht unrichtigen Anschauungen hingibt. Aber was heißt unrichtig anschauen? Sie beurteilt mich vielleicht ganz richtig. Ich wünsche sogar, sie hätte mit ihrer ungünstigen Einschätzung recht; ich wäre dann ganz, ganz tief unter ihr, mich dürstet ja nach Kleinheit, Niedrigkeit vor ihr, damit sie immer die Hohe bleibt, ich mein »Ideal« behalte, ohne welches ich freilich auch existierte.
Leben läßt es sich in jeder Lage. Ich kann sie entbehren, fürchte mich vor ihrem Verlust absolut nicht. Ich verlange, erwarte ja im Grund vom Leben nichts. Edith, die ich noch nicht mit dem kleinen Finger anzurühren wagte, bedeutet für mich ein Geschenk. Als sie mir eines Tages mit dem Kopf zunickte, schenkte sie sich mir, ohne mir irgend etwas zu geben. Sie ließ mich sie lieben, verbot mir nicht, sie anzuschauen, und je mehr ich das tat . . .

Sie behandelte mich gleich von Anfang an von oben herab und war zugleich sehr höflich. Wollte sie mich etwa unterrichten? Möglich wäre das schon. Ich wollte ihr etwas sagen, wie lieb sie mir sei, doch . . .

EINER SCHRIEB

Wie ich damals zaghaft übermütig von Dir fortsprang! Die Freude, Dich unerwarteterweise wiederzusehen, Dich ein ganz klein wenig gealtert, vielleicht ein bißchen verblüht zu finden, die einst an Zartheit, Unangegriffenheit der Kirschblüte glich, ließ mich tanzen. Du sahest es. Deine Gestalt erschien mir rührender, liebenswürdiger als je. Aber ich grüßte Dich doch immerhin einmal so wie man grüßt, wenn man gänzlich ergeben ist, und Du danktest mir kaum merklich. Was hat es seither in meiner Persönlichkeitswelt für ein Herumwandern gegeben! Das schöne Mädchen dort im dunklen Treppenhaus. Es war ungefähr neun Uhr abends, und die Erscheinung machte mich sprachlos und glücklich. Zürnst Du mir, daß ich außer Dir, ich meine, abgesehen von dem Glück, das Deine Bekanntschaft mir schenkte, so oft glücklich gewesen bin? Nur z. B. schon jener kleine Knabe. Heute ist er mir total aus dem Gesichtsfeld verschwunden. Wie ich mich zerstreut ausdrücke! Meine sprachliche Fähigkeit zittert, scheint mir heute von sonderbarer Unsicherheit, obwohl ich jetzt sehr ruhig bin. Ich schrieb übrigens von besagtem Knaben, der mich stets sehr artig grüßte, sobald er mich sah; der sich dann aber eines Tages mir gegenüber benahm, als fühlte sich seine Jugendlichkeit genötigt, mich zu ignorieren, was ich »köstlich« von ihm fand, einem aus manchen Ursachen bedrängten, beengten Mädchen, bei der ich nun hie und da zu Besuch bin. Für mich könnte es vielleicht hier amüsant sein, indiskret zu werden, mit andern Worten, es würde mir hier spielend leicht möglich sein, dieses und jenes »auszuplaudern«; ich würde das aber nachher für sehr unfein, unhübsch von mir halten. Du hältst mich ja für brav und liebevoll, noch immer, obschon ich Dir eigentlich noch nie ein Zeichen, einen kleinen Beweis hievon gegeben habe. Ich bewohnte vorigen Sommer eine Zeitlang einen wahren Saal. Als ich ihn verließ, verkleinerte er sich, zog er sich zusammen, so sehr bedauerte er mein Ausziehen aus ihm. Ich möchte aber durchaus nicht, daß Du dächtest, ich redete unernsthaft. Du darfst mir glauben, wenn ich Dir sage, ich sähe ein, daß ich viel Ursache hätte, seriös zu werden. Mir scheint, ich vermöchte auf ein Meer höchst unberechtigter Heiterkeit zurückzublicken, die einesteils aus mir selber stieg, andererseits von außen, von anderswoher auf mich drang. Wie schön kam mir übrigens eine Frau vor, die Dir ein wenig glich, die aber vielleicht vornehmer ist als Du, die mich auf eine ohne weiteres begreifliche Art einlud, sie nach Herzenslust zu bewundern, zu bestaunen, zu lieben, zu ehren und sie so schicklich wie möglich zu begleiten. Ich konnte das aber nicht, denn sogleich standest Du vor mir. Du verhindertest mich schon oft, mich komisch zu machen, indem ich Augenblicksimpulsen gehorcht hätte, die doch beinahe jedesmal den unangenehmen Eindruck der Ungefestigtheit in denjenigen erwecken, zu deren Stolz es gehörte, sie hervorzurufen. Den Frauen wird ja alles Erwünschte rasch unerwünscht, alles Angenehme und Reizende nur zu bald reizlos und lästig, was davon herrührt, weil sie sich nicht kontrollieren, worin sie etwas wie Genie offenbaren, einen sehr feinen Takt gegenüber sich selbst. Sie sind jeden Augenblick geneigt, sich ebensosehr gehen zu lassen wie zusammenzunehmen; sie sagen zum Leben in derselben Minute sowohl ja wie nein, was eine beachtenswerte Klugheit zu sein scheint, die aber in Wirklichkeit weiter nichts als Natur ist, trivial gesprochen ein Erhaltungsinstinkt. Ich habe da so in einer Art Landhaus gewohnt, das in einer Gegend liegt, wie man sie sich schöner, heiterer, gefälliger nicht denken kann, und doch meinte ich dort gleichsam klagen zu müssen. Hauptsächlich hatte ich sehr unruhige Nächte, was mir total unverständlich blieb, denn ich glaubte doch gerade »auf dem Land« gut schlafen zu können, eine Meinung, die sich keineswegs bewahrheitete. Hohe, reich mit Grün bekleidete Bäume umragen, umrahmen jenes Haus. Früh morgens um vier Uhr fingen die Vögelchen in ihrer Unschuld an zu konzertieren. »Besitzen diese Kreaturen irgendwelches Recht, zu beanspruchen, für gebildet gehalten zu werden?« fragte ich mich, indem ich auf ihre gesanglichen Leistungen, auf die Äußerungen ihrer fröhlichen Kehlen lauschte. Ich fand für erlaubt, jene mir selber gestellte Frage zu verneinen. Darf ich Dir gestehen, daß ich einer Dame, die ich kaum je sah, von der ich bloß so hörte, von Deiner Vorhandenheit und dem damit verbundenen Wert zunächst ergebenst Mitteilung machte, und darf ich Dich bitten, deshalb nicht überrascht zu sein? Du hast jedenfalls durch mich nichts zu befürchten, da Dir bekannt ist, wie schonend, rücksichtsvoll, verhältnisabwägend ich bin. Vor einigen Tagen lief ich nun nach einer neuen Wohnung herum, wobei mir niegeschaute und längstvertraute Gesichter begegneten. Zwei fremde Frauen erbaten sich von mir, den sie wahrscheinlich erstens für höflich, zweitens für einigermaßen aufgeklärt hielten, eine Auskunft, die ich ihnen nicht vorenthielt, sondern bereitwillig erteilte. Sie wünschten zu wissen, wo sich die Hauptverkehrsader unserer Stadt befinde. »Sie brauchen sie nicht zu suchen, denn Sie sind mitten in ihr«, lautete meine Wegweisung. »Wir glaubten auf einer Abzweigung zu sein«, bemerkten beide, indem sie mir viel zu artig für mein bißchen Artigkeit dankten. Schade, daß ich eine Stube nicht mietete, die mir als die heimeligst, sorgfältigst möblierte der Welt vorkam! Der mit einem Linoleum bedeckte Fußboden dieses Zimmers glänzte vor

Vergnügen in der Hoffnung, er dürfe sich einbilden, ich würde Lust haben, mich von ihm nun nicht mehr zu trennen. Ein alter, bemalter Ofen schaute mich nur schon beinahe mit so viel Überzeugtheit an, daß es mir einfiele, mich mit ihm zu befreunden. »Ich will Ihnen das Zimmer schenken, lieber, graziöser Herr, falls Ihnen beliebt, sich darin aufzuhalten, und falls Ihnen gefällt, es als Ihr Eigentum anzuschauen«, sprach die Zimmervermieterin. Eine andere Frau hatte ein Zimmer zu vergeben, das ungeheuer teuer zu stehen kam, weil es oval war. Sahest Du schon je einen solchen Raum? Irgendwo schaute mich, als ich anklopfte und mir geöffnet wurde, eine der wundervollsten Katzen an, die je innerhalb des Rahmens der Gesellschaft vorgekommen sein mögen. Begreifst Du, daß mir diese Katze unvergeßlich geblieben ist? Die Katze schien mir zuzuwispern: »Wie du mir, was mich betrifft, lieb wärst, würde mir schwer fallen, dir zu erklären. Du würdest aber den ganzen Tag nichts tun, als dich mit mir abgeben und infolgedessen Zeit verlieren. Also geh' nur lieber wieder!« Ich unterließ nicht, dieser Einzigartigkeit von Katze, mich von ihr verabschiedend, mein Kompliment zu machen. Gestern ging ich in den Wald, der in einen grünen Blütenstaub gehüllt war. Ich wurde unter dem jungen Laub von oben bis unten grün; am Gesicht, an den Händen, am Gewand, an den Schuhen setzte sich die fröhliche Farbe staubig an. Ich glich einem Gepuderten. Von allen nahineinanderstehenden Bäumen fiel das Lustige, Schöne, Liebkoselige herab. Ich befand mich in einem stillen Taumel. Meine Bewegtheiten legten sich samt der Oberaufsicht, die ich, was meinen Menschen betrifft, bilde, zu Boden. Ich sang Lieder, nein, nicht so, es entstunden vielmehr stumm in meiner Trockenheit Feuchtigkeitsklänge, ich meine damit Gerührtheiten. Meine Augen wurden zu einer Niegesehenheit an totalem Ungetrübtsein. »Seele, willst du nicht so freundlich sein und ein wenig weinen?« bat ich sanft die wonnig Schlummernde, und nun bin ich hier und habe Dich lieb, und ich würde fähig sein, auf alle Fragen, die Du an mich richten würdest, vermittelnd zu antworten. Jedenfalls bin ich Dir überaus gut.

BRIEF EINES EUROPÄERS

Ich bin gegenwärtig von solch einer Geläutertheit und Ruhe. Seelisch scheine ich mir nun schon fast zu ausgeglichen. Es befremdet mich beinahe. Ich lese Zeitungen, weil es viele zudringliche Bücher gibt, die zu viel sagen, was man schon weiß. Die Zeitungen muten mich poetisch an, weil sie mich von Wirklichkeiten unterrichten. Es ist etwas in mir, das mir verbietet, zu phantasieren, oder mir wenigstens warm empfiehlt, es zu unterlassen. Ich phantasiere auch nicht von Dir, da ich das für eine Sünde halte, und hier schreibe ich Dir nun, indem ich Dir so aufs geratewohl bekenne, daß ich Beziehungen mit einer Frau habe, die die beste Meinung von mir hat und die über eine Schar von Damen befiehlt, die ihr dienen, und die deshalb kaum Damen genannt werden können, sondern eher den bescheidenen Titel Arbeiterinnen zu verdienen scheinen. Diese Frau hängt sehr an mir, und Du wirst mir das doch wohl kaum zu verübeln wagen, das heißt wagen dürftest Du es schon, aber was nützte es Dir, und was würde Dir schaden, was mir angenehm ist und Dich nicht behelligt? Ich bitte Dich, mir die Offenheit, die in diesen Worten liegt, zu verzeihen. Nicht wahr, Du sehnst Dich nicht nach mir, aber wovon ich sprechen wollte: ich neige jetzt sehr zur Europäerei.

Du darfst mich in Zukunft als einen echten, das heißt unzweifelhaften Europäer betrachten, und wenn es zu einer Aussprache zwischen uns kommt, wirst Du die Ehre haben, Dich mit einem Menschen zu unterhalten, der zum Beispiel schon Anatole France las, von dem Du vielleicht nicht weißt, daß ihn alle Gebildeten hochschätzen, weil er ein ausgesprochener Menschheitsfreund war. Ich wohne zurzeit ebenso europäisch wie komfortabel, das heißt in einem Zimmer, das die Bezeichnung Saal verlangen würde, wenn es mit Sprachbefähigung ausgestattet wäre. Das Gemach verhält sich aber sehr schweigsam, den ganzen Tag sind die Fenster offen, ich höre das Geklapper von Hufen, die mit Eisen beschlagen sind, das ist so heimelig, und dann wollte ich Dir ja mitteilen, daß Du mir nach wie vor lieb bist, obschon es sich eigentlich für einen Beherrscher aller seiner Wesensteile nicht schickt, zarte Geständnisse abzulegen. Auf meinem Tisch liegen Schriften bedeutender Autoren. Meine Schränke sind hoch, nicht ohne daß es ihnen an der entsprechenden Tiefe fehlt; ich kann da alles säuberlich aufbewahren, was meiner Feder entströmt, bis ich es einem Abnehmer verkaufe, der jeweilen glücklich ist, wenn ich ihm Geschriebenes zu vernünftigem Preis übergebe. Schon wurde viel über Dich gedichtet, denn Du bist ja von allen Personen, an die ich denke, die Hauptperson und spielst als solche in Editionen eine hervorragende Rolle. Ob Dich das freut, kann ich unmöglich wissen, weil wir uns noch nie Gelegenheit gaben, zusammen zu sprechen. Im allgemeinen dürfte Dir aber kaum mißfallen, was ich von Dir habe drucken lassen, obschon Dich vielleicht bei einigen Beschreibungen eine Art Mißvergnügtheit berührte, wie ich mir mit einem Vergnügen vorstelle, das zunächst nur ich verstehe. Die geliebten Personen vermögen mitunter nicht in das Freudenreich derer einzudringen, die ihnen liebend ergeben sind, und die Liebenden sind ja die viel, viel Glücklicheren als die Geliebten, das wird Dir einleuchten, und zwar, wie ich denke, ohne weiteres.

Ich bin, wie gesagt, viel ruhiger geworden. Einst beunruhigte ich Dich mit meiner Unruhe. Du blicktest mich an, als sähest Du in einen Dir mit seinem Dickicht Beklem-

mung einflößenden Wald, aber ich möchte glauben, der Wald sei gelichtet worden, womit ich von meinem Gemüt rede, das heute einer hübsch tapezierten Stube gleicht, während es zur Zeit, da wir uns gegenübertraten, mit einer mondlichterfüllten Mansarde eine vielleicht unwünschenswerte Ähnlichkeit besaß. Damals hatte ich mich eben noch nicht in die Halle des Europäertums hinaufgeschwungen. Ich benahm mich ja denn auch häufig Dir gegenüber ziemlich unzivilisiert, mit welchem Hinweis ich vor Dir dastehe wie einer, der sich gleichsam entschuldigt, ohne die Geschmacklosigkeit zu begehen, viele Worte zu verlieren. Aber wie schön ist's, daß ich all' diese Zeit über etwas wie Dein dienender Ritter habe sein dürfen, ohne Dich in dieser Angelegenheit erst noch lang um Erlaubnis fragen zu müssen, d. h. ich habe ein Büchelchen geschrieben und in die Öffentlichkeit breiten lassen, worin Du gewissermaßen auf einer Bank unter Blättern sitzest, die Dich umlispeln, die Dir jedenfalls, eines wie das andere, freundlich gesinnt sind, die Dir so viel Glück wünschen wie ihr begeisterter Verfasser. Du vermagst Dir den Umfang und die Wahrhaftigkeit der Begeisterung, die Du in mir hervorriefest, gar nicht auszudenken; ich mute Dir auch niemals zu, daß Du Dich darum abmühtest, das wäre eine zu beschwerliche Aufgabe. Die Ritterlichkeit untersagt mir, zu wünschen, Du müßtest fassen lernen, wie ich Dich umwarb, in welchem hohen Grad ich Dich, man kann sagen, anbetete, obschon dies Wort zwar ein bißchen trivial klingt.
Ich begehrte damals aufs innigste, Dich zu küssen: weil sich mir nun dieser Wunsch nicht erfüllte, zog ich mich in die »Zurückgezogenheit zurück«, ließ alle Zärtlichkeit, von der ich die Idee nährte, sie sei ein Kind, dem Du nicht hold seiest, in alle jene Zeilen fließen, die ich schrieb, damit mich etwas beschäftigte, und diese Zeilen fanden dann den Weg zu den Gebildeten, von denen sie

gelesen wurden. Selbstverständlich weiß niemand, wer Du bist, denn Du wirst Dir ja denken können, mit welcher großen Sorgfalt ich jede Art Diskretion bei dem Geschäft wahrte, mit welchem ich mich befaßte, und ob ich diesen Brief hier der Post übergebe, ist mir im Moment noch nicht bewußt, denn es ist bei aller Freundschaft zu Dir eine Stimme in mir, die nicht unterläßt, mich vor Dir zu warnen, nämlich insofern, als sie mir sagt, Du seiest, ich will nicht glauben gehört zu haben, rachsüchtig, aber mir gegenüber völlig lieblos, habest es auf Entwürdigung abgesehen, seiest nicht genügend disponiert, nicht mit der Voraussetzung ausgestattet, mich zu achten, vielmehr komme es Dir lediglich darauf an, mich in irgendwelcher Art und Weise zu beirren. Wie gerne möchte ich Dir hiermit Unrecht angetan haben, wie gerne möchte ich vor den Instanzen der Bildung berechtigt sein, kindlich an Dich zu glauben, und ich tu's ja auch, aber es gibt Leute, die in solchen Dingen bestimmte Auffassungen haben, diese Leute sind angesehen, dieser angesehenen Leute Meinungen gilt es zu berücksichtigen, und hier bin ich beim Europäertum angelangt, zu dessen Mitgliedern ich mich vielleicht unbefugterweise zähle, aber es ist nun einmal so, auch wenn man's kaum für möglich zu halten imstande sein wird, und so einem Europäer, wie ich heute einer bin, ist manches nicht erlaubt, was sich ein unverantwortlicher Harmloser herausnehmen darf. Ich bin also jetzt nicht mehr ganz so harmlos wie einst, ich fühle mich nach der und der Seite hin gebunden, meine Augen dürfen nur unter der Bedingung zu Dir hinaufleuchten, daß Dir bewußt sei, wer ich bin, daß Du wissest, daß ich einen Wert darstelle. Ich will, mit einem Wort, geehrt sein. Auch die Liebenden haben heutzutage so ihre Würde, und ich rede hier ganz einfach die Sprache der Zeit, in der ich lebe, und ich werde nie eine andere küssen, ehe ich Dich noch nicht

küßte, und doch küsse ich Dich nie, bevor nicht auch Du Dich als Europäerin entpupptest.
Wenn Du dies in die Wege leiten willst, so sei so gut und sage es dem, der Dich nicht anders küssen kann als gut europäisch, was so viel heißen will, als ehrbar, denn die Stunde ist gekommen, wo es keinem Treuen und Hingebenden mehr freisteht, geringschätzige Behandlung entgegenzunehmen, er fühlt sich vor dem Forum der Verbundenheit mit allen, d. h. vor der Gesellschaft zu jeder etwaigen Erklärungsablegung verpflichtet, indem er jederzeit zu enthüllen entschlossen ist, was in ihm vorgeht. Dies Schreiben tut mir ja sehr, sehr leid; auch ich bedaure ja, daß niemand mehr ausschließlich sich selbst gehört. Wir müssen uns alle auf lange Zeit hinaus gleichsam bewachen. Daß es so kam, mag ja schade sein. Wessen unterfinge sich heute noch ein fröhliches Herz? Ich will mich bei allerlei klugen Leuten zuerst erkundigen, wie weit ein Herz in seiner Herzlichkeit gehen darf. Du wirst so lieb sein, Dich bis dahin zu gedulden, denn daß Du lieb bist, daran zweifle ich nicht, aber ich zweifle ebensowenig daran, daß auch ich lieb bin, Du siehst das vielleicht noch nicht ein. Man darf heute keine so offene Freude mehr zeigen. Denke doch dran, wie viele Leute krank sind, wenn ich befugt bin, Dich an etwas zu erinnern. Wie konnte diese Kluft zwischen uns entstehen, und wo liegen die Möglichkeiten, daß sie sich zuschließt? Ich säh' Dich gern einmal etwas Gutes tun. Wer ist noch gut? Wer hat noch den Mut zur Güte? Um eines bitte ich Dich, verschwende keine Mühe, mir zu imponieren, denn dann müßte auch ich scheinen, was ich nicht bin, und solche Fälle gab es für mich schon viele. Alles das ist so wenig. Wer wird denn das küssende Lieben in heutigen Tagen anders als nebensächlich nehmen, als etwas, das uns nur geschenkt ist, und wer wird nicht die großen Mahnungen, die kein Vergnügen sind, am höchsten lieben?

BALZAC-PHANTASIE

Ich teilte einem Zeitschriftenherausgeber meine Meinung mit, die an Offenheit nichts zu wünschen übrig ließ. Offenherzigkeit kann sehr rücksichtslos sein. Meine Ungeschminktheit tat mir sehr leid, sie schien mir aber dringend nötig. Ich wollte auch einmal mit der Wahrheit protzen. Ich tat das sehr ungern und zugleich gern.
Es war im Dezember, und ich wohnte in einem Musikpavillon. Mit dezemberlicher Dezentheit schimmerten aus ihrer Höhe und Ferne die Sterne in mein Gemach hinab, das ganz aus Glas erbaut war. Möbliert war das Zimmer denkbar einfach, worin ich mir erlaubte, in wundervoller Unbenommenheit an meine Geliebte zu denken. Die, die man liebt, und an die man denkt, sind schön. Der Boden draußen war mit Schnee bedeckt. Bevor ich mich schlafen legte, pflegte ich mitunter munter ein Viertelstündchen auf dem weißen Teppich zu tanzen, was weiter absolut nicht auffiel. Allabendlich ging ich zu zwei Mädchen, die mich interessierten. Sie lebten in einer Schenke, worunter ich höflich ersuche, sich nichts Unrechtschaffenes vorstellen zu wollen. Dort ging es den ganzen Tag ein und aus bis spät nachts. Eines der Mädchen nannte sich Mandolina. Ihre Augen glichen Mandeln. Ich gewöhnte mich daran, mit diesen Augen eine diskrete Unterhaltung zu führen. »Höre, Mandolina«, sprach ich eines Abends in vorsichtigem Ton zu ihr, zu dem sie Vertrauen fassen mußte, »deine Pflicht erscheint dir ein wenig sauer; sie ist es ja auch in gewisser Hinsicht. Du scheinst mir täglich in übler Laune. Etwas wie eine Störung, Trübung fährt schattig über dein Gesicht. Deine Haltung verrät Ermüdetheit. Da ich für dich fürchte, will ich dir einen Rat

geben. Wenn du diesem Rat folgst, sollst du das schönste Mädchen der Stadt werden. Um dich zu beleben, denn alle Schönheit beruht ja auf den Aufgewecktheiten, mußt du in ein Liebesverhältnis zu Armida treten. Du mußt sie zu lieben anfangen und sie eine Zeitlang stärker und immer stärker lieben, bis du in eine gewisse Pracht von Liebe, in einen gewissen Liebesreichtum gekommen sein wirst; auf dieser Höhe mußt du dann zu beharren versuchen. Du wirst dann gleichsam elektrisiert sein. Fortwährend wird es in dir fröhlich musizieren. Statt bloß zu gehen, wirst du schweben. Dein ganzes Wesen wird singen. Du wirst auf jedermann den Eindruck einer Harfe in Mädchenform machen. Das was man so mit Herren Karessieren nennt, genügt nicht, um dich in den Stand zu setzen, die goldene Apollo-Mitte deines Ichs zu finden, diese Nilbarke, diesen Schlüssel in den Bräutlichkeitszustand.« »Auf was für eine Art und Weise soll ich sie lieben? Blind und ohne Fassung?« fragte sie mich.
Ich antwortete: »Bald voll Gefaßtheit und bald fassungslos, wie's dir eben gelingt, wie du's verstehst, und du wirst es schon verstehen lernen. Du mußt vor ihr in die Demut sinken, vor ihr tanzen. Du wirst dich in einen Traum hinaufheben. Den ganzen Tag wirst du an dir zu arbeiten haben. Die mannigfaltigsten Gedanken werden dich durchzucken. Die Flügelchen deines so hübschen, meinetwegen bildhübschen Näschens werden in einem fort beben. Du wirst zu einem Mädchen mit Goldaugen avancieren. Weißt du, von wem die Geschichte dieses Mädchens ist?«
Auf ihre Bemerkung, nein, sie wisse es nicht, machte ich sie mit dem großen Namen Balzac bekannt.
Armida hatte uns inzwischen aufmerksam beobachtet. Nachdem ich von Mandolina das Versprechen erhalten hatte, sie wolle sich mit allem Eifer an die Aufgabe machen, ging ich zu Armida und teilte ihr mit, wozu ich

ihre Kameradin encouragiert hätte. Sogleich warf Armida auf Mandolina einen zündenden Blick voll Aufforderung, sich sogleich vor ihr zu demütigen, d. h. sich ihr zu unterwerfen, und von dieser Minute an begann ein Spiel der Heraufzauberung eines stillen, bedeutenden Verhältnisses.

Nach acht Tagen war Mandolina die schönste weibliche Erscheinung, die es weit und breit gab. Wenn sie so einherging, glich sie einem sonnenbeschienenen Fluß. Sie strahlte; jede ihrer Bewegungen war von der besten Art von Anmut. Von da an war sie nicht anders mehr als fröhlich, und ein Benehmen, eine Bildung kamen über sie; ich tat während dieses ganzen Winters nichts, als beiden Mädchen den zartesten Anteil schenken. Sie unterhielten sich, sooft sie Gelegenheit dazu bekamen, aufs schicklichste. Niemand, nicht einmal eine Maus, merkte etwas vom geheimen Gleichnis ihrer Beziehung, die für sie eine Wirkung hatte, wie wenn sie täglich an Champagnergläsern würden haben nippen dürfen. Habe ich mich da nicht einfach für eine Art soziales Werk selbstlos eingesetzt?

Mandolina wuchs von innen heraus.

Sie bekam die süßeste Schlankheit, etwas von der Reinlichkeit und Feinheit einer Birke, was vielleicht ein bei weitem ungenügender Vergleich ist.

Ich unterließ nicht, mir zu sagen, daß beide Mädchen meines Beiseins bedurften, um miteinander zu spielen. Mädchen wünschen dirigiert zu sein, und wer könnte sie besser leiten als der, der sie auf ihre Fähigkeiten aufmerksam macht, und den es freut, wenn sie blühen?

Ich blieb eine Zeitlang, von Anfordernissen abgehalten, von der Schenke fern. Als ich wieder einmal hinging, fand ich Mandolina gelangweilt. Sie schaute mich mit einem Blick an, worin ein Vorwurf lag, der mir zu sagen schien: »Du hast uns vernachlässigt.« Leider hatte ich es von nun

an immer furchtbar eilig. Meine Beschäftigtheiten stritten mit aller Entschiedenheit gegen die sublime Bemühung, Goldaugenmädchen hervorzubringen.
Lachend trank ich mein Glas Bier aus und ging.

VEREHRTE FRAU

Ich schreibe Ihnen vermutlich nur wenig, da die Sonne schon verschwunden ist, es bereits begonnen hat, Abend zu werden, wonach freilich mit unabweisbarster Zuversicht ein neuer Morgen zu erwarten ist.
Vorübergehenderweise befindet sich meine Lebenslust in einer Art von womöglich ziemlich beklemmender und daher verhältnismäßig ernstzunehmender Krisis, die mich nicht zu verhindern vermag, Sie mit dem erforderlichen Höflichkeitsmaß zu bitten, in Ihren Briefen nicht von allzu wichtigen Dingen sprechen zu wollen, wie z. B. von Persönlichkeiten von überragendem Belang, über die man besser ehrfurchtsvoll schweigt als mit staunenerwekkender Ungezwungenheit redet.
Gehören Sie zu den Jetztlebenden, bei denen es eine scheinbar schwierig zu überwindende Gewohnheit ist, die Grenzen einer uns von der Vernunft vorgeschriebenen Respektierung zu überschreiten und den Takt, den uns die billige oder kostbare Denkweise dringlich empfiehlt, aufs aufmerksamste außer acht zu lassen?
Als wenn Sie zu erraten fähig gewesen wären, Sie hätten in mir eine entweder durchweg oder doch annähernd heitere, kompliziert-unzersplitterte Existenz zu erblikken, glaubten Sie Anlaß zu haben, in Ihren überaus schätzenswerten nachherigen Episteln jede gleichsam gipfelerklimmende Bedeutelei zu vermeiden. Vielleicht änderten Sie sich hindiesbezüglich nur schon, weil ich Ihnen schrieb, ich sei eventuell geneigt, Sie samt der Zahllosigkeit Ihrer hochachtbaren Wunderlichkeiten zu heiraten.
O, wie werden Sie von meinen sämtlichen, falls ich dies

für möglich halten dürfte, übriggebliebenen Zärtlichkeiten beinahe demütig ersucht, mir zu erlauben, Ihnen die Ankündigung zu unterbreiten, in unserer naturumschlungenen Stadt sei soeben ein weltstädtischangehauchtes, im übrigen durchaus familiäres Tee- oder Kaffeehaus aus Komptabilitätsgründen eingegangen. Herrlich war es, wie es sich für mich unter den entzückenden Unterjochungsfähigkeiten eines Mädchens daselbst saß, in dessen Schönheitsansammlung ich den vortrefflichen Einfall hatte, mich zu verlieben, nach deren Gegenwart ich mich aber heute, indem sie meinen Augen inzwischen total entschwand, keineswegs sehne, da ich absolut nicht das bin, was man einen Steckkopf nennt, der sich in der Einbildung zu verschmachten entschließt, seine Wünsche müßten sich unbedingt erfüllen.

Für die verhältnismäßig nett, d. h. leslich gedruckte Beschreibung Ihres Lebens, die Sie die Güte besaßen mir zuzusenden, spreche ich Ihnen den aufrichtigst empfundenen Dank aus, und ich rufe, falls ich dies darf, aus: Bei Gott, Sie sind beinahe etwas wie eine Dichterin, die vielleicht wegen nichts als Bequemlichkeit lieber lediglich schriftstellert als dichtet.

Obschon Sie meinen vielleicht ein wenig drollig verfaßten Heiratsantrag verlachten, nahmen Sie ihn nichtsdestoweniger bis zu einem gewissen Grad ernst. Ich erbat mir von Ihrer Frohmütigkeit Auskunftserteilung über Ihr äußerliches Aussehen, eine meiner Ansicht nach kluge Bitte, auf die Sie, wie ich dies ja kaum anders erwartete, nicht eingingen. Beispielsweise scheint Ihnen meine durchaus ehrlich gemeinte Frage, was für Schuhe Sie trügen, ob ungenügend- oder einwandfreisitzende, unbeantwortbar vorgekommen zu sein.

Ich hielt es für in gewisser Hinsicht nämlich riesig verlokkend, mit meinem Mund, dem die Fügung bisher nur mittels Zuhilfenahme eines mich mit überhaupt nichts

oder mit wenig Zufriedenerklärens zu küssen gestattete, zum Ihrigen, den ich noch nicht kenne, in wirklichkeitsmäßige Berührungsbeziehungen zu treten.
Bilden Sie sich übrigens ja nicht etwa ein, daß nicht auch noch andere Frauen mit dem Schreiber und Absender der Zeilen korrespondieren, in denen ich einstweilen gehorsam vor Ihnen knien will.

DIE DAME MIT DEM BRIEF

Ich hörte über zwei Freunde erzählen, daß sie gewissermaßen im Lande Romantik gelebt hätten, gegenseitig vielleicht zu schön, zu kostbar von sich dachten, wo sie gut getan haben würden, sich etwas leichter zu nehmen.
Der erste dieser beiden sittlich hochstehenden Herren verliebte sich, wie ich vernommen habe, anläßlich eines Ballfestes in eine Bürgerstochter derart, daß er sie um ihre Hand bat und sich auch in der Tat mir ihr vermählte.
Wie betrug sich diesem an sich heitern und liebenswerten Ereignis gegenüber der andere? Ihn schmerzte seines Freundes Verehelichung so sehr, daß er sich gleichsam in eine Nachdenklichkeit, in die Stille sozusagen seiner Seele zurückzog, d. h. vor der Gesellschaft floh, die ihm vielleicht gerade jetzt am nützlichsten gewesen wäre, indem sie ihn auf die Vielfältigkeit und muntere Reihenfolge menschlicher Möglichkeiten hingewiesen haben würde.
Nein, da verschloß er sich in das von Umdüsterungen wie von einem ausgedehnten, aber unlustigen Park umschlossene Schloß der Schwermut und beklagte einen Verlust, den er sich mindestens zur Hälfte bloß einredete.
Sonderbar, daß ihn um seiner Vereinsamung willen manche Frauen anziehend fanden, er aber nicht anders konnte, als am tatsächlichen oder vermeintlichen Verlorenen zu hängen. Gewissen Naturen scheint eine verhängnisvolle Anhänglichkeit eigen zu sein.
Nun hatte die Gemahlin seines Freundes eine auf ihre Art ebenfalls schöne, also erwerbenswerte Schwester, die sich, wie ich reden gehört habe, von dem Freudlosen gerne hätte gewinnen lassen mögen. Dieser aber verschmähte jede diesbezügliche fröhliche Bemühung, wie

ihm überhaupt jede Fröhlichkeit nach und nach sozusagen auf die Nerven fiel, indem er sich dem weiten Meer vornehmer Abneigung überlassen hatte.
Mit Unduldsamkeiten ist aber nicht zu spaßen. Indem er sein Unrecht einsah, gefiel es ihm inmitten desselben. »Soll ich mich um die Schwester deiner Frau bewerben, was meinst du?« fragte er eines Tages, eine Zigarre mit ihm rauchend, seinen ihm so guten Bekannten.
Dieser riet ihm erstens, eine so rein persönliche Frage lieber selber zu beantworten, und zweitens, wenn möglich, unbenommen in das Treiben und in die Verführungen, aber auch Anforderungen des Lebens zu blicken, wonach nun der seinem Freund Ergebene dem Mädchen einen Brief schrieb, der wohl zu kühn gelautet haben mag, da er zu keiner ergebniszeitigenden Erwiderung führte.
»Er stottert mir da eine Liebe vor, von der er nichts weiß. Ich werde mich rächen«, rief in der Heimlichkeit ihres Boudoirs, von Haß gegen sich selbst und gegen den Erklärungsabgeber erfüllt, die Beleidigte aus.
»Es ist ihm bloß am Freund gelegen«, flüsterte sie und schaute sich im Spiegel und erschrak über ihr Aussehen.
Mit Geld, das sie sich zu verschaffen wußte, kaufte sie sich einen bis zwei tapfere Vertraute, denen sie den Auftrag gab, denjenigen zu vernichten, den sie in der Tat liebte, und von dem sie sich auf recht feine und zugleich unfeine Art betrogen sah.
Die Beauftragten, von denen zu sagen ist, daß es sich in ihnen um Elemente handelte, die zu allem entschlossen schienen, denen eine verwegene Tat bloß eine Abwechslung, gleichsam eine Befreiung aus des Alltags trägem Einerlei, bedeutete, drangen bestens bewaffnet, also zur Genüge mit Respekt einflößender Rüstung ausgestattet, ins abgelegene Gemach, das ein Philosoph bewohnte, der nicht einseitig, d. h. nicht resolut genug zu philosophie-

ren vermochte, der an den Schönheiten so stark hing wie an den Klugheiten, und dem die Abwägungen die Bewegungen ersetzten, und fanden ihn bei zartgedämpftem Lampenlicht in einem Buche lesend.
Es war ein Ritterroman.
»Du mußt sterben!« riefen sie ihm zu.
»Weshalb das?« fragte er.
»Du mißfällst jemandem«, wurde ihm geantwortet. »Aber wir kamen nicht zu dir, um uns mit dir in Disputationen einzulassen«, und griffen ihn, ohne daß sie sich nur zwei Minuten lang besonnen hätten, an und töteten ihn.
Als die Behörde von der Angelegenheit vernahm, leitete sie eine Untersuchung ein, die jedoch resultatlos blieb. Die Täter wußten sich geschickt zu flüchten. Die Urheberin aber nahm Gas, nachdem sie die Worte ausgesprochen haben soll: »Schade um mich schönes Mädchen.«
Der lebende Freund hielt dem gestorbenen eine, wie man mir versichert hat, prunkreiche Grabrede, worin er die Eigenschaften des seines Ermessens nach zu früh seinem Wirkungskreis Entrissenen im hellsten Rednerlicht leuchten ließ.
Seine Gattin jedoch, die die Ehe nicht befriedigte, wuchs zu einer Heiligen. Sie ließ sich eine Villa am Meer fürstlich einrichten, während ihr Nächststehender zahlreiche geistreiche Aufsätze schrieb, die gebührend beachtet wurden.
Die Dame, die sich verraten geglaubt hatte, geht noch heute, in weiße Gewänder gehüllt, mit einem Brief in der Hand, auf den sie entsetzte Blicke zu werfen scheint, nachts durch winklige Gassen. Die, die ihr begegnen, weichen ihr achtungsvoll aus.
Du gefällst uns lieblos besser als mit gekünstelter Liebe.

DER KUSS

Ich wurde meiner hübschen Handschrift wegen von einem meiner Lehrer sehr gelobt. Die Welt flog über dem Elternhause vorüber. Lange erschien mir nichts mehr. Ich zählte Geld, das mir nicht gehörte, stellte Schecks aus. Somit schien mir, ich sei im Dienste eines Bankhauses. Aus dieser Situation heraus entstanden mir Briefe an eine Frau. In einem derselben schrieb ich: »Ich bin immer wie in einem Zentrum. Das Leben verdurstet; es lechzt umsonst nach mir. Ich blicke es bloß so an, trage es in mir wie ein Liebender das Abbild seiner Seelenlust.« Wieder vergingen Zeiten. Auf einmal stand ich an einem klaren, schmalen Bach, der durch ein idyllisch gelegenes Gäßchen floß. Ein bildhübscher Knabe sprang zu mir, nahm mich bei der Hand, wie wenn ich seit langem sein Freund gewesen wäre. »Komm«, sprach er, und ich ließ mich von ihm fortziehen. Offensichtlich war er feiner Leute Kind. Zunächst kamen wir in ein Zimmer, worin Fische hin- und herschwammen. Die Luft in dieser seltsamen Art von Gemach bestand in einer Atmosphäre, die sowohl ihnen wie uns zu atmen gestattete. Bald stand ich vor einer sehr zart aussehenden Frau. Im Nebenzimmer redete ihr Gemahl mit einem Fremden, d. h. mit jemand, der mir fremd, ihm aber gewiß bekannt war. Plötzlich stand mir die Frau ganz nahe. Übrigens muß ich zuvor ein Bilderbuch durchblättert haben.

Die Frau bat mich: »Höre auf, höre auf.«

Ich bin bezüglich dieser Sprechweise eine Erklärung schuldig, die ohne weiteres erfolgt. Es handelte sich hier um ein Wirklichkeitserlebnis, ohne daß ich die Stadt genau anzugeben vermöchte, die den Schauplatz hiefür abgab. Ich gab nämlich der Frau, die vor Schlankheit schon fast spindeldünn war, Küsse, die sie stumm von mir erbeten hatte. Ihre Blicke hatten mir gewissermaßen auf mahnende Art empohlen, zärtlich zu ihr zu sein, und nun? Was nun da war, das war katastrophal. Ich tat etwas Entsetzliches. Immerhin tat ich es sehr ruhig, gleichsam vom Leuchtturm still aus mir wachsender Überlegenheit herab. Ob ich sie kalt küßte, bloß gehorchend, dienend, möchte ich nicht ohne weiteres festzustellen gewagt haben. Daß es sich aber zur »Tragödie« ausdehne, wurde mir von Kuß zu Kuß, von Atemzug zu Atemzug bewußter. Die Küsse, die ich küßte, waren durchaus unhörbar; aber nicht unhörbar, sondern geeignet, vernommen zu werden, war das aus der Marter tönend heraufsteigende Stöhnen, der sie unterworfen wurde. Durch mich, durch sich? Ich will das nicht auslegen. Die Lage war so: wenn meine ineinander verflochtenen Küsse nicht in einem fort ihren Mund zugedrückt hätten, sie also nicht daran verhindert worden wäre, sie hätte laut geschrien. Um Hilfe? Das kann ich wieder absolut nicht sagen. Sie war in hohem Grad meine Gefangene, wie ich wieder meinerseits von ihr unterjocht war. Kaum wage ich zu beschreiben, wie das Leben, das ihren Körper durchflammte, ihr diesen ihren feinempfindenden Körper beinahe zerriß. Obschon ich mich sehr um sie sorgte drückte ich küssend immerzu. Ob ich drückte? Das ist noch eine Frage, die man untersuchen müßte. Vielleicht habe ich nicht im mindesten gedrückt, und vielleicht war gerade das das Fürchterliche. Ich scheine sie halb freigelassen und halb befangen gemacht zu haben. Wie leise, wie vorsichtig, wie ungenügend ich das sage. Aber vielleicht verhalte ich mich absichtlich so. Erstens gilt es ja, den guten Ton zu bewahren, zweitens aber war ich mir bewußt, daß, wenn ich so recht zerflattert, zerfahren, zerstreut, verträumt mit meinem Mund über den ihrigen hinziehe, das eine

Wirkung hervorrufe, als gingen für sie Erde, Himmel und Hölle in eines. Der Druck eines Kusses darf nach meiner Erfahrung nicht gedrückt, sondern er soll möglichst nur angedeutet sein; er soll sagen: ich könnte, falls ich wollte. Unter solcher Art von vielleicht beinahe satanischer Unbefangenheit zerfloß sie. Ich war ihr ein Wild-Engel, d. h. alle Wildheit war nun ganz in ihr. Mir war es aber gegeben, diese Wildheit in ihr zu wecken, und ich weckte sie, nicht mit Stürmischkeit, nein, mit Sanftheit. Als sie umzusinken drohte, hielt ich sie.

Jetzt aber sah uns ihr Gatte.

Aber lassen Sie mich Ihnen um Gotteswillen erst rasch noch etwas von dem Flüstern sagen, das der Armen entquoll, die mir in den Armen lag. Wer war von uns beiden dämonischer, ich oder sie? Ich frage mich das, weil sie mich mit vor Lust jubelnden Augen bat: »Hab' mit mir Erbarmen.« Wenn ich barmherzig mit ihr gewesen wäre, würde ich da nicht erbarmungslos, rücksichtslos mit ihr gewesen sein? Ihre Qual war ja ihre Freude. Ich sagte, daß jetzt ihr Lebensbegleiter zu uns ins Zimmer schaute. Wir hatten ganz nah an der Türe zusammen »kulturell gearbeitet«. Wie ich da spaße! Ist das nicht herzerschütternd? Und ich bin von den Sittsamkeitssorgen, die sie sich im Taumel des Entzücktseins machte, überzeugt. »Was gibt es hier?« Mit dieser weniger gesprochenen als schon eher gezischten Frage auf den Lippen, die kreideweiß schäumten wie Wellen auf einem vom Wind in die Empörtheit gejagten See, stürzte er sich auf mich los. »Du irrst dich in mir«, rief ich hell auf und warf ihn auf den Tisch, der den Charakter eines Studiertisches aufzuweisen schien. Er glänzte von tragischem Schwarz, ich meine, er sah sowohl elegant wie äußerst ernst aus. »Wenn du etwa meinst – –.« Ich war von einer Kaltblütigkeit ohnegleichen. Aber ich kann zum Glück versichern, daß ich es bei der Selbstaufmunterung bewenden ließ. Ich lebe, und er lebt auch. Wenn er mit sich oder mit mir oder sonstwem unzufrieden ist, mache er's mit sich aus. Was geht mich einer an, den ich auf einen Tisch warf?

Dies mit dem Kuß gab es in solcher Vorzüglichkeit bei mir nie mehr.

SCHWÄCHE KANN EINE STÄRKE SEIN

Immer kam ihm etwas Amüsantes über die Lippen. Was ist übrigens »Peter Schlemihl« für ein entzückendes Buch, was wieder einmal so eine Nebenbemerkung ist, die aber sicher hier sehr nett am Platz ist. Frauen avancieren zu Damen, sobald man sie wie solche behandelt. Damen an sich gibt es gar nicht; es gibt an sich Frauen. Erst, wenn ich eine Frau als Dame empfinde, ist sie's.
Leider war er impotent. Man sieht, wie ich ihn rücksichtslos behandle. Ich strafe ihn da ganz einfach sozusagen mit Verachtung. War er nicht schon von zahllosen Mädchen, die wie Wiesenblümchen aussahen, aufs neckischste, färbeligste, niedlichste verspöttelt worden? Sie sahen ihm scheinbar alle die Unkapabilität an. Er machte sich aber gar nichts aus der für ihn überaus mißlichen Lage. Er stellte sich zuweilen bloß so ein bißchen dumm; spielte mit mehr oder weniger Erfolg den einfältigen Jungen, die abfälligen Äußerungen der Frauen bedeuteten ja für ihn weiter nichts als eine indirekte Anerkennung. Wie sie sich um ihn kümmerten, sich für ihn interessierten! Das war kolossal!
In gewisser Hinsicht konnte er also nichts. Gewissermaßen galt er als Schwächling. Wie oft wurde ihm seine Schwächlinghaftigkeit unter die Nase gehalten. Trotzdem arbeitete er sich immer wieder in die Region der Fröhlichkeit hinauf. Er besaß Mutterwitz. Hier macht mein dichtender Geist eine kleine Pause, indem ich im Zweifel bin, auf welche Art ich weiterfahren soll. Göttin der Erzählungskunst, steh mir bei! Das Thema ist ja auch denkbar heikel. Er benahm sich also aus Not jung, aus

Laune alt, aus Intelligenz dumm, aus Geistlosigkeit geistreich und aus Lustigkeit bisweilen ernsthaft. Wie mir die Worte davonspringen! Meine Wörtchen sind Kinder, die mit mir spielen. Bald trat er frech, bald wieder bescheiden auf. Oft wußte er gar nicht mehr, wie er sich der Mitwelt gegenüber benehmen sollte. Dann sah er sehr verlegen aus und stand oder saß komisch da. Unzählige Male lachte er über sich selbst. Vielleicht war das seine schönste und wertvollste Begabung.

Ich komme gar nicht darüber hinweg, daß er auf bedeutungsvollem Gebiet nichts konnte. Seine Augen strahlten aber, als wäre er ein Meister, eine wahre Kraft. Was lag näher, als daß ihn die Leute einen Betrüger nannten, aber er wälzte diesbezüglich jede Verantwortung von der Schulter. Er wußte um einen Menschen, der sich das Leben genommen hatte, weil ihn seine Frau aus Eifersuchtsgründen impotentierte. Ihm käme nie so etwas in den Sinn. Spielte er mit sich und der Frauenwelt? War das nicht äußerst merkwürdig? Aber er hatte immer wieder dieses fabelhafte Selbstvertrauen. Er war Inhaber eines angemessenen Toupets, besaß die Anmaßung, sich Wert beizumessen. Diese Geschichte verursacht mir Kopfanstrengung. Welche Undelikatesse, über einen so delikaten Stoff zu sprechen. War es nicht eine Sünde, zu leben und doch nicht lebendig zu sein, sich zu freuen und doch keine Freude zu kennen, zu glühen und im selben Moment zu erkalten, zu lieben und zugleich die Wohlabgewogenheit, Berechnetheit selbst zu sein, sich geringzuschätzen und zugleich hochzuachten? Seltsames Problem, höre lieber auf, mich zu beschäftigen.

Plötzlich sahen ihn seine Mitbürger sich aufs honetteste verheiraten. Das war unerhört! Gleichzeitig heiratete sein Freund, der voll Potenz war. Und nun geschah das Unerklärliche: die Frau des Potenzierten wurde unglücklich, diejenige des Unfähigen und Unglücklichen sehr,

sehr glücklich. Kaum wird man das zu fassen vermögen. Ich selbst begreife es nur schwer. Dem Kraftstrotzenden wurde die Frau untreu; dem Schwächling aber bewahrte die seinige eine vollkommene Treue. Ob das verständlich ist? Was kümmert's mich? Der Witz der Geschichte ist, daß es eben allerlei Potenzen gibt. Möglich ist, daß, was sich hier als Geschichte aufspielt, eher nur eine Studie ist. Mädchen aus guten Kreisen fragen mich brieflich an, ob ich böse auf sie sei. Ich aber stehe vor der ewigen Natur; das Goldene des Alltags ist mir ein und alles. In starkem Grad besitzt einer nur, was ihm fehlt, da er's suchen muß. Im Suchen lebt er. Alle suchen etwas.
Vielleicht hat's keinen Sinn, daß wir uns gegenseitig auslachen, aber man lacht halt gern.

SCHRIFTSTELLER UND HAUSHÄLTERIN

Die monatlichen Geldvorschüsse, die ihm sein Verleger bewilligte, dem günstige Umstände dies zu tun erlaubten, gestatteten einem Schriftsteller, der die Hauptstadt zu seinem Schaffensplatz zu erwählen für gut gefunden hatte, eine Wohnung zu mieten und sie mit passenden Möbeln auszustatten. Die Wohnung war nicht groß, doch durchaus modern. Die Zimmer, als sie mit dem Nötigen ausstaffiert worden waren, wiesen eine Helligkeit, Duftigkeit vor, die diejenigen entzückten, die dem Geistesarbeiter bei Gelegenheit ihren Besuch abstatteten. Ich verhehle nicht, daß er Mitglied eines Schriftstellerverbandes war und daß er als solches seine Obliegenheiten stets aufs pünktlichste erfüllte. Ebensowenig darf vergessen werden zu erwähnen, daß er sich eine Haushälterin zu verschaffen verstanden hatte, und daß es zwischen dem jungen, hübschen, fröhlichen, lieben, guten und gewiß ungewöhnlich braven Schriftsteller, der mit den ungezwungensten, blondechten Locken begabt war, die je zu sehen gewesen sein mochten, und seiner Haushälterin oder Bedienten mit der Zeit zu einem Verhältnis kam. Schriftstellerwohnung, du konntest so nett möbliert und so angenehm zu bewohnen gewesen sein wie du vermochtest, so sahest du jedenfalls Auftritte beinahe dramatischen Charakters. Welch grünschillerndes Augenpaar die Haushälterin besaß, womit es ihm vorkam, daß sie ihn die längste Zeit schon auf pikante Art auslache. Die Wahrheit zu sagen, deren aufrichtiger Freund ich bin, stammte sie sozusagen vom platten Land und war demnach etwas wie ein schlaues Bauernmädchen, während ihr Partner etwas wie der denkbar ehrlichste, gewissenhafteste Intellektuelle gewesen zu sein scheint, das heißt einer, der, am Schreibtisch sitzend, Worte vor sich hinwarf wie etwa folgende: »Die Gräfin wurde auf ihren Hauslehrer aufmerksam.« Wenn in des Autors Abwesenheit die Magd solche schönklingenden, einschmeichelnden Auswüchse, wie man vielleicht sagen darf, las, war nichts begreiflicher, als daß sie leise oder laut lachte und sich für den Schriftsteller zu erwärmen begann. »Er könnte produktiver sein«, dachte sie bei sich, setzte aber in Gedanken hinzu: »vielleicht besitzt er zum Fleißigsein zu gute Manieren«. Mägdegedanken, wohin führt ihr mich?

Goldenes Haar hatte sie, und wenn er sich mit Problemen beschäftigt sah, krempelte sie sich mit träger Behendigkeit, gleichsam in der Zerstreutheit, den Ärmel über den Arm herauf, um vor den Augen des natürlich sogleich darauf Achtenden mit Dingen zu prunken, die von ihm als anziehend erklärt werden mußten. Der Atem geht mir beinahe aus, wenn ich erzähle, wie sie ihm eines Tages rund heraus sagte: »Mir scheint, mein Lieber, du bist ein Faulpelz.« Unerhörte Redewendung einer Dienstbeflissenen gegenüber ihrem Arbeitgeber, dem denn auch vor Überraschtheit das Herz klopfte. Der Schriftsteller hatte, wie man unbedingt wissen muß, einen Roman unter der Feder, der nie fertig werden wollte, was von der Haushälterin wahrgenommen worden war. Sie hatte bemerkt, wie er mit sich kämpfte, was vielleicht dem gesunden Mädchen ein ganz klein wenig lächerlich vorkam. »Was erlauben Sie sich für Bemerkungen?« fragte mit beklommener Festigkeit der Kämpfer, der seine Kämpfe auf den Feldern des Schreibpapiers ausfocht. Auf diese Frage hin verzog sie ihren ländlichen, haushälterischen Mund zum Entzücken, nämlich zum seinigen, den ihre spöttischen Äugelchen, grün wie Wiesen, die von Sonnenstrahlen beglänzt sind, anstrahlten. Indem sie ihn auf die Notwendigkeit aufmerksam machte, arbeitsam zu sein, verlockte sie ihn aufs talentvollste, vor ihrer Person hinzuknien und so seine Arbeit, an die sie ihn mahnte, zu vernachlässigen.

»Du wirst mich von nun an anbeten! Ich wünsche das nicht nur, sondern befehle es dir.«

Natürlich blendete diese Sprechweise den glänzenden Verfasser zahlreicher bemerkenswerter Versuche oder Essays. Als solcher genoß er nämlich einen bestimmten Ruf in den Kreisen, die sich für Literatur interessierten.

Die Haushälterin sprach: »Du liebst mich und das freut mich. Lange schon interessierte ich mich für dich, und du nahmest davon nicht die geringste Notiz. Die Stunde der Vergeltung hat geschlagen. Du wirst dich von Tag zu Tag lebhafter mit mir beschäftigen. Deine Gedanken werden mich in einem fort umkreisen, umkosen und dich von deinen Pflichten ablenken.« Mit diesen sowohl bedenklichen wie beglückenden Worten ging sie aus dem Zimmer, den Schriftsteller sich selbst überlassend, dem nichts anderes übrig zu bleiben schien, als den Kopf in die sorgenvollste, blasseste Hand zu stützen, die je einem Intelligenzvorratshaus, womit ein Schriftstellerkopf verglichen werden dürfte, als Stützpunkt diente.

Leise flohen die Stunden.

Was mir anheimgegeben ist zu sagen, ist, daß es der Haushälterin mit den grünen Augen und dem goldgelben Haar zu verdanken ist, wenn ein Werk unvollendet blieb, das im Beendigtheitszustande den denkbar größten Beifall hätte auslösen können.

Mußte er sich nicht in der Folgezeit von ihr sagen lassen, er sei ein Waschlappen?

Seines Verlegers Gesicht kündigte mehr und mehr eine Besorgtheit an, die mit der Beziehung in Übereinstimmung stand, der ich die Ehre erwies, daß ich sie darstellte.

Man glaube nicht, daß mir diese Darstellung Vergnügen bereitet habe. Vielmehr entschloß ich mich zu ihr mit schwerem Herzen.

DER FALSCHE GANINA

Ob ich diese Geschichte in der richtigen Manier erzählen werde, weiß ich nicht; ich weiß zunächst nur, daß es in einem ganz bestimmten Roman, der ein großer Roman ist, dessen Druckseitenzahl sich auf annähernd neunhundert belaufen mag, eine tragikkomische Figur gibt, deren Wesen darin besteht, daß sie nicht sein will, was sie ist, daß sie mehr sein möchte, als was sie je aus sich zu machen imstande sein könnte. Er vermag nur mit größter Schwierigkeit oder überhaupt nicht bescheiden zu sein, er krankt also an der Unbescheidenheit, am Ehrgeiz, an üblem Stolz. Hinsichtlich der Moral befindet er sich in fortwährendem Fieberzustand. Über ihn ist eine Art seelischer Belagerungszustand verhängt. Er ist einer, der sich selbst in einem fort mit Hilfe von allerlei bösen, törichten Zumutungen belagert, also ein denkbar unausgeglichenes Individuum ist. Beständig fürchtet er, daß er sich nicht bedeutend genug vorkomme, und er fürchtet ferner, die andern könnten diesen Mangel an Zutrauen zu sich selber merken. Darf ich nach diesen einleitenden Worten zur Geschichte übergehen, worin ein Graf (potz tausend!) die Hauptrolle spielt, dem seine lieben, besorgten Eltern eine ungemein gute Erziehung angedeihen ließen?

Indem ich glaube, ich ließe mich von einer gewissen schwungvollen Erzählungsweise gern da- oder dorthin tragen, so, als läge ich aufs bequemste in einer sommerlichen Karousselchaise, melde ich, man habe mir erzählt, der Herr Baron (ich betitle ihn lieber so) habe zeitweise ein einsam und darum reizend gelegenes Schlößchen bewohnt, wo er sich hauptsächlich mit Lesen usw. be-

schäftigt zu haben scheint, indem er stunden- und tagelang sein Gesicht mit allerhand Büchern in nähere Berührung brachte, aus denen ihm Quellen der Unterhaltung und Belehrung aufs gewiß denkbar angenehmste entgegensprudelten und ihn mit dem stillen Glück des Miterlebens und des Mitfühlens bekannt machten. Mit der Zeit schien sich sein Vermögen zu verringern, mit andern Worten sah er, daß er ärmer und ärmer wurde, obschon er bei einiger Sparsamkeit eigentlich noch auf recht lange Zeit hinaus versorgt war. Nun lernte er eines Tages ein Mädchen, die über eine fraglos seltene Schönheit verfügte, kennen, die ihn in ihr Haus einlud, wo er sogleich, d. h. ohne die leisesten vorherigen Informationen, als ein Ganina angeschaut wurde, denn so hieß ja jener unglückliche Streber, der in oben besprochenem Roman vorkommt. Ich will ununtersucht lassen, ob die beiden einander wirklich liebten oder nicht, da ich dieser Frage (ist das nicht sonderbar?) keinerlei größere Bedeutung beilege. Wie ich vermute, hatten sie sich in einem bildhübschen Wäldchen, das im Frühling grün, im Herbst goldgelb, im Winter weiß wie ein Silbergeschmeide aussah, angetroffen. Ob sie es war, die zuerst den Mund auftat, oder ob dies zuerst ihm einleuchtete, meine ich nicht für opportun halten zu müssen, in Betracht zu ziehen, genug, er galt als ihr Bräutigam, und es konnte gar nicht anders sein, als daß er's lediglich auf ihre Moneten absah, der »Elende«, wie sie ihn in ihrer Seele, d. h. ganz im stillen, »einfachheitshalber« nannte, und dies ganz einfach bloß deshalb, weil sie sich ans Mißtrauischsein gewöhnt hatte. Wer von uns befleckte sich nicht mit solcher Farbe?
Er besaß einige Lebemannsmanieren und durfte daher unter keinen Umständen zu den ehrlichen Elementen gezählt werden. Zu weltmännischem Auftreten gehört Reichtum oder wenigstens Wohlhabenheit; das verwöhnte Söhnchen von Barönchen jedoch war arm wie eine

Kirchenmaus. »Warte, dich will ich auf eklatante Art beschämen«, dachte sie, und sie hatte große Freude an dieser speziellen Gedankenrichtung. Sie hielt sich für ein wahres weibliches Genie darum, daß sie überzeugt war, er sei schlecht, und darum, daß sie sich entschlossen hatte, ihn zu »entlarven«. Im allgemeinen hält man sich leider immer dann für klug, wenn man von seinen Mitmenschen möglichst schlimm denkt, und man glaubt sich für sehr dumm darum halten zu sollen, daß man der Mitwelt Schönes zutraut.
Sie gab ihm bei Gelegenheit ein Essen, wozu sie die Ihrigen eingeladen hatte, und nun saßen sie alle am schöngedeckten, mit Reichlichkeiten beladenen, prächtig dekorierten Tisch, dessen Glanz die Gesichter wie freundliche Gestirne leuchten ließ. Plötzlich gab sie ihm einen Brief zu lesen, worin geschrieben stand, daß er ein Schlucker und Schurke, einer der begabtesten Tellerlecker der gesamten Epoche sei, der sich zur Aufgabe mache, sich noch schnell, ehe es zu spät geworden sei, d. h. in der letzten Stunde rette, indem er sich an eine Tochter aus gutem Hause hübsch anklammere. Rätselhaft ruhig schaute er in dies Schreiben hinein; es schien, er studiere es mit der größten Genauigkeit und dazu noch mit dem größten Vergnügen. Nachdem er seine Spezialstudien beendet zu haben schien, sagte er zu seiner Braut: »Wer schrieb das?« – »Du wirst doch nicht etwa glauben, daß ich es schrieb«, gab sie zurück. Schöner als je zuvor sah sie in dieser eigentümlichen Sekunde aus. »Nachbarn werden uns den Brief zugesteckt haben«, bemerkte jemand. »Vielleicht bin ich sein Verfasser«, spöttelte ein Mitglied der Familie, aber er sprach es zu spöttisch, zu vergnügt, als daß ein Verdacht auf ihm hätte ausruhen können. »Dem Baron schmeckt jedenfalls unser Essen sehr«, wurde von anderer Seite her vernehmlich, und in der Tat stand die Beobachtung auf durchaus gesundem

Fundament. Er aß und trank mit sichtlich großem Behagen, und jetzt wandte er sich mit geradezu bezaubernder Fröhlichkeit an die Schöne, die schön geworden war, weil ihr vielleicht irgend etwas leid tat, um ihr zu sagen: »Du schriebst ihn.« Dies Wort verpflichtete ihn natürlich zu sofortigem Aufstehen vom Tisch und zum Verschwinden aus dem Kreis von in diesem Augenblick sehr Erstaunten. Vielleicht trug sich übrigens die Geschichte anders zu, und zwar so: Der Baron kam an diesem Abend noch nicht auf die Spur bezüglich der Verfasserschaft des anonymen Briefes, sondern erst lange nachher, auf irgendeinem beliebigen Wege, womöglich erst ein ganzes Jahr später, ganz zufällig, etwa dadurch, daß er unbewußt zu phantasieren anfing, absichtslos eine Briefgeschichte ersinnend. Man wird wissen müssen, daß er gern zu seinem Vergnügen »dichtete«, d. h. Geschichten usw. ersann, und auf dem Wege harmlosen Herumsinnens kam er plötzlich in seiner Angelegenheit ins klare und wird sich vielleicht den freudigen Ausruf gegönnt haben: »Nun weiß ich's mit einmal!« Aller Wahrscheinlichkeit nach ging es so zu, und wenn ich noch etwas beizufügen habe, so würde es dies sein: es sind viele Schöne unschön gesinnt, und es sieht im Innern von vielen bös aus, die lieb aussehen.

Anscheinend hatte der Baron (er braucht ja kein echter zu sein) lange Zeit nicht für nötig gefunden, an den so überaus wichtigen Umstand zu denken, was man da und dort von ihm dachte. Das Denken und Meinen bildet ja die eigentliche Welt, diejenige, auf die es ankommt. Diese unersichtliche Welt hatte er zu schauen scheinbar »noch nicht gelernt«. Die Geschichte, die ich zum besten gegeben habe, gab ihm Anlaß, Versäumtes nachzuholen. Seine Beobachtung über die Wichtigkeit des nicht ohne weiteres Wahrnehmbaren machte ihn zeitweise tiefsinnig, wobei es sich versteht, daß er die eigene Ernsthaftigkeit bisweilen belachte, indem er einsah, daß Nachdenklichkeit nicht die eigentliche Bestimmung im Leben sein könne, daß dieses Leben vielmehr immer wieder nur ein erneutes, munteres Probieren verlange. Er versuchte wieder heiter zu werden, und von einem so aufmerksamen Bücherleser, wie er einer war, ist nicht anzunehmen, daß ihm das nicht gelang. Seine mannigfaltigen Besorgnisse bildeten eine sogenannte vorübergehende Phase.

Wie es ihr erging, die ertappen wollte und dabei selbst ertappt wurde, ist mir unbekannt. Sie wird hin und wieder Gelegenheit haben, ein bißchen zu stutzen. Es hieß da und dort, sie sitze die meiste Zeit zu Hause, halte es weder für rätlich noch für reizvoll, sich blicken zu lassen und ihrerseits etwas zu erblicken. Sie soll sich währenddessen zur Sängerin ausgebildet haben. Da genaue Angaben indes fehlen, so darf ebenso leicht geglaubt werden, sie habe sich auf die »Broderie geworfen« oder habe sich aufs Bemalen von Tüchelchen verlegt. Jedenfalls meint man, sie sitze täglich an einem gardinengeschmückten Fenster und schaue mit allem erdenklichen Anstand, d. h. mit dem wünschenswerten Grad von Freundlichkeit auf die Straße hinab. Einige wollen vernommen haben, sie befasse sich mit Kindererziehung; in diesem Fall würde es ihr an Zerstreuung oder an einer bescheidenen Förderung nicht fehlen. Wenn ich zu denken wage, es gehe ihr verhältnismäßig gut, so liegt gewiß im Versuch, sie in Verhältnissen zu sehen, die ihr angenehm erscheinen, etwas Statthaftes. Wie gediegen man sich in der Überzeugung vorkommt, daß für die menschliche Natur nicht so rasch irgend etwas »unwiederbringlich verloren« ist. Man meint selbst geordnet zu sein, wenn man glaubt, daß eine allgemeine Fähigkeit jeweiligen Sicheinrichtens vorliegt. Jeder wisse sich einigermaßen in Verlegenheiten zu helfen, denkt meiner Ansicht nach ein Vernünftiger, was vielleicht etwas selbstbewußt

klingt. Sicher vergißt sie den begangenen Fehler nicht. Hierbei könnte aber in Betracht zu ziehen sein, daß das Fehlerbegangenhaben eine Lebensbereicherung bedeutet. Findet doch eine Seele an einem Unrecht eine viel lebhaftere Unterhaltung als an etwas Gerechtem, und auf Beseeltheit kommt's ja eben an, darauf, daß es in einer Seele überhaupt lebt, daß sie sich mit etwas beschäftigt, und dann liegt ja etwas Lustiges, ich meine, etwas Interessantes darin, daß man sich tadeln kann, während es meist überaus uninteressant ist, wenn man sich tugendhaft, lieb, gut, gerecht, d. h. lobenswürdig vorkommt. Etwas nicht zustande gekommenes Gutes bildet ja gerade aus diesem Grunde eine Geschichte. Über leichtes Zustandegekommenes gibt es wenig oder nichts zu erzählen. Ich bin also dem anonymen Brief gewissermaßen dankbar. Er und sie, von denen ich sprach, sind es nicht minder, obgleich sie sich das aus Takt oder aus Instinkt, sich eine Romantik zu bewahren, zu gestehen verhindern werden. Hie und da sich im Ton aufrichtigen Bedauerns sagen zu können: »Warum kam es so?«, wie gleicht das einem Erleben, wie ist das schmeichelnd-angenehm! Diejenigen, die gefehlt haben, können sich so nett begütigen, lieb mit sich sein, süßes Erbarmen mit sich haben, kommen in Gunst bei sich selbst. »Ich möchte mich nicht anders«, rufen sie aus, und es ist ja auch eine überaus einfache Wahrheit, daß die feineren Freuden gern zu denen gehen, die sich um Freuden brachten.
Will denn das Leid nicht auch genährt sein?

LIEBESGESCHICHTE
(I)

Einmal gab es eine Sie und einen Er und weiß Gott was für ein buntes Gemisch von Nebenpersonen, die, von anderem Gesichtspunkt angeschaut, Hauptpersonen sein mochten; hier aber waren sie nebensächlich, was uns leid genug tut und weshalb wir sie um Entschuldigung bitten. Was unsere zwei Leute und unsere Liebesgeschichte betrifft, die von einfacher Art ist, so verehrte er sie sehr, sozusagen von ganzem Herzen, und er würde sie womöglich gern geheiratet haben, im innig empfundenen Wunsch, sie und sich selbst glücklich zu machen, was gewünscht worden ist, seit es Menschen auf der Welt gibt. Nur war ein Hindernis da, und dasselbe bestand darin, daß die, die er liebte und mit der er vermählt zu werden wünschte, allzu viel Heftigkeit besaß, derart, daß sie sich leider immer schnell über irgend etwas ärgerte, was ihm nicht gefiel und ihr selbst vielleicht auch nicht. Es schien dies eine Schwäche an ihr zu sein; sie hätte sie sehr wahrscheinlich gern in eine Stärke umgewandelt, leider aber erwies sich die Schwäche sozusagen als stark, während sich ihre Stärke ziemlich schwach zeigte, was sowohl sie selbst wie er, der sie sonst hochschätzte, beklagen zu müssen in der Lage waren, anders gesprochen, Veranlassung hatten. Wie herrlich sah sie von Gesicht, Gestalt aus, eine wahre schlanke Pracht, um uns dieses Ausdrucks zu bedienen, solang uns kein anderer einfällt. Einfälle sind oft rar, und Autoren müssen mit dem bißchen Geist vorliebnehmen, das ihnen vom Geschick gnädig verliehen wurde. Groß und imponierend, o gewiß, aber sowie sie sich ärgerte, knickte sie jedesmal ein und verlor ihr Schönes, und das sah der zu seinem nicht geringen Bedauern, der sie sonst bewunderte, und mit diesem Einsehen ausgerüstet, sprach er eines Tages, so gegen 5 Uhr abends, in vertraulich-aufklärender Tonart zu ihr: »Beste, höre, ich heirate dich und diene dir fürs ganze Leben, wenn du's fertig brächtest, dich ein Jahr lang über jede Art Ärger, der dich jedesmal verkleinert, sobald er Macht über dich gewinnt, erhaben zu erweisen.« Inden er dies vorbrachte, lächelte er, wie einer, der über den Mut, den er an den Tag legt, zufrieden ist, und in der Tat gehört Mut zu einer so aufrichtigen Ansprache. Das versteht jeder. Nahm sie sich zu Herzen, was er sprach? Ja, das tat sie, und man vermutet, sie habe ihr Temperament zu zügeln gewußt und sei ein Jahr lang oder länger von einer Milde, Duldsamkeit gewesen, daß sie geblüht habe wie Blumen im Frühling und zum Schluß der Prüfungszeit so lieblich gewesen sei, so sehr nach innerer Ruhe und äußerer Gesundheit ausgesehen habe, daß es eine Lust war, sie anzuschauen, und das wird derjenige aufmerksam genug getan haben, von dem wir annehmen, er sei nun mit ihr zufrieden gewesen, und es habe ihm beliebt, das gegebene Wort zu halten. Sicheres wissen wir nicht; wir hoffen es bloß, und in der Hoffnung, daß sich die Dinge so zugetragen hätten, indem alles hübsch klappte, was nicht stets der Fall zu sein pflegt, hie und da aber doch wohl zutreffen kann, klappen wir den Deckel zu, als sei die Erzählung eine Schatulle, legen sie dorthin, wo sie hingehört und freuen uns über ihren, wenn auch nicht hohen, so doch eventuell bescheidenen Wert.

DREI KOMÖDIEN

Dienstmädchen und Dichter

Leute von Gewicht erkundigten sich nach Erichs Befinden. Der dichtete. Honorare hatten ihn die schöne Möglichkeit erleben lassen, sich hübsche Möbel anzuschaffen. Seine allabendlichen Erholungsbedürfnisse begaben sich ins köstlichste Bett. Alabastervasen zierten seinen Schreibtisch, worin sich Freundinnenbenachrichtigungen aufhielten, indes sich Erika damit beschäftigte, daß sie den Verfasser manchen gediegenen Prosastückes aufmerksam anschaute. Ihre Figur war entzückend, was von Erich verhältnismäßig rasch wahrgenommen worden war. Er lächelte sie eines Tages vielleicht nur zu freudig an, obgleich er über die einflußreichsten, elegantesten Bekanntschaften verfügte, und von da an hielt sie ihn für den Ihrigen.

Gelegentlich sprach sie zu ihm: »Hier gibt's Wanzen!« Tatsache aber war, daß gar keine solchen in der Dichterwohnung existierten. Erika tat bloß, als sei dies der Fall, um Erich sagen zu können: »Komm mal her!« bei welcher Gelegenheit sie ihn, wie man hört, duzte. Er erbebte! Nichtsdestoweniger versuchte er sich zu fassen, und nachdem ihm dies gelungen zu sein schien, begab er sich dorthin, wohin er gerufen worden war und wo es Erika einfiel, ihn mit den Worten zu erquicken: »Geh hinaus!« Wo es gegolten hatte, schleunigst zwecks Wanzenbesichtigung seriös heranzukommen, kam es lediglich auf Ewigweibliches usw. an. Als er zu stammeln im Sinne hatte: »Ich liebe dich!« fertigte ihn die Bemerkung ab: »Weiß es schon!«

Nachdem sie eine Minute geschwiegen hatte, führte sie aus: »Um dich zu verhindern, dir auf dein Dichten viel einzubilden, will ich dich beherrschen. Dein bisher Geschriebenes drückt, plagt dich. Mein Einfluß wird dir die Fähigkeit beibringen, mit so viel Sprachsparsamkeit wie möglich in deinem Beruf auszukommen. Ich werde bemüht sein, dich an deiner Arbeitsamkeit irrezumachen. Meine Absicht ist, dich zum zeitverschwenderischsten Autor zu machen, den's je gab.«
Vergeblich hielt er ihr vor das Gewissen: »Meine Kollegen werden sagen, daß es schade um mich sei.«
Sie entgegnete: »Binde mir die Schuhe!«

Die begabte Saaltochter

Nachdem der Heimatschriftsteller in einer nett gelegenen Erfrischungsstube Kaffee getrunken hatte, und nachdem außerdem noch eine Portion Käse in ihm Platz fand, bewegten sich Blätter an Baumzweigen pläpperlig, was eine mit süßem Gesicht versehene Saaltochter mit ungekünstelter Verwunderung wahrnahm.
Ich sagte mit der Schwatzhaftigkeit eines Buchfinks, daß sich die Saaltochter hin und wieder in der holdseligen Dichtkunst übte, wie es andrerseits Tatsachen entspricht, daß der Poet, statt dem emsigen Hervorbringen von Poesie obzuliegen, über Werkzeugkisten sprang.
Vorbeispazierende Gemeinderäte mißbilligten des Schriftstellers Versuch, der ihm übrigens teilweise gelang, sich über seine verhältnismäßig üppige Abgelebtheit hinwegzusetzen.
Als die Saaltochter von ihres Verehrers, nämlich des Dialektdichters, Turn- und Tanzlust Notiz nahm, glitt ein beifälliges Lächeln über ihre Lippen.
Man kann mit Zuhilfenahme von ein wenig Phantasie eine zierliche Völkische in ein Anbetungsprunkbett le-

gen, und jeder Normalveranlagte wird ohne Schwierigkeit zu begreifen fähig sein, daß sie sich mit gleichsam golddurchflochtenem Vergnügen sagte: »Er kommt nicht los von mir!« wobei sie an ihren Springinsfield dachte, der, wenn er ihr begegnete, ehrfurchtsvoll den Hut vor ihr abzog.

Auf einem Tagebuchblatt scheint ja denn der Indentaghineinlebende die Macht der wunderbaren Serviertochtergestalt, für deren Bild er ein Museum bildete, handschriftlich anerkannt zu haben.

»O, des Flusses Welle,
des Vogels schneller Flug!
Helles Hundegebelle
sein Getön mir zu Ohren trug.

Des Waldes Blätterfülle,
Berge stehn weich wie Seide da.
Alle, die ich in mein Denken hülle,
sind mir nah«

sang sie, indem sie wie eine Heilige am schöngarnierten Fenster saß, zur in der Kristallquelle des sich Vergessens plätschernden Gitarre, die sie anmutig bezupfte, das Instrument wie eine liebe Freundin behandelnd, und der Nationalökonomen in Erstaunen versetzende Heimatkunstschätzende lauschte.

Die Geschichte des Herrn Camembert

Einmal gab es einen Menschen namens Camembert. Ein käseliges Geschlecht, das, beim Eid! Herrn Camemberts Gattin hielt ihn für verstorben. Die Nachricht, er sei in der Schlacht am Glasberg fürs Vaterland umgekommen, schien die Glaubenswürdigkeit selbst. Frau Camembert fand inzwischen Gelegenheit, Herrn von Spiegelei zu heiraten, dessen gewinnendes Benehmen ihr in jeder Hinsicht zusagte. Während sie sich aus der Beweinung des Verschollenen ein Vergnügen machte, der am Glasberg in ein Massengrab gelegt worden war, leistete sich das Geschehen den Witz, daß es Camembert aus des Grabes Nacht zu entschlüpfen gestattete. Vollständig verlottert langte er eines schönen Tages, wie uns Herr Mehlsack versichert, dem wir die Erzählung verdanken, in der Stadt an, wo sich Herr und Frau Spiegelei eines sorglosen Daseins freuten. Daß ich Mehlsack zu erwähnen vergaß, ist ein Fehler, den ich hier korrigiere. Der Dichter Mehlsack schrieb spielend; mit staunenswerter Mühelosigkeit bewältigte er ein imposantes Lebenswerk. Als die Spiegeleier von der Ankunft der Portion Käse Bescheid erhielten, würde ihnen ein Überraschtheitsschrei entglitten sein, wenn sie sich nicht beherrscht hätten, und nun ratschlagten sie, was angesichts des schwierigen Falles zu tun sei. Befürchtungen nahmen ihnen beinahe den Atem. Bereits bereiteten sie sich vor, allen camembertlichen Ansprüchen den Ausruf entgegenzusetzen: »Unverschämter!« Sie täuschten sich jedoch insofern sehr, als Camembert ein Mädel kennenlernte, in deren Besitz er sich glücklich pries, denn sie war schön wie der Tag und lieblich wie das Licht, das demselben Schönheit spendet. Anläßlich einer Unterredung mit seiner Früheren besaß er die Unhöflichkeit, zu ihr zu sagen: »Dein bißchen Hübschsein wird von einer Strahlenden übertroffen, die mit Vergnügen den Namen Camembert trägt.« Frau von Spiegelei war sprachlos. Camembert gründete mit Hilfe eines Kredites, der ihm infolge günstig lautender Information eröffnet wurde, eine Handlung, die sich glänzend bewährte. Mehlsacks Original mündet ins Tragische, indes sich meine Anlehnung im Gewande der Komik gefällt. Bei Meister Mehlsack kommt's zu einem für Freund

Camembert unglücklich ablaufenden Prozeß; bei mir wird solches säuberlich vermieden. Genannter deckte sogenannte Schlechtigkeiten auf, während der Verfasser vorliegender Zeilen zu den Schriftstellern gehört, die das Unfeine usw. ignorieren, das hierdurch seine Bedeutung einbüßt. Mein Kniff besteht darin, daß ich für Ausgeglichenheit bei einem vermutlich Unzufriedenen sorgte. Welch ein Erfolg war das für ihn!

MANN UND FRAU

In einer schönen Stadt, die nicht nur dem Ruf und Ansehen nach, sondern in der Tat schön war, ein Umstand, der ihrer Schönheit Wirklichkeitswert verlieh, lebte das schönste und beste Geschäftemacherexemplar, das mir je zu Gesicht kam. Mir kam vor, er sei in der Geschäftemacherei ein Kind, in der Kindlichkeit ein Künstler, im Künstlertum ein Dilettant ungewöhnlichen Ausmaßes, in der Dilettantenhaftigkeit lieb, grausam und harmlos und in der Harmlosigkeit, Grausamkeit und Lieblichkeit ein Quäker und im Quäkertum ein hervorragender Realist gewesen. Haudegenmäßig raßle ich, wie es mir den Anschein macht, in ein Thema hinein, das mich auszusprechen veranlaßt, dem Geschäftelhuber sei seine treuherzige Frau überaus treulos gewesen, und sie habe ihn mit einer Lieblosigkeit geliebt, die an liebevollen Haß gestreift haben mag. Zu ihrem mitunter lebhaften, will sagen, erheblichen Indigniertsein las sie Briefe, die niegeschaute, d. h. fremde Frauen an ihn adressierten und worin sie ihn teilweise »Liebes Knäbchen« titulierten. Zweifellos beruhte seine Aufführungsweise auf einer staunenerweckenden Geschmeidigkeit. Ihm war beispielsweise in einem fort zumut, er trage keine andere als kurze, kaum bis an die Kniescheiben reichende Höschen. Eine Illusion war das, die wir ihm gönnen, wir, die wir die Gewogenheit besitzen, zu erzählen, seine Stirnrunzelei sei seine weitaus glücklichste oder sieg- und erfolgreichste gewesen. Seiner Schüchternheit verdankte er für bodenlos frech angeschaut, und sein Idealismus führte herbei, für enorm grundsatzlos gehalten zu werden. Eines Tages runzelte eine schöne Frau, die die Imposantheit selbst zu sein schien, seinem Benehmen gegenüber ihre Stirne, was ein Verhalten war, das ihn entzückte. Vor Freude, deutlich und unverkennbar angestirnrunzelt worden zu sein, ging er hin und machte glänzende Geschäfte, woraus ich zu folgern geneigt bin, daß die Geschäfte nicht nur irgendwie in der Luft liegen, sondern aus dem Herzen herauswachsen. So ein Geschäftemacherchen bedarf meiner Meinung nach einer Seele, die sich mit einem Gärtchen in Ähnlichkeit oder Verwandtschaftlichkeit setzen läßt, worin geschäftliche Unwiderleglichkeiten zur Gedeihlichkeit gelangen. Auf seine Geschäftsseele wurde denn nun ja auch tatsächlich seine außerordentlich wackere und anerkannt hübsche Frau aufs wackerste eifersüchtig. Eifersucht, welch ein theatralisches Wort bist du! Ich schwinge mein Essayschwert weiter, und indem ich vor derartiger Schwingerei und Ringerei keineswegs zurückbebe, sehe ich mich in die Lage gebracht, behaupten zu können, des Geschäftsmannes Frau habe das geschäftliche Leben ihres Herrn Gemahles verwünscht oder verachtet, dezenter betont, geringgeschätzt und, ich weiß nicht, was sonst, weswegen besagte Geschäfte nur um so besser gegangen und gelaufen seien. Wird etwas aufrichtig mißbilligt, so nimmt dies Etwas aus irgendwelchen bestimmten Gründen einen wünschenswerten Verlauf. Plötzlich ging es dem Famosen, der den Gegenstand vorliegender Aufgabeerledigung bildet, miserabel, wonach die Frau auf die gänzlich niedergedrückte Gestalt hinzutrat und zu ihm sprach: »Ich will Dir helfen«, und so half sie ihm, richtete ihn auf, unterstützte ihn, stand ihm bei, nannte ihn ihren Liebling, steckte ihm womöglich, ja sogar sehr wahrscheinlich, um ihn zu begütigen, ein Biskuit in den Mund, betätschelte ihm die Wangen, zupfte ihn zärtlich am Ohrläppchen, klemmte ihn zu allem auch noch vor lauter Hilfsfreudigkeit in die Nase, doch alle diese herrlichen,

gewiß an sich prächtigen, weil denkbar gutgemeinten Maßnahmen nützten wenig oder überhaupt nichts.
Lange schauten beide einander an, wonach er den Mut aufbrachte, folgendem Atem, d. h. Ausdruck zu verleihen:
»Um gute Geschäfte zu machen, braucht man nicht viel hievon zu verstehen. Das Geschäft versteht sich selber. Ich habe gute Geschäfte gemacht, weil ich ein sozusagen erzdummes Bürschchen sein zu dürfen den Vorzug genoß. Indem ich nie geschäftsmäßig vorging, setzten sich meine Geschäfte in den Kopf, gute zu sein. Ich war sorglos; nun habe ich Sorgen, die Du teilst, wofür ich dir selbstverständlich dankbar bin.«
»Kannst Du nicht von neuem sorglos sein?« fragte sie ihn kummervoll.
»Weil Du für mich zu einer Hoffnung geworden bist, besitze ich keinerlei eigene Hoffnung mehr.«
»Wie kommt das? Sprich!«
Er entgegnete: »Es gäbe hierüber viel zu sagen. Hoffnungen sind Begriffe, mit denen man am liebsten nicht Bekanntschaft macht. Mir fiel nie ein, etwas zu hoffen. Das Hoffnungsvolle lebte als total unbekanntes Etwas in mir. Vermagst Du mich diesbezüglich zu fassen?«
Unerhört zaghaft küßte sie ihn.
Wie liebkosen Empfindende weit weniger gern Glückliche als Zaghafte!
Ich glaube, ich schrieb hier eine komische Geschichte.

WEIHNACHTSGESCHICHTE

Irgendeiner schrieb: Man erwarte von mir keine lange und breite Geschichte. Sie wird vielleicht in gewisser Hinsicht schön sein, denn eine schöne Frau kommt darin vor, ein Mädchen von schlankem Wuchs. Vorliegende Zeilen bilden eine Erinnerung. Ich meine beobachtet zu haben, daß heute, ich meine, in den Tagen, die man die unsrigen nennen kann, Erinnerungen gleichsam Mode sind. Vor Gerührtheit kann ich übrigens kaum Bericht ablegen, will sagen erzählen oder schreiben. Ich schrieb neulich einem Töchterchen aus sicher sehr feinem Haus einen Brief, den ich mich entschließen zu dürfen glaubte, für in seiner Art vortrefflich zu halten. In der Geschichte, die ich hier verfasse, will ich nicht schriftstellerisch glänzen, vielmehr bloß etwas wie Empfindung an den Tag legen. Ich schreibe meine Weihnachtsdarstellung weniger, als daß ich sie weine, indem ich meine, dies nehme sich weihnachtlich aus, aber im Grund bin nicht ich es, der weint, sondern die Figur tut es, die in einem Vorstadthause wohnte, worin sie mich dann und wann empfing und worin sie für richtig hielt, stets ein wenig zu trauern, was ich an ihr entzückend fand. Wie kam ich schon so frühzeitig zu einem derartigen Raffinement? Sicher beruhen jedoch die meisten Raffiniertheiten auf etwas Natürlichem. Ich glaube, man könne der Meinung sein, die vielfältigsten Erfahrungen mache man, solange man noch überhaupt keine besäße, denn das Leben selber sei die Erfahrung. Nun bringe ich vor, die Frau, von der ich spreche, habe ein ausgesprochenes Damenaussehen zur Schau getragen, wofür sie natürlich nicht verantwortlich gemacht werden konnte. Ihre Schlankheiten sahen sich mit einer gewissen in jeder Weise gemäßigten Üppigkeit vereinigt, ein gegenseitiges Sichunterstützen, das eine Gestalt zustande gebracht zu haben schien, die gleichsam im angenehmsten Sinne blühte, mithin sozusagen gleichzeitig duftete. Ich und ein anderer junger Mensch, der aussah, als habe er bereits begonnen, dichterisch tätig zu sein, standen im weihnachtsbaumgeschmückten Zimmer so da und dachten beide gewiß nicht an sehr vieles. Das Denken bildet eine Belästigung, die jungen Leuten zum Glück fernliegt, mit der die Gereifteren in die zweifellos zum Teil bedauerliche Lage kommen, zu kämpfen. Wie ich mich erinnern zu können hoffe, rauchten wir zwei jungen Herrn Zigarren, und was mich betrifft, darf ich sagen, daß ich bezüglich der schönen Frau dachte: »Gefalle ich ihr?« und daß mich die Wahrnehmung einigermaßen beunruhigte, die mich mit ziemlich viel Deutlichkeit sehen ließ, daß sie mich jetzt absolut nicht beachtete, wodurch mir ihre Schönheit noch lebhafter auffiel. Sie hatte mir bei irgendeiner Gelegenheit erzählt, sie sei Kinderfräulein gewesen. Sogleich werde ich mir übrigens erlauben, einen Brief zu erwähnen, d. h. eingehender zu beleuchten, den sie mir nie zu lesen gegeben hatte, um dessentwillen ich mich gleichwohl befähigt sah, sie zu belächeln. Ihre Freundin, eine Zierliche, Kluge, Gewandte, Begabte usw., die die Schöne ihrer Schönheit wegen womöglich benied und sie vielleicht gerade deshalb als unintelligent zu bezeichnen wagte, hatte mich den Brief, der irgendwie und -wo liegengelassen worden war, kennenlernen lassen, und nun waren ich und das geschmeidige, gescheite Mädchen der schönen Frau gegenüber anscheinend die Überlegenen, indem die Briefempfängerin und ehemalige Erzieherin, wie wir sahen und wußten, an den Inhalt des Briefes glaubte, während wir, die indiskreterweise in ihn hineingeguckt hatten, uns über den Absender desselben speziell lustig machten. Nun war sie gleichsam zu schön, als daß sie mir und ihrer Freundin hätte anmerken mögen, wir besäßen von ihrem Brief Kenntnis, den sie aller Ersichtlichkeit nach ernst nahm, obwohl er von der ersten Silbe an bis zur letzten vielleicht nichts als eine Irreführung vergegenwärtigte. Der Mann, der der Anfertiger oder Hersteller des Briefes war, ging kaum auf etwas Besseres als aufs Verführen aus. Inzwischen flackerten und liebäugelten am Baum die Weihnachtslichter. Die lediglich zu Zieratszwecken dienenden Engelchen schienen etwas vom Ewigunveränderlichen des Lebens ausdrücken oder -posaunen zu wollen. Es schien nicht gesagt oder irgendwie bewiesen zu sein, daß die Schöne nicht zu unterscheiden fähig gewesen sei. Für die Gewitzigten sah das vielleicht nur so danach aus. Die Schöne stellte eine Lebensbereicherung dar, die Intelligenten sind Essende, während die Schönen mit der Speise selbst verglichen werden können, sie sind die Gläubigen und Hingebenden, die für irgend jemand gern etwas Bestimmtes sind. Das Verführerische des Verführers erkennend, nannte sie seinen Brief willkommen. Eine schöne Seele will gefühlvoll sein.

ERZHERZOGS PROSASTÜCK

Der Erzherzog nahm die Dirne nicht ernst; dafür meinte er's mit dem süßen Mädel um so aufrichtiger, das ihn in schönem Sinne trunken machte.

Er sah beispiellos elegant aus, und mich kostet's nicht viel Anstrengung, zu behaupten, daß ich ihn ernst nahm, als ich ihn sah. Mich nahm übrigens einmal eine bedeutende Erscheinung auf literarischem Gebiet nicht ernst.

Nahm das süße Mädel ihren lieben Erzherzog ernst? Gewiß wird sie dies je nach Fähigkeit getan haben! Er benahm sich ja so charmant!

Häufig gingen beide an Fassaden vorbei, die auf jeden Gebildeten Eindruck machten. In des Herrn Erzherzogs Herz flämmelte das Lämpchen der Liebe zum süßen Mädel ununterbrochen.

Nebenbei legte ich einst einem Schwerenöter die an sich vielleicht bedeutungsloseste Bedeutung bei. Die Dirne, die der fescheste aller Erzherzöge nicht ernst nahm, war die Ernsthaftigkeit selbst. Sie glich gleichsam einem Rätsel. Anläßlich eines Balles schloß sie mit dem süßen Mädel Freundschaft.

Der Erzherzog merkte, daß sie ihn hinterging, und daß ihm das unangenehm sein mußte, begreift man. Kinder wurden zu Inhabern von Überlegenheiten, Hunde fingen an zu philosophieren, Täubchen und Spätzchen zogen mit Kanonen in einen zierlichen Krieg. Meine Spießbürgerlichkeiten verhindern mich am Weiterphantasieren.

Der phantastische Erzherzog zählte zirka fünfundzwanzig Jährchen. Ging er spazieren, so nahm er das geringfügigste Schaufensterbonbon wahr. – Schlinggewächse ringelten sich inzwischen um die Göttinnenfiguren in den

Prachtgärten seiner Prunkschlösser. Seine Pflichten glichen einem fernen Meer, auf das er von Zeit zu Zeit einen Blick warf.
Zeitweise ging nun das süße Mädel mit einem Schriftsteller von Rang, dem sie Bierbrauersgeld zufließen ließ.
»Liebst du mich nicht mehr so sehr wie bisher?« fragte das Erzherzogsexemplar das Mädelmuster. Sie küßte ihn, und ihn überkam die superbe Empfindung, daß die Betrügerinnenküsse ihn beglückten. Er wurde zum Bubi, großer Gott, das kam daher, weil er so vertraulich mit ihr umging.
Für das süße Mädel war die Dirne das Wunderbare geworden. Die erzherzoglichen Schlösser schlummerten fleißig weiter.
Das fesche Mädel bat den Erzherzog um seine Krawattennadel, die er ihr ohne Zögern aushändigte, und die sie ihrem Schriftsteller schenkte.
Eines Nachts erblickte er seine Stecknadel in einem Kabarett. Bierbrauerhände hinderten ihn am Herbeiführen eines Auftritts. Er verließ das Lokal mit erzherzoglichem Anstand. Die Nacht glich einer sich um ihre Schönheit nicht kümmernden Dirne.
Wie ernst mich dieses possenhafte Prosastück gemacht hat.

MONDSCHEINGESCHICHTE

Folgende kurze Geschichte sei mit der Geste eines Vortragenden erzählt:

Es scheint da einmal eine sehr feine, also sehr gebildete Frau existiert zu haben, die nicht nur von ungewöhnlicher Hübschigkeit, sondern auch noch eine emsige Bücherleserin war, und von der man glauben machen möchte, sie habe sich gleichsam auf den sanften Hügelzügen des Lebens aufgehalten, von wo aus es allmählich abwärts gehen würde, indem sie sich mit einer nicht mehr ganz und gar jungen Jugendlichkeit geschmückt sah.

Die Frau, die ich mit obigem, das heißt soeben zur Sprache gebrachten Worten geziemendermaßen glaube charakterisiert zu haben, besaß einen Gatten (die wievielte Ehegeschichte erzähle ich nun schon eigentlich?), mit dem sie, indem sie ab und zu unzufrieden mit ihm war, verhältnismäßig ganz gut auskam, und der die Unvorsichtigkeit beging, sie eines Abends beim Lampenlicht zu bitten, ihm gütigst anzuvertrauen, was sie im Grunde immer gegen ihn einzuwenden habe.

Weshalb sie mit ihm nicht total übereinstimmte, wußte er genau; nichtsdestoweniger fand er für richtig, zu tun, als befinde er sich bezüglich der hie und da vorkommenden Verstimmtheit seiner Ehehälfte in der eklatantesten Unwissenheit.

»Bist du einverstanden, daß ich verreise?« fragte sie ausweichend, und sie fügte mit charmantester Schonungslosigkeit bei: »Ich mopse mich nämlich seit einiger Zeit in deiner Umgebung ein wenig.«

Also an genügend reichlicher Unterhaltung fehlte es der

häuslichen Göttin. Ihr Vorschlag nahm ihn moralisch, wie man sagt, her.
Sorgenvoll stützte er sein Haupt in die durchgeistigte Hand. Zum Glück waren keine Unerwachsenheiten, will sagen, Kinder, vorhanden. Anderseits bedeutet Kinderlosigkeit eine Lücke, die Ausfüllung erfordert, ähnlich wie Löcherchen in Strümpfen gestopft, das heißt ausgebessert zu werden wünschen.
So verließ denn jetzt also das reizvolle Frauchen ihr keineswegs reizloses, weil mit allem Neuzeitkomfort ausstaffiertes Heim, um womöglich in einer unbekannten Gegend irgend etwas zu erleben.
Bald darauf wohnte sie in einem von jenen Grand Hotel genannten Prunkbauten, der gegen zweihundert Zimmer enthielt, und wo ihr niemand wehrte, sich mit Insichaufnehmen der Unaufhörlichkeit des einem monotonen Geplauder ähnlichen, gewissermaßen poesieauslösenden Wellengeplätschers beschäftigt zu sehen, wobei sie dann und wann an denjenigen zu denken in die Lage kam, der ihr Ursache gegeben zu haben schien, in der Vereinzeltheit sorgfältig mit sich zu Rate zu gehen und eine Reihenfolge von womöglich absolut unnötigen Betrachtungen über ihr bisheriges Leben anzustellen.
Eines Nachts bei Mondschein.
Doch ich spreche mit des Lesers Erlaubnis einstweilen von etwas ganz anderem, nämlich von einem lebensmüden Lebenskünstler samt seiner Gattin, die noch sehr lebenslustig war, weil sie zu vermeiden gewußt hatte, das Leben kennenzulernen.
Beide bewohnten eine Villa. Zum wievielten Male kommen in Erzählungen, die ich verfasse, Villen vor, und warum mußten beide einen Bibliothekar besitzen, dem es an einem aufgeweckten sowohl wie schäferlichen, d. h. manchmal etwas schläfrigen Kopf nicht gebrach, und der

sich mit Ordnen und Sichten von hunderterlei Schriften befaßte, die gedruckt und gebunden vorlagen?
Dieser Sekretär war ein Kind und hieß Hans, und weil ihn die Kinderchen der beiden Bewohner der Villa liebhatten, so erlaubte sich die Hausfrau die Abenteuerlichkeit, den Bücherdurchblätterer und Kinderliebling nett zu finden, der sich ihr gegenüber mit ausgesuchtester Gelehrtenhaftigkeit benahm.
Während ihn der Verfasser von oben herab anschaut, wozu ich ja das Recht habe, da er meiner Feder entstammt, blickte die Mutter der Kinder, mit denen er geradezu naturburschenhaft umging, beinahe hochachtungsvoll zu ihm empor, und eines Tages war sie so offenherzig, ihn ihres Neides zu würdigen, der vor noch nicht langer Zeit Geschirr abtrocknen half oder gar Treppenstufen scheuerte.
Die vortreffliche Frau war ganz einfach auf sein vergnügliches Verhältnis zu ihrer Nachkommenschaft eifersüchtig. Noch nie, solange ich dichte, dichtete ich eine schlichtere Geschichte als die, worin ich berichte, sie habe ihren Hauslehrer auf die Anmaßung aufmerksam gemacht, die darin liege, daß er sich in ihrem Hause amüsiere, indes sich ihr wackerer Gatte mit nichts als schwierigsten Zeitproblemen zu seinem gesundheitlichen Nachteil abgebe.
»Wie lieb, wie lieb Sie sind«, flüsterte vielleicht zu demselben Zeitpunkt (ich kehre zum Mondschein zurück, den ich im Stich ließ) ein hochbegabter Feuilletonist derjenigen bewegten Herzens zu, die zwecks Verwirklichung eines Erlebnisses von zu Hause fortreiste.
»Schonen Sie sich«, ermahnte sie ihn.
»Längst erschienen Sie mir rührend, und ich wundere mich, daß ich Ihnen noch nicht zu Füßen gesunken bin, um Ihnen zu sagen, wie durch Sie meinem Leben eine

neue Wendung und meinem Beruf neues Leben gegeben worden ist. Wie sind Sie mir ein und alles.«
»Sie sind fassungslos«, sagte sie.
Leise fügte sie hinzu: »Ich bin verheiratet.«
Es wäre sehr unhöflich gewesen, wenn ihn ihr Geständnis nicht entzückt hätte.
Doch nun wieder zum Bibliothekar zurück, von dem ein weniger besonnener Autor wie ich zu behaupten Lust haben könnte: »Er hielt sie umfaßt.« Wen? Seine Herrin? Vielleicht fiel unten im Garten eine Spritzkanne um, und aus einiger Entfernung ließ sich vielleicht ein Pferdegewieher vernehmen, und im Erzieherkopf machte sich vielleicht Gelesenes geltend, und nun fällt mir Gott sei Dank vorläufig nichts mehr ein.

DIE NETTE

»Du bist der geborene Vermittler. Du siehst friedlich aus, sehnst dich nach nichts«, sprach er zu mir. Die Nette stand in unserer Nähe, und es war unmöglich, daß wir ihr nicht den Glauben beibrachten, sie bilde den Gegenstand unseres Gespräches. Anscheinend amüsierte sie sich über uns sehr.

»Ich bin in flotter Position. Mir scheint richtig zu sein, daß ich mich Kapitalist nenne. Bei allem dem bin ich gutmütig«, äußerte er, worauf ich vorbringen zu dürfen meinte: »Du bist vielleicht eine etwas zuversichtliche Haut.«

Inzwischen war sie näher zu uns herangekommen, jeder Schritt, Atemzug eine Feine. Jede ihrer Bewegungen sprach mit wünschenswertester Deutlichkeit, sie sei wählerisch. Indem ich über ihn und mich inwendig in ein verhaltenes Lachen ausbrach, ließ ich über die offenbar schwierig zu Besiegende einen Anerkennungsblick gleiten.

Er, der auf Freiersfüßen ging, betonte jetzt, er benötige eine Aufrichtige. Sie hörte es und bestand hierauf ganz aus Belustigtheit.

»Ich halte Ritterlichkeit für notwendig«, sprach ich laut. Er machte ein recht bedenkliches Gesicht. Die Bedenklichkeit machte jedoch rasch neuerlicher Überzeugtheit Platz, daß die Angelegenheit günstig für ihn stehe.

Zweifellos stand sie nicht durchaus ungünstig. Meiner Meinung nach sei sie eine ziemlich Böse, versicherte ich.

Er habe eine bessere, mithin bequemere Meinung, warf er hin, als werfe er ein Geldstück auf den Tisch. Seine Meinungsäußerung klingelte förmlich. Die Nette kräu-

selte vor Geschmeicheltheit ihre Lippen wie zu einem graziösen Blumensträußchen.
Unsere lebhafte Teilnahme machte sie zu einer Sehenswürdigkeit. Indes ihre Hand oftmals zu ihrem Haar hinaufwanderte, blickte sie freundlich vor sich hin.
Ihre Haltung sprach: »Ich entzücke euch«, und: »Ich besaß einst einen Geliebten«, lispelte sie wie für sich selbst.
»Sie macht Ansprüche«, dachte ich. Sie hatte sich von uns entfernt. Jetzt trumpfte er auf: »Sie ist eine famose Hausfrau«, wonach ich zu mir selber sage: »Sie gehört zu denen, die unter Umständen mit Vergnügen ledig bleiben.«
Laut sagte ich: »Daß sie eine Nette ist, sieht ein Blinder.«
Sie ist noch heute nett und ledig auch noch.

DIE FRAU AUF DEM BALKON

Schlanke, hochgewachsene, zartblättrige Bäume schienen sie mit ihrer Fächerartigkeit begütigen zu wollen, wenn sie, mit wellenhaften Wallungen kämpfend, auf ihrem Balkon saß, wo sie sich mit einer Kleiderwiederherstellungsarbeit beschäftigt sah, wobei sie, wie man zu sagen pflegt, Besinnungen zu sich herkommen ließ, um sie ebenso freundlich und ruhig, wie sie sie willkommen hieß, in die Ferne ziehen zu lassen.
In der Gesellschaft war sie bekannt als die Lustige. Sie mag zeitweise, als Herr verkleidet, auf Abenteuer ausgegangen sein, wobei sie zahlreiche Frauenbekanntschaften gemacht zu haben schien, die in Unentschiedenheiten endeten, als schwämme ein bewimpeltes Schiff ins bläuliche Unendliche. Mit gehöriger Bestimmtheit ließen sich ihre wie Seide schimmernden Erlebnisse nie feststellen, und diejenigen, die aus der Lustigen klug zu werden versuchten, sahen sich in die Notwendigkeit gestellt, sich mit Vermutungen begnügen zu müssen.
Jetzt stand einer vor der so bequem wie möglich Sitzenden, die die Vor- oder Nachmittäglichkeit behaglich auf sich wirken ließ, und wollte ihr, wie ehedem, vorstottern, daß er ohne sie nicht leben könne, daß er sie liebe.
»Das interessiert mich nicht«, erwiderte sie ihm, als sei er ein total Fremder, mit dem sie in schicklichem Salonton zu sprechen habe.
Längst kannte sie ihn. Er hatte schon früher hie und da zur Lustigen gesagt: »Ich liebe Sie«, und jedesmal, wenn er sie so ansprach, hatte sie geantwortet, womit sie ihn auch heute zart abfertigte, den diese Behandlungsweise nicht hinderte, zu glauben, sie habe Sympathie für seine

Bemühung übrig, sie zu einer Empfindung zu veranlassen. Sie schätzte aber die nichtswissenden und -bezwekkenden Blätter mehr als seine Neigungen, für die sie sich nun einmal nicht interessierte. In ihrem komplizierten Wesen wohnten hundert liebenswürdige sich um sie Bewerbende, womit ich nichts anderes betonen will, als daß sie kein interessanteres Vergnügen kannte, als sich mit sich selbst zu beschäftigen. Alle ihre Lustigkeit stammte aus ihr selbst.

»Reisen glätten mich, und ich stehe entwickelter vor Ihnen als je«, gab er zum besten. Sie entgegnete nichts als: »Das interessiert mich nicht.«

»Prächtige Menschen lernte ich kennen«, glaubte er beifügen zu dürfen.

Da sie keineswegs zu wissen wünschte, wie sich diese prächtigen Menschen benommen, was sie gesagt, zu wem sie Beziehungen gehabt haben mochten, lehnte sie seinen Versuch, eine Anteilnahme in ihr zu wecken, mit der Erwiderung ab, die ich nicht zu wiederholen nötig habe, da der Leser sie bereits kennt, den ich bitte, sich die Frau auf dem Balkon als Schönheit vorzustellen.

Sie lächelte, und ihr Lächeln erschien ihr so lustig, daß sie's küßte. Die Blätterchen lächelten über die eigenartige Liebkosung. Muß das ein blätteliges Lächeln gewesen sein.

JE T'ADORE

Schokolada saß, in vornehmstes Braun gehüllt, das an sich die distinguierteste Sprache sprach, im Auto, Fragmentino, ein Galan, wie er im Buche steht, im übrigen aber von ganz praktischen Lebensabsichten erfüllt, stand mit respektvoll abgezogenem Hut neben dem abfahrfertigen Fahrzeug, das stolz um sich glänzte und blickte. Der Chauffeur wartete auf Schokoladas leisen Wink, womit sie es aber nicht eilig zu haben schien. Fragmentinos Dastehen hatte etwas Ladenkommishaftes. Sein Anzug duftete verräterisch nach Eingekauftheitsschnelligkeit im Konfektionshaus. Welch einen Unerbittlichkeitsstil ich hier schreibe!

Im Spitale lag, von der Fülle ihrer Locken umschmeichelt und das Köpfchen in die Bequemlichkeit gewährenden Kissen gebettet, Fragmentinos Braut, genannt Nervosine, der er Treue bis in alle Abgelebtheit hinein versprochen hatte. Und nun? Nun versuchte er ein Zeichen von Gnädigkeit von einem Mädel zu erhaschen, die gar nicht acht auf ihn gab. Jetzt zog sie sich die Handschuhe an. Fragmentinos Hut saß auf seinem Kopf wie die bildhaft wiedergegebene Täuschung über sich selber. Da sich aber ganze Völker über sich täuschen können, verzeihen wir einem jungen Mann einen Fehler, der mit dem Leben zusammenzuhängen scheint. *»Je t'adore«* sprach er jetzt zu ihr. Um ihr gebildet vorzukommen, sprach er französisch. Sie erwiderte: »Rede erstens, wie dir der Schnabel gewachsen ist, Vater, Mutter und die Erziehung es dir einprägten, und verschone mich zweitens mit deiner stillen, tiefen Art von Liebe.«

Das Auto rollte von dannen. Fragmentino oder Adorio

faßte den Entschluß, seines Weges zu gehen, d. h. gescheit zu werden. Übermütige Schokolada, arme, kranke Nervosine!

BRIEF AN EINEN EHEMANN

Sie zogen mich, sehr geehrter Herr, bezüglich Ihres Verhältnisses zu Ihrer Frau ins Vertrauen. Sie baten mich nicht um meine Meinung, die ich Ihnen hier gleichwohl bekanntgebe. Ich finde es von Ihrer Frau unverantwortlich, daß sie einen so wackern Mann, wie Sie sind, hinterging. Nichtsdestoweniger muß ich Ihnen gestehen, daß ich die Unverfrorenheit Ihrer Frau verstehe, indem Sie etwas Süßlichsaures an sich haben. Sie machen mir übrigens den Eindruck einer viel zu weitgehenden Vergnügtheit bezüglich Ihres Wertes. Anderseits begreife ich natürlich Ihren Stolz. Seitdem Sie von Ihrer Frau hintergangen worden sind, kommen Sie sich noch bräver und rechtschaffener vor als vorher. Ich mache Sie auf diese Eigenliebe ergebenst und gehorsamst aufmerksam. Ihrer Frau kamen Sie zu tugenhaft vor, als daß sie sich nicht hätte bewogen fühlen müssen, der Summe Ihrer vorzüglichen Eigenschaften entgegenzuarbeiten; denn das Zurschaugestelltsein der Tugend an einem Mann, als sei seine Tugend ein Gemälde und er die Wand, woran das Bild befestigt ist, hat für seine Frau etwas Revoltierendes. Ihre bis ins Unabsehbare ausgedehnte Solidität, mein Herr, gab Ihrer Frau Anlaß, Ihnen notorisch untreu zu werden. Sie sagten mit Ihrem hochgeschätzten Gesichtsausdruck in einem fort zu Ihrer Frau: »Paß auf dich auf; sieh dich vor usw.« Sie besitzen einen von Selbstgefälligkeit zusammengefalzten Mund, wie ihn ein mir bekannter erfolgloser Dichter aufweist, dessen Bedeutung sich darin deklariert, daß er bei sehr viel Begeisterung wenig Begabung und bei sehr viel gutem Willen wenig Glück hat.
Wenn lediglich die Meinung in Frage käme, die sich

derjenige von seiner Frau gebildet hat, an den ich diesen Brief adressiere, so gliche sie einem von nichts als Elendigkeiten zusammengesetzten Eisenbahnzug. Sie schilderten sie mir als äußerst flatterhaft. Ich glaube gern, daß sie das ist, aber ich glaube ebenso leicht und gern, daß Sie es sind, der sie flattermacht machte. Sie, der Sie einen Möbelwagen voll grauenerregender Ehrbarkeit darstellen. Ihrer Frau wurde es übel an Ihrer Seite. In der Gesellschaft, die Sie Ihrer Frau gewährten, wurde die Pflanze moralisch krank, von der wir miteinander gesprochen haben, und deretwegen ich Ihnen hier mit allem mich kennzeichnenden Fleiße schreibe. Ihre meilenweite und -breite Rechtschaffenheit mußte notwendigerweise aus dem Gegenstande dieses Memorandums etwas in sittlicher Hinsicht Mißliches machen. Wenn Sie sie eines Tages oder zu verschiedenen Malen bei Unrechtschaffenheiten überrascht haben, so sind Ihre bereits hervorgehobenen Tugenden die Erzeuger davon. Die Tugend hat immer etwas Erbärmliches an sich, und das Laster besaß von jeher etwas Entzückendes und Hinreißendes, wobei ich natürlich den staaterhaltenden Standpunkt außer Betracht lasse. Ihre Frau war nicht verpflichtet, Sie von soeben angeführtem Standpunkt aus anzuschauen. Sie hätten, um sich Ihre Frau zu erhalten, hie und da auf süffisante Art Abwege betreten sollen; daß Sie das unterließen, bezeichne ich als eine ans Verbrecherische streifende Nachlässigkeit. Innerhalb des Gebietes der Rechtschaffenheit können Liederlichkeiten vorkommen.
Frohlocken Sie nicht!
Erwägen Sie reichlich, was diese Nachricht enthält. Verbieten Sie sich den geringsten Hauch von Glauben, Sie hätten die Untreue Ihrer Verjagten nicht mit der strahlendsten Redlichkeit verdient. Sie werden auch die Nachfolgerin der hier bedeutungsvoll zur Sprache Gelangten und von Ihnen mit gezwungenem Triumpheslächeln Ver-

urteilten nicht zu behandeln wissen, und somit lade ich Sie ein, stets ein ganz klein wenig mürrisch zu sein und sich unter Erfülltheit solcher Bedingung für eine Untadelhaftigkeit zu halten.

EIN GEHEIMNISVOLLES INDIVIDUUM

Was gibt's hier für ein drastisches Sittenbild? Komme ich mir nicht beinahe als ein Emile Zola vor? Akustiko war früher Musiker gewesen, nicht ohne nebenbei in Handelshäusern tätig gewesen zu sein, wo er sich durch Pünktlichkeit und rasches Arbeiten beliebt gemacht haben soll, fing er doch Aufträge mit der Fingerfertigkeit und Geistesgegenwart eines erprobten Akrobaten auf, um sie als erklärte Lieblinge seinem Eifer einzuverleiben. Gehemmt und zugleich belebt wurde seine Laufbahn dadurch, daß er sich zum Frauenfreund entwickelte. Aufmerksamkeiten, die ihm zuteil wurden, machten mit der Zeit etwas wie einen schönen Menschen aus ihm, und als solcher lernte er Melancholia kennen, die die süßesten blauen Augen hatte, die je sinnend vor sich hinblickten, als wenn das in mancher Hinsicht doch so herbe Leben nichts als eine künstlerisch hochwertige Gartenlandschaft gewesen wäre. Wenn Melancholia nicht Modistin war, so nannte sie immerhin ein uneheliches Kind ihr eigen und verheiratete sich nachmals mit einem vielleicht etwas unbeholfenen Sektierer, der in seiner Nebenzeit Werkzeugstiele herstellte, die er zu nicht ungünstigen Preisen zu verkaufen wußte. Mit Melancholias Freundin bekannt gemacht worden, die nichts einzuwenden haben wird, wenn ich sie mit dem Namen Astronomia schmücke, hatte sich Akustiko zum Herrn über zahlreiche Milchgesichtchen aufgeschwungen, und wenn seine Hautfarbe eine dunkelgelbe genannt zu werden verdiente, so brachte dieser Umstand seinen Blick zu um so lebhafterer Geltung, der etwas Vielversprechendes enthielt. Davon, daß ihn gelegentlich eine unelegant gekleidete, aber geniale Dichterin mittels zwanglos dahingleitenden Versen andichtete, die veilchenhaft zu duften und juwelenmäßig zu schimmern schienen, nahm die Kraftnatur, die er zu sein schien, wenig oder überhaupt keine Notiz. Geschichte, die ich hier interpretiere und serviere, als wäre sie ein saftiges, nahrhaftes Stück Braten auf einem Silbertablett, wohin ziehst du mich, und warum verführst du mich, zu erklären, Akustikos Kopf, der von klassischer Rundung war, sei mit einem Turban versehen gewesen, der dem Gesicht etwas Unwiderstehliches verlieh, dem es doch schon an sich an Interessantheit in keiner Weise fehlte? Seiner Gangart schien eine Lautlosigkeit, auf unerhörter Geschmeidigkeit fußend, eigen zu sein, die ihn mit einem Tiger Ähnlichkeit haben ließ, und mit katzen- oder pantherhaftem Behagen pflegte er seine aus mehreren köstlich möblierten Zimmern bestehende, betörend schöne Wohnung zu besichtigen, als wäre sie ihm total fremd gewesen, was von diesem geheimnisvollen Menschen nichts als raffinierte Heuchelei sein konnte, deren Erlesenheit ihn amüsierte. Auch mit dem Wunder in Mädchengestalt, mit Astronomia, schien er sich lediglich zu amüsieren, die die zierlichsten Buchstaben schrieb, sich als Bürolistin ausgab und zu sagen pflegte, sie sei sehr für Ursprünglichkeit eingenommen. Sie tanzte nicht nur ausgezeichnet, sondern bewährte sich auch noch als vorzügliche Graphologin, indem sie auf diesem Wissenschaftszweig Triumphe in den Kreisen feierte, die sich, anfänglich nur eng, nach und nach erweiterten. Auf eine dreiste Bemerkung hin, die sich eines Tages ihr Freund ihr gegenüber herausnahm, und die auf eine Fähigkeit hinzielte, die sie, weil sie sie als ganz selbstverständlich voraussetzte, zu verhüllen für passend fand, erteilte sie ihm eine energische Lektion, die ihn veranlaßte, eine Viertelstunde lang wie versteinert vor Überraschung da-

zustehen. Der Umstand, daß sie beständig eine Peitsche bei sich hatte, trug ihr bisweilen eine Unannehmlichkeit ein; jedenfalls nahm sich Akustiko vor, sich so bald wie möglich an ihr zu rächen, von solch empfindsamem Charakter war er. Auf welche tragische Bühne machen mich meine zwei Personen treten, von der ich heruntergehen möchte, wenn mir nicht die Stimme der Pflicht zuriefe: »Sei lieb und artig!«
So schreite ich denn auf einmal eingeschlagenem Weg weiter und teile etwas Furchtbares zögernd mit, indem ich stammelnd vorbringe, der Unhold, der sich übrigens als prachtvolles Europäerexemplar qualifizierte, dessen Seele für die Bedürfnisse der Menschheit allzeit sorgenvoll eingenommen war, habe seine Braut anläßlich eines Gespräches mit den Worten angeredet: »Dich verkaufe ich mit Haut und Haar«, wozu sie bloß laut auflachte. »Lache doch nicht so wundervoll; es bestrickt mich zu sehr«, bat, beschwor er sie mit der Innigkeit eines aufrichtig Flehenden, worauf sie nichts antwortete, als: »Du bist ja die Güte und der erhebliche Bildungsumfang selbst, und was du sprichst, ist ein Ergebnis deiner gewiß bedeutenden Sensibilität, die ich schätze.« Insofern sie ihm dann einmal erzählte, sie habe einen entzückend schönen, niedlichnasigen, jugendlichen Handelsbeflissenen über alles geliebt, der sich aber vielleicht gerade infolge des hohen Grades ihrer Zuneigung verräterischerweise mit einer gutbesoldeten Lehrerin vermählt habe, und der Turbanbekleidete die Schönheit der Erzählung mit einem träumerischen Zuhören aufs einnehmendste erwiderte, gewann sie den Unverständlichen mehr als je lieb, der ihre Silben mit dem Durst der Romantiker zu trinken schien, die seelenlose Seelen und eine herzliche Herzlosigkeit als seltsame Ausstaffierung besitzen, wie dies eine Schriftstellerin von Rang in einem langatmigen Essay endgültig auseinandersetzte, wofür man ihr gebüh-

renden Beifall zollte. »Schätzchen, sei lieb«, sprach er zu der ob einer so eigenartigen Redensart Verwunderten; sie schaute ihn, der so rätselhaft gesprochen hatte, fragend an. Sie fühlte, sagte sie, indem sie beinahe etwas verlegen, einem Anflug von Ahnung Ausdruck verleihend, lächelte, daß er ihr jetzt unsagbar wertvoll sei, auf welches rührende und reizende Geständnis er weiter nichts glaubte erwidern zu dürfen, als, er könne es sich denken, und er sei ihr einstweilen immerhin dankbar. Sich mit all ihrer auf ihrer Haut mondscheinhaft schimmernden, ihren Mund und ihre Augen mit einer beinahe himmlischen Schönheit umzaubernden Gesamtempfindung ihm ausliefernd, fiel sie ihm, selig flüsternd: »Ich bin die Deine«, um den Hals, und er küßte sie, aber es muß mehr von ihrem als von seinem Kuß die Rede sein, während es sich bei ihm mehr ums Aussprechen der Bemerkung gehandelt haben konnte, es sei schon gut. Seine Macht und die Entschlossenheit, sie anzuwenden, wahrnehmend, anerkannte sie dieselbe, und wenn er ihr nun die zweifellos entsetzliche Mitteilung zu machen für angezeigt erachtete, sie habe Talent zur erstrangigen Dirne, weil sie wie keine sonstige die Frage aufzuwerfen vermöge: »Was gibt's?« sobald man sie wissen lasse, man wünsche eventuell etwas von ihr, und sie zu dieser Eröffnung, von strahlender Einwilligung durchdrungen, ja sagte, so geht mit leuchtender Klarheit aus dem Auftritt, der hier stattfand, hervor, daß sie sich in den Klauen eines Prachtmädchenhändlers befand, der die Obliegenheiten seines Berufes bis ins feinste hinein kannte, über dessen Tätigkeit ich jedoch einen Schleier breite.

Der Händler versah die blendend weiße, seidenweiche Achsel seiner Ware mit einer Abstempelung oder Signierung, so, als wenn er ein Vertragsformular mit einer Beglaubigung würde haben ausstatten wollen.

Noch wäre womöglich zu sagen, daß sie keinen an sich

herankommen ließ und dennoch oder vielleicht gerade deswegen Geld wie Heu gewann. Mit ihrem herausfordernden »Was gibt's?« wußte sie sie zu bannen. Das Geld, das man ihr in die Hand legte, ließ sie zu Boden fallen, um es sich dienstfertig von neuem darreichen zu lassen. Ihn erblickte sie nicht gern, liebte es aber sehr, an ihn zu denken, der sich mit der Zeit zu einem nützlichen Mitglied der Gesellschaft emporarbeitete.

Er trat diesem und jenem Verein bei. Nachträglich fing er an zu schriftstellern, und diese Art Beschäftigung verjüngte ihn. Seine guten Manieren empfahlen ihn allerseits. Eine vornehme Witwe schenkte ihm Hand und Herz. Bisweilen beschlich ihn ein unterbewußtseinliches Aufflammen, das nicht derjenigen galt, zu der er in solchen Fällen ein auffallend zartes Lieb- und Artigsein hintrug, und die sich über seinen Wunsch, sie zu gewinnen, freute, wie es bei allen formell Gewonnenen vorkommt, die sich gern wie solche behandelt sehen, die noch nicht erobert sind. Wem schönes Benehmen entgegentritt, hat nicht nötig, sich um seine Ursächlichkeit zu kümmern.

Akustiko war überzeugt, er sei der gediegenste, rücksichtsvollste, brauchbarste, unvoreingenommenste der Menschen.

Man ist, was man ist und zugleich, was man sich zu sein einbildet.

LIEBESGESCHICHTE
(II)

In einem Stübchen wuchs ein Mädchen auf. Das Stübchen war niedlich, das Mädchen zierlich und hübsch, wovon sie sich im Spiegel überzeugte, den sie eitelkeitwegen in Frage zog. Das Haus, worin sich das Stübchen befand, das das Mädchen beherbergte, war nur ein Häuschen. Der Verstand des Mädchens war nur ein Verständchen, ihr Herz nur ein Herzchen, ihre Hoffnung nur ein Hoffnungelchen und ihr Fuß nur ein Füßchen. Von ihren Eltern, die brave Leutchen zu sein schienen, wurde sie erzogen wie derartige Menschen die Erziehung auffaßten. In sehr viel wirklichem Erziehen wird ihre Erziehung kaum bestanden haben. Dem Mädchen fehlte es jedoch nicht an Anleitungen, um begreifen zu können, was Religion ist. Ein junger, hübscher Mann aus denkbar guten Kreisen liebte das Mädchen und bildete sich mit ziemlich viel Kontinuierlichkeit ein, sie werde seine Frau. Das hübsche junge Mädchen liebte ihn ihrerseits ebenfalls, weshalb sich der Autor des Geschichtelchens hier, indem ihm Ablauf und Ausgang bekannt sind, über sie lustig macht. Ebenso mokiert er sich auf eigentlich recht billige, bequeme Art über den sorgfältiggekleideten Liebhaber, der einen Rivalen hatte, den er nicht ernst nahm, da er wußte, daß derselbe machtlos sei, der in der Tat, als der Schreiber, der er war, eher zu gehorchen und sich zu unterziehen hatte, als daß man ihm Anlaß oder Gelegenheit gegeben haben könnte, irgendwelche selbständigen Anordnungen zu treffen. Der dürre, dünne, spazierstockhaft aussehende und einhergehende oder -trippelnde und -trottelnde Schreiber gefiel dem Mädchen nicht;

sie hatte den jungen Herrn im Kopf, und warum? Weil er flott auftrat und nett aussah, wofür ihn niemand verantwortlich machen durfte. Der Vater des Jünglings begann nach und nach bezüglich seines Sohnes blümeliger Liebesbeziehungen dies und das zu merken, und da ihm die Bekanntschaft und Neigung seines Sprößlings nicht behagte, entschloß er sich, ihn mit einer Frau von Rang zu verheiraten, ob dies dem Abkömmling passe oder nicht. Der Rivale und der Herr Papa besprachen die Sache gewissenhaft, und der Vater des jugendlichen Liebhabers glaubte dem Rivalen versprechen zu können, das Mädchen, das ihn um seines unidealistischen Aussehens willen ablehnte, tunlich mit ihm zu verheiraten. Der Vater sprach zum Jugendlichkeitsausbund: »Stelle Dich sofort der Frau von Rang vor.« Er führte den Befehl aus, da ihm nichts als zu gehorchen übrig blieb, doch zur Dame hatte er den Mut zu sagen: »Ich heirate Sie nie, weil ich eine andere liebe, eine, die weder von Rang noch reich ist.« Sogleich nahm sich die Frau von Belang vor, die Bevorzugte zu ihrer Zofe zu machen, doch das Mädchen, das sich nun einmal allerlei einbildete, lehnte die Einladung, sich als anpassungsfähig zu erweisen, kurzweg ab. Der Vater beharrte auf seiner einmal gefaßten Entschließung; das Mädchen, das nicht Stubenmädel werden wollte, schaute festen Willens, wenn auch hie und da fragend, zu ihrem Geliebten empor; der Rivale wurde nach wie vor stramm für eine unerquickliche Heiratsantragserscheinung gehalten; die Frau von Rang staunte über des jungen Mädchens herbes Aussichtslosigkeitslächeln, und der junge Mann fuhr fort, nicht im mindesten nachgiebig zu sein, denn das, was man Liebe nennt, kam ihm als das Höchste, Beste und Schönste im Leben vor, und nun wird der Leser erraten haben, daß ich meine Geschichte aus Schillers »Kabale und Liebe« zog.

DIE BLUME

Meisterhaft war das von mir. Ich möchte der Meinung sein, daß ich da genial war. Ich nahm eine Blume nicht, weil ich mich glauben machte, ich sei gar nicht da. Hie und da bilde ich mir zu meinem Vergnügen ein, das Leben überstanden zu haben. Wie schön, wie angenehm diese Illusion ist! Ich saß da, als befände ich mich im Gefilde der Seligen. Indem der andere lebte, also noch keineswegs den Erfordernissen des Daseins ausgewichen sein konnte, bat er das Mädchen um die Blume, die sie in der Hand trug, und sie gab sie ihm ohne Zögern. Höchst talentvoll war's von mir, daß ich wie ein kaum in Frage Kommender artig dasaß. Ich spielte den irgendwie Abwesenden. Nichtsdestoweniger sah sie mich, die mit ihrer herrlichduftenden Blume kokettierte. Solange sie die Blume noch nicht weggegeben hatte, lächelte sie. Jetzt tat sie dies jedoch nicht mehr, blickte kalt. Sowohl sich selbst wie denjenigen, den sie beschenkt hatte, schaute sie gleichgültig an. Von mir war's meisterhaft, daß ich ihr nicht Grund gab, mich gleichsam gelangweilt anzuschauen. Vielleicht hatte sie jetzt etwas wie Achtung vor mir. Hätte ich sie zu fragen gewagt, ob sie mir ihre Blume zu geben bereit sei, würde sie sie mir verweigert haben. Jetzt hingegen, wo sie sie dem andern anvertraut hatte, hätte sie sie mir gern gegeben, denn sie streifte mich mit einem Blick voll Sehnsucht. Daß ein Blick mehr wert sein kann als eine Blume, hierüber war ich mir klar. Für mich ist's herrlich, wenn sich jemand meinethalb bedauert. Das tat sie, und der andere nahm es wahr, und seine Wahrnehmung machte ihn verlegen. Verlegenheiten gibt's, die sich, gerade, weil sie nur gering sind, in der Tat lebhaft

geltend machen. Was die Blume betrifft, die er sich auf vielleicht ziemlich gewohnheitsmäßige Art erbeten hatte und die sich nun zweifellos nach wie vor in seiner Hand befand, so könnte ich eventuell überzeugt sein, sie habe wie eine Verlassene ausgesehen. Ihr nunmehriger Inhaber liebte sie nicht, ich sah ihm dies mit unsäglich behend und prompt an meinem Erkenntnisvermögen vorüberschwebender Plötzlichkeit an. Das Mädchen trauerte, die Blume duldete, der andere wanderte durch die Länder der Enttäuschtheit.
Ich wandere nicht, lebe, ohne etwas zu erleben, fahre in keine Erfahrung hinein.
Die Blume, das Mädchen und der andere schauten mich mit langen, obschon gleichzeitig glücklicherweise nicht unfreundlichen Blicken an.
Diese fraglos meisterhafte Skizze gab sich mir wie eine Blume.

ERNESTINE

In irgendeinem Hause herrschte tiefe Stille. Ersteres glich einer mittelalterlichen Burg; letztere rührte daher, daß die Herrin der Besitzung ein vollständig aus der Mode geratenes Buch las, d. h. gelesen hatte und gleichsam deswegen unwirsch, mürrisch, verdrießlich geworden war. Einige Lakaien, mit irgend etwas Beauftragte, flogen, schwebten wie beflügelt, als wenn sie aus lauter leiser, leichter, flüchtiger Einbildung bestanden hätten, durch die breiten Korridore des weitläufigen Gebäudes, worin sich womöglich etwas, das einem Ahnensaal ähnlich sah, sehen ließ. In Wirklichkeit war's jedoch kaum etwas Belangreicheres als eine Privatgemäldegalerie, die Bilder von Wert enthalten mochte. Ich habe übrigens selbstverständlich allen erdenklichen Respekt vor der bildenden Kunst, die ich kolossal verehre. Indem ich weiterfahre, gestatte ich der Frau des Hauses, die die Sommerszeit jeweilen gern am Gestade des Meeres zubrachte, wo sie Gelegenheit hatte, etwa mit einem Bewohner des flachen Landes ein paar Silben zu wechseln, Ernestine zu heißen. Dadurch, daß ich sie zu verkörpern versuche, bin ich ihr Bildner. Wer für Schriftstellerei Verständnis hat, versteht mich augenblicklich, und nun hatte Ernestine Bilder zu betrachten oder Bücher zu lesen keinerlei Lust mehr, sondern sie drückte bloß noch die sicher sehr merkwürdige Lust an die Brust, einsam zu sein und in ihre Einsamkeiten hineinzuweinen, sich aus irgendwelchen unbekannten, meerfernen Gründen der Ausgelassenheit, entmutigt zu sein, auszuliefern. Das Gemach, worin sie saß, besaß hohe, schlanke Fenster und bestand in einem Raum, worin Ruhe und Stille stiller und ruhiger zu sein schienen, als wenn's irgendanderswo ruhig und still gewesen sei. »Mein Gott«, sagte sie zu sich und wußte nicht, weshalb sie so und nicht anders mit sich sprach. Besaß sie nicht eine Anzahl von sich in der Flucht ihrer Zimmer aufhaltenden Liebhabern, einer zuvorkommender, dienerlicher, artiger, hübscher, von Geistigkeiten heller und von gestaltlichem Aussehen einnehmender und gewinnender als der andere? Dennoch war sie verlassen, vermißte dennoch immer noch das wahre Leben und die richtige Liebe. Ja, so war's, und vor manchen Jahren dichtete eine Dichterin, die sich Croissant-Rust nannte. Mit welch aufrichtiger Entflammtheit las ich einstmals Zeilen und Druckseiten von Amalie Skram. Alles geht zeithaft vorbei. Wie bebte ich vor jugendlicher Fähigkeit, Ungewöhnliches zu erwarten, anläßlich eines erstmaligen Frauenrechtlerinnenversammlungsbesuches, doch ich kehre zunächst lieber sanft zu meiner Geschichte zurück und weiß in der Tat vielleicht insofern Interessantes zu berichten, als mir einfallen will, vorzubringen, die einsame, schöne Frau sei von ihrer Umgebung für klug, daneben jedoch für verhältnismäßig leider ein wenig flatterhaft gehalten worden. Sie galt mit einem Wort als überspannt. Horch, trat da nicht jemand kaum vernehmbar auf sie zu? Sie erhob sich, blickte ringsherum, nahm aber nicht das geringste wahr. Ihr Haar zitterte leise, ihre Hand fand urplötzlich untunlich, fernerhin Hand zu sein; sie gab der gleichsam aufsässigen Hand mit der andern, die ihr als in Ordnung befindlich vorkam, einen Tätsch oder kleinen Schlag, als hielte sie für angebracht, sie zur Vernunft zu bringen. Alsdann neigte sie sich mit dem Rand ihres Mundes zur gewissermaßen Zurechtgewiesenen herunter und küßte sie, ein Beginnen oder Vorgehen, das sie eine Begütigung nannte, die ihr, wenn nicht gerade dringend nötig, so doch anhängig vorkommen zu wollen schien. Übrigens wäre das Haus, vom

Architekturgesichtspunkt aus betrachtet, froh gewesen, wenn es eine Ruine hätte sein können, was nicht der Fall war. Wie wirkte die Unbewohnbarkeit von Ruinen ehrfurchteinflößend! Man schätzt gern gering, wessen man sich erfreut; findet nach und nach eintönig oder langweilig, was man bewohnen darf. Ernestines ehemaliger Mann, eine Art Genußmensch keineswegs unerheblichen Ausmaßes, war nicht zu bewegen gewesen aufzuhören, Chanteusen auf seine Kosten und zu Lasten seiner Frau Gemahlin zu bereichern, was ich erwähne, um begreiflich zu machen, daß er Verschwenderallüren aufwies, was der jeweilen, während er sich sogenanntermaßen amüsieren ging, Daheimbleibenden auf die Nerven fiel. Im allgemeinen würde sie jedoch den Tänzerinnenglücklichmachenden als passend empfunden haben. Einmal, es mochte zirka zwei Uhr morgens sein, erschien er vor den großgeöffneten Augen seiner Lebensbegleiterin mit einer seiner entzückenden Artistinnen auf den Schultern. Das Persönchen sah zu graziös aus, als daß es Ernestine möglich gewesen wäre, eine Szene zu veranstalten. Nun war er – nicht mehr; dafür stand jetzt ein anderer vor ihr, einer, der absolut kein Fröhlicher, Leichtgläubiger zu sein schien, was ihr Sorgen verursachte, die sie interessierten. Ein Schlucker, ein armer, war er; sie hingegen verfügte über ein Vermögen. Schade, daß ich nicht behaupten darf, er habe sich als Fahnenträger an den Kreuzzügen beteiligt, und der Orient habe ihm die Kapabilität beigebracht, Frauenherzen zu betören. Mag er den Namen Hadorn getragen haben oder nicht, so entpuppte er sich jedenfalls als ein durchweg ernsthaft in Betracht kommender Parvenü. Ihr kam vor, er sei zum Arrivieren geboren. Gleichsam harthölzig, ehern war er von Figur. Muß man im übrigen einem Energiemenschen auf den ersten Blick anzumerken oder zu -sehen imstand sein, was er will, was er ist? Hadorn trat nicht fest, nein, eher weich auf, als wenn er besorgt hätte, sich zu enthüllen, seine Qualitäten bloßzustellen, von seiner Charakterunbeugsamkeit der Partnerin eine Ahnung zu verschaffen. Dieselbe eilte zu einem ihrer Knappen, umarmte ihn und flüsterte ihm Krausimausizeug ins Ohr. War's nicht eigentümlich, daß es angesichts von Willensfestigkeiten Willenlosigkeiten geben konnte, daß es dies vermutlich von jeher gab und wahrscheinlich immer auch in kommenden Tagen gäbe, obschon sich ein solcher Willensbegabter oder Überlegener trocken und einsilbig benahm und dies nicht nur für sich, beispielsweise in hübscher Zurückgezogenheit, sondern unter gebildeten Leuten, in Gesellschaft? Sie zog tatsächlich den unerwartet Angekommenen, den Irgendwoherstammenden, mittellos, wie er war, zu sich und ihren entsagenden Juwelenherrlichkeiten mit geradezu kindlicher Fröhlichkeit empor, sich durch den Emporkömmling emporgehoben fühlend. Er habe etwas Apartes, dachte sie glücklich lächelnd von ihm.

Jetzt weinte sie nie mehr wieder. Sie setzte voraus, brutalisiert zu werden, doch sie irrte sich. Er benahm sich nicht riesig artig, dafür feierlich-komisch. Rasch sah sie ein, sie brauche sich nicht vor ihm zu fürchten. Ihre Furcht vor sich selbst verließ sie. Von Zeit zu Zeit wünschte sie, sie käme wieder. Weshalb war sie nun nie mehr müde? War sie früher gereizt und müde zugleich, und sind Mut und Furcht, Verweilen und Flucht, Geduld und Ungeduld und einander kennen und unbekannt sein immer beisammen?

Anstandshalber warf Hadorn die Pagen, Sänger und Dichter samt aller irgendwie entbehrlichen Dienerschaft auf die schonungsvollste Form, die sich praktizieren ließ, zum Haus hinaus.

Er legte ihr die Hand um die Taille und sprach: »Du gehörst nur noch mir.«

DER MANN AUS DEM JURA

Wieder hätte ich hier eine jener Geschichten, die in Buchform vierzig Seiten stark sind, die man in Kiosken kaufen kann und von denen es amüsant ist, gleichsam einen Auszug zu machen, ihren Inhalt kondensiert wiederzugeben.

Irma hieß die hübscheste Frau in Erlangen. Dies der Name eines bildschönen Städtchens. Depeschen wurden abgegeben, die die langsame Ankunft des Ehemännchens ankündigten. Er kam zu Fuß aus dem Jura. Welche weite, weite Strecke! Georg kam in einem bedenklichen Zustand an. Da er reinigungsbedürftig aussah, legte man ihn in ein lauwarmes Bad. Erst jetzt ließ seine Gattin zu, daß er sich ihr nähere. Herrlich war's, wie sie einander nun vor Liebe beinahe aßen. Dann saßen sie am Tisch; das Mädchen erschien mit dem Fisch, den er mit dem Messer zum Munde führte. Sie sank deswegen beinahe in Ohnmacht. Also so stand es mit ihm! Der Gedanke, er könnte sein bißchen Bildung auf der Wanderung verloren haben, hatte etwas für ihre schöne Seele beinahe Vernichtendes.

»Lieber, guter Mann, einem Juramann kann man sicher nicht einen Maßstab anlegen, wie man ihn einem Vollgültigen anmißt.«

Er nahm keine Notiz von dem, was sie vorbrachte. Das war das Furchtbare! Mild schaute sie ihn an. Jetzt trat ein Anzug auf, d. h. ein Mensch, der einen Anzug trug, der diesen Menschen zudeckte. Dieser wohlgeborgene Mensch hieß Seebutz, und er war Fabrikbesitzer, und alle seine vielen emsig werkenden Arbeiter kamen für den Verfasser des Büchleins ganz und gar nicht in Frage. Tag für Tag pendelten und torkelten sie in Herrn Seebutzens

Herstellungsgeschäft hinein, dessen Kraftwagen zu rasen pflegte, und jetzt sprachen Herr Seebutz und Irma zum aus dem Jura Heimgekehrten: »Dürften wir dich eine halbe Stunde lang dir selbst überlassen? Hoffentlich traust du uns!« woraufhin der Löl sagte: »Weshalb nicht?«

Gab es je einen solchen dummen Cheib? Aber ihr wißt wohl nicht, was ein dummer Cheib ist. Ein dummer Cheib ist ein Löl, und ein Löl ist ein einfältiger Tropf. Und so sprach denn der einfältigste der Tröpfe: »Geht nur miteinander.«

Sie gingen. Es blieb ihnen ja auch nichts anderes übrig, als von des dummen Cheibes Einwilligung Gebrauch zu machen. Als sie sich jedoch wieder blicken ließen, sahen sie ganz anders aus als vorher. Dieser Umstand wurde für den Löl zum Erlebnis. Über Seebutzes und Irmas Gesichter glitt ein schimmerndes Lächeln. Er sähe nun schon ganz zivilisiert aus, sagten sie, indes sich auf des Ausflüglers Kopf eine imaginäre Verzierung bemerkbar machte, die dekorativ wirkte. In dummen Cheiben gedeiht Lebensbejahung immer überaus üppig. Ein Löl ist keiner langanhaltenden Entmutigtheit fähig. Seebutzes und Irmas vereinigte Lächelei bildete sich mehr und mehr zu einem Institut ersten Ranges aus. Mit dem Wachsen des Schmuckes einerseits wuchs das Lächelgeschäft auf der andern Seite, und die Arbeiter gingen in geordneten Scharen in des Lächlers industriellem Unternehmen. Er lächelte so emsig wie sie arbeiteten. Sie sahen ernsthaft aus, er aber heiter. Sich um die Familien all dieser Arbeiter in keiner Weise kümmern, vielmehr lediglich um Herrn Seebutzes und Irmas Lächel-AG besorgt zu sein, ist das schön von einem Buchmacher oder Humanisten?

Also in Erlangen trug sich dieses Belustigende zu, und bin wirklich auch ich so irma- und seebutzemäßig mit mir zufrieden, strotze auch ich von solch entsetzlicher

Selbstgenügelei? Ich kann's nicht für möglich halten; das wäre ja tragisch.
Sich nie satt haben. Beständig vertrauensvoll zu sich selbst emporblicken.

MAMSELL MISEEL

Ich nahm von einer nicht übel gedichteten Geschichte Notiz, worin ein Fräulein Miseel nicht Modistin zu werden fähig ist. Das Mädchen ist folgsam und wird infolge ihrer Folgsamkeit tauglich gefunden, Kinodiva zu werden. Dies geht folgendermaßen zu: sie wird entdeckt. Eine andere Mamsell, die sehr ehrgeizig ist, will ebenfalls entdeckt werden, aber man entdeckt bloß, daß sie ehrgeizig ist und daß sie verschwindend wenig Talent hat. Sie werde sich kaum zum Filmstar entwickeln, denkt man. Ehrgeiz ist vielleicht schon an und für sich eine Talentlosigkeit, indem die Begabung darin besteht, daß man nicht ehrgeizig ist. Mademoisellchen Miseel wird zu spielen veranlaßt, und man nimmt wahr, sie spiele vortrefflich. Sie selbst nimmt diese Tatsache nicht wahr, was ja gar nicht nötig ist.

»Sie tragen von jetzt an den Namen Migottsdüri. Sind Sie damit einverstanden?«

Wer spricht so zu ihr? Ihr Herr Manager, und das herzensgute Miseelchen läßt sich's gefallen. Ihr Genie besteht darin, daß sie zu allen Zumutungen liebreich und freundlich ja sagt, und so übt sie sich im Kinospiel und wird berühmt. Ihre einstmalige Kollegin übt sich ebenfalls, bringt es jedoch in der Kinokunst im Grund zu nichts, und weil sie einen Ami hat, der sie gern ebenso anerkannt und beliebt sähe, wie die kleine Migottsdüri es geworden ist, so spricht er zur Ehrgeizigen: »Wollen wir das Salätchen verführen?«

Aus nichts als Spaßhaftigkeit betitelt er sie so. Seine Freundin willigt in den Vorschlag ein, der zur Ausführung gelangt.

Nun geht's der Bildhübschen miserabel. Der Bräutigam oder Protekteur der Ehrgeizigen verkleidet sich in die Gestalt eines äußerst wirkungsvollen, weil denkbar artigen Galans, bringt die erfolgreiche Kinokünstlerin fort und schmeißt sie in einen Raum hinein, der ohne jegliche Komfortabilität ist. Gewiß muß man hier, ob man Lust dazu hat oder nicht, von Schmeißen sprechen, denn er gibt dem allerliebsten Figürchen einen Stupf, Stoß oder Tritt, daß sie nur so ins total unmöblierte Kämmerchen hineinfliegt. Die Ehrgeizige, die unterrichtet ist, wo sich die nunmehr nicht mehr sehr Beneidenswerte aufhält, begibt sich zu ihr und vermag der Versuchung nicht zu widerstehen, sie kunstgerecht zu malträtieren. Unter anderm zaust sie sie. Welch eine gerechtigkeitswidrige Maßregel! Außerdem klemmt sie sie mit Zuhilfenahme ihrer sorgfältig gefeilten Fingernägel ins anscheinend unschuldige Fleisch. Weil Fräulein Miseel im Leben Gewinn erzielte und die Ehrgeizige von solcher Annehmlichkeit verschont geblieben ist, schmachtet erstere jetzt und erhält von letzterer einen schallenden Klapf, so bezeichnet man eine Kopfnuß.
Doch schon nähert sich Mamsell Migottsdüris Retter in der sympathischen Gestalt eines raschen, flinken Ausläufers, der vielleicht nebenbei Teppiche ausklopft. Ich stelle jedenfalls dem Leser hiemit eine ehrliche Haut vor. Er liebt sie, und seine Neigung zu ihr läßt ihn Mittel und Wege finden, die zu der Kopfnüsseeinheimserin Erlösung führen. Nacht ist's; er geht auf seinen Fußspitzen, die die Treue und der Wunsch, behilflich zu sein, selber sind, in die Küche, findet hier einen Schlüssel, von dem er sich sagt, er sei der, den er suche; mit dem Schlüssel öffnete er das miserable Kämmerchen, worin sich das Kinokleinod befindet.
Sie umarmen sich; es kommt zur Eheschließung, und wieder scheint eine Geschichte, die von Interessantheit

strotzt, besprochen worden zu sein, ehe sie von mir vergessen wurde. Der Nennenswerte, dem das kleine Werk aus der Feder floß und sproß, verzichtet aufs namhaft Hervorgehobenwerden. Ich finde dies nett von ihm, und ich glaube, der Leser dieser Kritik wird sich am Beifall, den ich ihm zolle, mit Vergnügen beteiligen. Die Backpfeifen pfeifen nicht mehr; ein Heim tat sich auf. Verdankt Mamsell Miseel ihr Glück ihrem lieben Blick?

BUCHBESPRECHUNG

Iwoher, so nannte sich eine Kinofigurantin. Welch ein eher possierlicher als pikanter, eleganter Name.
Die Geschichte spielte sich in Paris ab. Die Straßen schimmerten weltstadtmäßig. Nicht zu bunt will ich's treiben. Vorliegende Buchbesprechung wird nur geringen Umfang aufweisen. Um eine solche handelt es sich hier. Der lichtglitzernde, lispelnde Eiffelturm tauchte seine gigantische Gestalt märchenhaft in den Spiegel der Seine. Der Verfasser des Büchelchens vertraut mir an, Iwoher habe die Schreibmaschine zu handhaben gewußt, ehe sie die Kinokarriere antrat und einen Kinokerl oder -mann kennenlernte, der ihr ohne leiseste Umstände vorschlug, seine Herrin zu werden.
Gekränkt sagte sie ihm: »Wie kommen Sie zu einer Anmaßung, die mich veranlaßt, vor den Augen eines anscheinend sonst vielleicht ganz passablen Menschen überrascht zu sein, der nicht verdient, einem solchen Schauspiel beizuwohnen?«
Sie ging, und der erste Kinomann war bereits so gut wie erledigt.
In der Abendlichkeit machte sie eine gewiß zunächst noch unkenntliche, dunkle, sich jedoch allmählich aufhellende Bekanntschaft, die im Kinomann Nummer zwei bestand, der Iwohers Empfindsamkeit würdigen zu können schien.
An Zartheit, Zuvorkommenheit usw. glich er einer Bisdahinnochnieerblicktheit. Er sprach zum hilflosen, hübschen Mädchen nicht gleich von Anfang an: »Ich liebe Sie und lade Sie ein, mich zu beherrschen.« Er wartete ab, indem er ihr einstweilen die Hand beklöpfelte und ihr

sagte: »O, Sie Künstlerin«, eine Äußerung, die ihr Zutrauen zu ihm einflößte.
Die Mädchen, besonders die schönen, lieben es nicht, ohne Scheu, ohne Vorsicht an die ihnen selber ja zur Genüge bekannte sogenannte Bestimmung ihres Daseins erinnert zu werden; ihre Neigung gewinnt am ehesten derjenige, der Umwege ums Allzunaheliegende zu machen versteht. Immer ist Schönheit gewissermaßen prüde, was empfunden, begriffen, geduldet sein will.
Sei dies, wie es sein mag, so schaffte sich Iwoher auf Grund einer vorteilhaften Vereinbarung, in die sie mit dem zweiten Kinomann einging, eine brillante Wohnung an.
Ich las den kleinen Roman hurtig und behaglich zugleich. Die Fenster meiner Stube standen dabei offen; von draußen her drangen Spaziergängerstimmen in meine Schriftstellerei hinein, die ich um gegenwärtigen Versuches willen ein Buchbesprechungsatelier nennen möchte.
Iwohers Herz fing sich eines Tages dadurch an zu erklären, daß sie ihrem Wohltäter, den sie als solchen betrachten durfte und mußte, die Nachricht übermittelte, sie ziehe vor, ihn zu verlassen, um wieder schreibmaschineln zu gehen.
Bei Inempfangnahme der Eröffnung ihres Entschlusses sagte sich der Empfänger des Briefes, der die Kundgebung enthielt: »Sie liebt mich, und da ich sie glücklicherweise gleichfalls liebe, und sie mich wahrscheinlich nur deshalb lieber nicht lieben will, weil sie von meiner Liebe irgendwie Notiz zu nehmen Gelegenheit erhielt, so scheint sie eine Preziöse zu sein, und wir beide scheinen uns zu einer Vereinigung zu eignen.«
In der Tat wurde sie die Seine.
Irgendwo hoben sich aus dem Meer im Morgenhauch oder Abendschmelz Inseln empor.
Anderswo mochte jemand andachtaufsuchend in eine Kathedrale treten.

Hoch oben im Gebirge lag ewiger Schnee.
Wiederum scheint ein neuer Beweis meiner Emsigkeit im schriftstellerisch Tätigsein ziemlich eigenartig ausgefallen zu sein.

ÜBER ZWEI KLEINE ROMANE

Hie und da lese ich kleine Romane, die man für dreißig Centimes kaufen kann. Die Bändchen sind etwa achtzig Druckseiten stark, und ich finde, daß sie wert sind, mit Aufmerksamkeit behandelt zu werden. Eine dieser Erzählungen nennt sich »Le Semeur de Larmes« und ist von jemand verfaßt, der vielleicht nur so nebenbei Bücher schreibt, gleichsam wahrscheinlich zu seinem persönlichen Vergnügen. Der Autor hat die Freundlichkeit, den Leser, der willig den autorlichen Eingebungen folgt, in ein Milieu zu führen, das ein advokatliches genannt werden kann. Ein Papa besitzt eine Gemahlin nebst zwei heranwachsenden Töchtern. Vom Sämann, der Prüfungen usw. ausstreut, der den Mädchenköpfchen allerlei zu denken gibt, könnte zu sagen sein, daß er im Spiel Mißgeschick hat, das ihn kalt läßt. Er verschwendet Geld, wovon er nicht recht zu wissen scheint, woher es ihm zufloß. In allem, was mit Liebe zu tun hat, zeichnet er sich durch sichtlichen Erfolg aus. Weiche, schwellende Herzen verehren ihn, muten ihm Schönes und Gutes zu. Beide Advokatentöchter schwärmen für ihn, indem er ihnen äußerst mondän vorkommt. Die Mama hat ihn geküßt, sich von ihm küssen lassen, bevor das die Mädchen auch nur von fern ahnen. Daß er etwas ans Dämonische Grenzendes an sich hat, beweist er dadurch, daß er die begabtere, gebildetere, bedeutendere der beiden Töchter in einem Hotelzimmer wissen läßt, sie befinde sich in seiner Macht. Sie macht auf die Eröffnung hin denkbar erstaunte Augen. »Entsetzlicher Mensch«, flüstert sie, und sie bildet sich auf das Bebende des Flüsterns und aufs Geflüster ihres an sämtlichen Gliedern Bebens ziemlich viel ein. Im übrigen kommt ihr das seiner Willkür Ausgeliefertsein überaus interessant vor. Glücklicherweise geschieht bei dieser Gelegenheit nichts Schlimmes. Das Mädchen wird den Tigerkrallen oder -klauen rechtzeitig entrissen. Mamachen zahlt dem graziösen Spitzbuben eine erkleckliche Abfindungssumme aus, indem sie zu ihm sagt: »Einst liebte ich Sie. Ich hielt Sie für ebenso anziehend wie vortrefflich. Nehmen Sie, was ich Ihnen hiermit darbiete, und verschwinden Sie aus dem Gesichtskreis.« Er läßt es sich nicht zweimal sagen, er geht fort, indem er ein Stubenmädel mitnimmt, das sich als Reisebegleiterin sehr zu eignen scheint. Husch, sitzen sie einem Waggon zweiter oder meinetwegen sogar erster Klasse, und die Familie, die sich vom Umherstreuer von Tränen und Verbreiter übler Erfahrungen befreit sieht, sitzt gemütlich beim Fünfuhrtee und tauscht Erinnerungen aus.

Gab es je eine hoffnungsreichere, rosigere Liebe, als die war, die ein junges, bürgerliches Mädchen und ein junger, schmächtiger Musiker füreinander empfanden? Sie liebten sich auf geradezu provinzielle Art, aber sie war arm und er ebenfalls. Ganz und gar arm war sie zwar nicht, aber ihre Eltern verausgabten seit längerer Zeit weit über ihrem Einkommen, will sagen, sie ließen ihre Tochter mit reichen, jungen Herren umgehen, die jedoch keinen sehr günstigen Eindruck auf sie machten. Ihren Musiker wollte sie haben; den verbot man ihr aber. Als er um ihre zarte Hand wacker anhielt, wurde ihm erwidert: »Wollen Sie nicht lieber auf Ihre an sich gewiß ehrenwerte Absicht verzichten?« Sie sollte reich heiraten, infolgedessen trachtete er nach Reichtümern, damit er sich ein Recht auf sie erwerbe. Eines Abends befand er sich samt seinen schimmernden Begabungen, die ihn noch hübscher zu machen schienen, als er ohnehin schon war, im Salon einer liebenswürdigen Halbweltlerin, die sich, als sie ihn zu

Gesicht bekam, vornahm, ihn nach Möglichkeit zu protegieren. Eine Sängerin der großen Oper war unter andern anwesend. Als sie gesungen hatte, kam eine Tänzerin an die Reihe, und als letztere ausgetanzt hatte, fing der Musiker an zu spielen, und er spielte so hinreißend schön und angenehm, daß die hübsche Frau des Hauses vor Vergnügen weinte. Sie bildete sich ein, ihre Seele habe sich in eine morgendlich-tauige Wiese verwandelt. Als er sein Spiel beendet hatte, ernannte sie ihn in Gedanken zum berühtem Konzertisten und machte ihm, verbindlich lächelnd, ein von Artigkeit duftendes Kompliment. Zufälligerweise besaß sie eine kostbare Perlenkette, und da er, wie wir bereits wissen, reich zu werden im Sinne hatte, wollen wir's kurz machen und offen und ehrlich sagen, daß er sie unerlaubterweise mit nach Hause nahm. Bald kam man ihm auf die Spur. Er sah sich genötigt, vor seine Protektorin mit einem Niedergeschlagenheitsempfinden zu treten und bezüglich seines Vergehens Bericht abzulegen, was er so nett und aufrichtig ausführte, daß sie Ursache zu haben glaubte, ihn zu ersuchen, sich zu ihr aufs Kanapee zu setzen. Eine halbe Stunde später lagen sich die beiden in den Armen und bissen sich Küsse in die Lippen hinein, so herrlich fanden sie's, nach allem, was sie erlebt hatten, einander charmant zu finden. Man vertraut sich manchmal, je mißtrauischer man war, um so viel mehr. Sie dankten sich innerlich und wußten kaum, warum, um es wieder ganz genau zu wissen. Sie verzieh ihm nicht nur ein-, sondern zwanzig- oder fünfzigmal seinen unüberlegten Streich und nannte ihn in ihrem Herzen ihren Wohltäter, obgleich eigentlich sie seine rücksichtnehmende Wohltäterin war. Plötzlich jedoch gestand er ihr, er liebe mit unerhörter Andauerlichkein ein bürgerliches Mädchen, das ihm über alles gehe. Zuerst verzog sie auf dies Geständnis hin ihren Mund. Als sie aber einsah, daß er es ernst meine, und er ihr erzählte, ihm fehlten nur zirka hunderttausend Franken, um sich mit der Auserwählten vermählen zu können, sprach sie: »Ich will Ihnen, was Sie vermissen, verschaffen.« Anscheinend gewährte ihr das Großherzigsein Spaß. Sie wünschte ihren Geliebten glücklich zu machen. Ein Onkel des Mädchens, der sehr viel Geld besaß, gehörte mit zu den Verehrern der Halbweltlerin. Sie stellte ihm in Aussicht, seine Frau zu werden, falls er lieb sein wolle. Der Onkel versprach, es zu sein. Sie unterrichtete ihn von ihren Bedingungen, auf die er nach einigem onkeligen Zögern gern einging. Er zahlte, und beide Paare waren zufrieden. Die Geschichte nennt sich: »Le Pardon dans un Baiser.« Erzählt fand ich sie ansprechend. Indem sie mich vergnügte, genügte sie mir.

DER GUTE SCHRIEB ...

Sicher bin ich ein Guter, d. h. ich scheine einer zu sein, der's gut meint. Speziell mit Dir, Liebe, meine ich es gut. Schon von Anfang an war dies der Fall, als ich Dich zum ersten Male zu Gesicht bekam. Wie hätte es möglich sein können, daß ich bei Deinem Anblick nicht sogleich zu einem Guten hätte emporwachsen müssen? Du machtest mich mit all Deinen reizenden Vorzügen sozusagen groß. Bevor ich Dich kennenlernte, war ich klein, ich meine, ein Gewöhnlicher. Durch Dich verwandelte ich mich in einen Unalltäglichen, Bedeutenden. Dein Madonnengesicht mit der Schar seiner Sehenswürdigkeiten veranlaßte mich zur Hebung, Läuterung meiner selber. Ich flanierte, bummelte, in meine Qualitäten verliebt, von begreiflichen Eitelkeiten umhüllt, herum. Da tauchtest Du vor mir auf, und fortan existierte nur noch eine einzige Eitelkeit, ein einziger freundlicher Schein oder Schimmer für mich, das warst Du! Meine eigene Eitelkeit zog sich zugunsten der Deinigen zurück. Ich wurde zu Deinem Anerkennenden, indem ich nichts Schöneres und Wichtigeres zu tun fand, als der Lieblichkeit und Ungezwungenheit Deines eitlen Wesens Beifall zu zollen. In dieser Beschäftigung ging ich auf, sie zog mich hin, als sei sie ein Fluß, auf dessen Wellen ich glitt und schaukelte. »Himmlisch-schöne Ladentochter«, sprach ich vor mich hin. Ich gestand mir, nie eine anziehendere Frau im Leben gesehen zu haben. Oh, wie lauschte ich andächtig auf die Erzählung Deines Erlebens, die Deinen Lippen entströmte wie eine heilige Schrift, die verfaßt worden sei, um zu entzücken. Vor Ergriffenheit fing ich über Dich und mich zu lachen an, eine Bewegung, deren Natürlichkeit Du freundlich entschuldigtest. Herrlich schmeckt und mundet mir die Erinnerung, die mir sagt, wie überwältigend es für mich war, meinen Arm um Deine Taille legen zu dürfen. Deine Gangart führte die holdeste Sprache; Dein Sprechen glich einem Lispeln, das veilchenähnlich duftete.

Zweifelst Du, daß ich gut bin? Ich kann mir dies nicht denken. Du erhieltest im Lauf unseres zärtlichen Zusammengehens ein Kind. Obschon ich Dich infolge meiner beruflichen Obliegenheiten, die mich da- und dorthin lenkten, öfters einsam und allein ließ, bleib ich bei Deiner geduldigen Anschauungsweise dennoch stets der, der ich notwendigermaßen bin, nämlich der Gute. Mit Nähen usw. gelang es Dir, Dich ersprießlich zu beschäftigen. Ich gebe immerhin zu, daß ich gegenüber unserem Kind ein wenig eifersüchtig wurde, dessen Dasein mich hinderte, fernerhin mit Dir zu scherzen, indem ja so eine Frucht zu Verbindlichkeiten verpflichtet. Von Zeit zu Zeit stattete ich Dir einen liebevollen, sorgfältigen Besuch ab. Gefallen Dir mein Gesicht, meine Erscheinung, die Art, mich zu betragen, nicht mehr? Was trat Befremdendes, Trennendes zwischen uns beide? Kannst Du mir dies sagen, oder hast du wenig oder keine Lust dazu? Sei so gut und beantworte mir meine mit Sorgen beladene Frage. Mein Dir angehörendes Herz kommt mir nach wie vor kleinodhaft vor, und die Gutwilligkeit, womit ich mich geschmückt und ausgestattet sehe, scheint mir ein Juwel zu sein. Wie empfingst Du mich neulich kalt, als kenntest Du mich nicht, als existiertest Du nur noch für Dich selbst oder für etwas mir Unbekanntes. Sollte Dich mir irgend jemand während der Menge meiner Abwesenheiten abtrünnig gemacht haben? Sehr sehne ich mich nach manchen früheren Annehmlichkeiten in Hülle und Fülle darbietenden Umständen. Gewiß bin ich der, der meint, er vermöge nicht zu leben, ohne geliebt zu sein. Aus dem

Geliebtsein hinauskomplimentiert zu werden, vermag ich nimmermehr zu fassen. Ich bitte Dich, halte mich für gut und versichere mich dessen mit einigen beschwichtigenden Zeilen.

Du lehnst jede Gabe, jede Hilfe aus meiner Schatulle ab, willst hartherzig sein? Wie schad!

Einst lächeltest du!

DER MECHANIKER

Himmeltraurig, beteuerte er in einem Brief, gehe es ihm. Entsprach diese pathetische Äußerung der Wahrheit? Obschon er Mechaniker war, funktionierte die Maschinerie, die er repräsentierte, anscheinend mangelhaft. Bald sah er sich genötigt, sich zu sagen, er leide an Überdruß, bald durchfluteten ihn eigentümliche Heiterkeiten. Mehr und mehr vergaß oder vermied er, sich zu überwachen. Beispielsweise benahm er sich insofern traumhaft, als er einer Kellnerin immerwährende Freundschaft und Fürsorge versprach. Demnach machte er sich glauben, er sei treuherzig, wobei er tagein, tagaus meinte, seine Familie bereite ihm keinerlei Vergnügen, sie hindere ihn samt Frau und jungem Nachwuchs, froh und glücklich zu sein. Zu Hause gebärdete er sich herrisch und mürrisch, während er seine Gutgelauntheit in mancherlei Wirtshäuser hineintrug. Für einen einfachen Mann war es in der Tat nicht immer leicht, einfach, will sagen brav zu bleiben. Für überaus brav, beinahe tadellos, hielt er sich. In einem fort glaubte er, er sei gesund. Wer das tat, konnte nach und nach, d. h. unmerklich erkranken. Seine Gattin warf ihm vor, er sei nicht nett, gehe nicht schön und lieb mit ihr um. »Was?« brauste er verletzt auf und bebte vor dummer Wut. Wohl faßte er sich, aber von da an mochte er seine Lebensgefährtin leider nicht mehr leiden. Bei einem winzigen Anläßchen, jedem dünnen, beliebigen Gelegenheitelein irritierte sie ihn.

»Ich will scheiden; das ist das beste.«

»Tu's nur; es ist die höchste Zeit.«

Infolge solcher Art, miteinander zu sprechen, bekamen sie mit dem Gericht zu schaffen, und nach kurzer Zeit sah

er sich von denen, die ihm hätten wertvoll bleiben sollen, getrennt. Aus nichts als Unvorsichtigkeit hatte er sich sein eigenes Heim weggenommen, und statt frei und jedes Übels ledig zu sein, stand er mitten in einem nicht wiedergutzumachenden Schaden, den er auf der Achsel ächzend fortschleppte. Schwer saß die Verlassenheit wie ein Gewicht auf ihm. Nur mit Mühe atmete er, als er zur Freundin ging, um ihr die Meldung vorzutragen, er sei arm und komme sich verworfen vor.
In diesem Fall solle er nur lieber nicht wieder zu ihr kommen. Mit einem Geschwächten könne sie nichts anfangen, gab sie ihm zu verstehen, und fügte geringschätzig bei, er scheine sich von jeher überhoben zu haben.
Diesem Bescheid war er nicht gewachsen. Das war zu viel. Nein, das hielt er nicht aus. Ein Mitdabeisein war hier unmöglich.
Er lauerte denn auch eines schönen Abends in der prächtigsten, anmutigsten Landschaft seiner, wie er sagte, Einstigen an einem Weg auf, den sie täglich benützte, und gab ihr, als er sie vorbeikommen sah, eine Kugel.
Sinnlosigkeit, welche Menge von Gründen, welche Fülle des entweder überhaupt nicht oder nur mühsam auszusprechenden Antriebes besaßest du!
Nun war er gerächt! Doch was hatte er davon? Anderseits macht sich ein Unglücklicher unwillkürlich Luft, und ein Gesunkener hat das Bedürfnis, noch tiefer zu sinken.
Selbigen Tages warf sich die mit Wehmut kämpfende Kellnerin aus dem Fenster ihres Zimmers aufs Pflaster herab.
Sorgsam will das Leben, wenn es nicht brechen soll, behandelt sein.

DIE LEHRERIN

Treuherzig las ich ein treuloses Büchlein. Im boshaften Machwerk, das irgendein behender Faulpelz oder ein kluger Tölpel verfaßt haben mochte, dessen Gewandtheit ich anerkenne, stand geschrieben, eine Frau habe keine Lust bekundet, der Hudel oder Lappen ihres vorzüglichen Herrn Gemahls zu sein.

Unsäglich feines Empfinden rann über sie hin; doch ihr Mann verstand hievon ganz und gar nichts.

Sie beschloß, ihn zu betrügen, indem sie ein schmuckes, grünes Kleid anzog und durch die nächtlichen Straßen lustwandelte. Für sie war dies ein herrliches, niegekanntes Erlebnis.

Auf ihres Gatten impertinenten Kopf machte sich inzwischen eine Verzierung bemerkbar.

Sie dagegen sank von Stunde zu Stunde tiefer. Zwar traute man ihr absolut keine Verkommenheit zu. Man begriff nicht, wie sie beispielsweise einen renommierten Tänzer gefügig zu machen fähig war. Ein simples, schlichtes Frauchen, und solch zweifelhafter Erfolg! Wie ging dies zu? Sie vermochte sich selber kaum zu erfassen. Bei jedem Schritt, den sie tat, fragte sie sich, ob sie sich über sich täusche.

In einer Kneipe wollte ein Apache Hand an ihre Gestalt legen.

Sie schaute ihn mit ihren blauen Lehrerinnenaugen zurechtweisend an, und der Lump taumelte rückwärts.

Wollte sie so recht eigentlich mit ihren schlanken Beinen in den Schmutz des Lebens trappen?

Mag sein, und in diesem Fall rufe ich entzückt aus: Mutige Mädchenseele! Reinlich am Leib und im Herzen

kletterte sie aus dem Abgrund heraus, kehrte wieder in ihr Heim, in die Küche und Haushaltung zurück.
Ihr Mann fragte sie nach den Gründen ihres Abwesendseins barsch aus. Sie erzählte ihm offenherzig alles, wonach er sie zum Tempel oder Eheheiligtum herausjagte. Man muß über die Energie einer- und über die Nachgiebigkeit anderseits staunen.
Befreit, beglückt atmete sie auf. Am Himmel spazierten lächelnde Wölkchen.
Das Mädchenhafte kam wieder über sie. Soundso viele Jahre lang war sie eine Maschine gewesen. Nun trat der Mensch in ihr zum Vorschein.
Welch ein Fund, welch ein Geschenk! Es dürfte schwierig sein, die Vielseitigkeit ihres Vergnügens festzustellen. Gehoben ging sie einher, und was mich betrifft, sage ich dem lieben Büchlein vielen zarten Dank.

AUS GUTEM HAUS

Fest stand seit langer Zeit ein altes Handelshaus. Das Portal ließ beispielsweise schon an und für sich auf Würde schließen. »Wie wir schon in dem und dem Jahrgang aussahen«, schienen die sorgfältig möblierten Gemächer zu sagen, »bieten wir noch jetzt dem Betrachtenden ein Bild der Gediegenheit dar.«
Sie, von der ich hier teilnehmend rede, besaß die Gesichtszüge und Manieren ihrer Ahnen, deren Wesen im ihrigen weiterwirkte, was ihr zugleich zusagte und widersprach.
Stolz, wie sie auf die Vergangenheit des Hauses war, worin sie sich aufwachsen sah, wollte es wieder ihre Würde beinahe kränken, sich zu Verpflichtungen veranlaßt zu sehen, die in einem Nachahmen bestanden, das seinerseits auf einer Abhängigkeit beruhte. Nach Unabhängigkeit, nach etwas vollkommen Neuem sehnte sich die Zweiundzwanzigjährige, die vom Wunsch schier verzehrt wurde, einer konventionellen Vermählung auszuweichen und die herkömmliche Lebensweise durch eine ihr bis dahin noch unbekannte zu ersetzen.
Wenn sie zum Fenster hinausblickte, kämpfte in ihrer knospenden Brust eine sie begreiflicherweise in jeder Hinsicht anheimelnde Dankbarkeit gegenüber allem dem, was ihre Vorfahren geleistet hatten, mit dem ebenso leicht verständlichen Bedürfnis, sämtliche hemmenden Berücksichtigungen leichtsinnig abzuschütteln. Gewiß taten Eltern und Verwandte ihr herzlich leid, und sie vermochte sich einen lebhaften Vorwurf nicht zu ersparen, als sie ihnen eines Tages mit der Erklärung auf den Lippen ihres jungen Mundes auf dem Parkettboden der Wohnstube entgegentrat, sie habe eine Bekanntschaft

gemacht, die ihr an Wert und Eindrucksübermittlung über jede andere gehe.
Als man sie fragte, wer das sei, antwortete sie, heiter und zuversichtlich lächelnd: »Ein Künstler.«
»Das haben wir geahnt«, wurde ihr eröffnet.
Ohne auf starken Widerstand stoßen zu müssen oder dürfen, vertauschte die Prinzessinmäßigaussehende ihren bisherigen provinziellen Aufenthalt mit einem in der Großstadt gelegenen. Daß es bei diesem Anlaß zu keiner sogenannten Szene kam, war ihr lieb, obschon sie das Nichtstattfinden dessen, was man Unannehmlichkeiten nennt, gewissermaßen bedauerte.
In die neue Umgebung lebte sie sich schneller ein, als sie vorausgesetzt hatte. Ihr Gatte war schön, und sein Beruf war's ebenfalls. Auch er stammte aus hochehrbarem Milieu.
Auf dem Tisch, der nebst anderen Ausstattungsstücken ihr Heim mit seiner antiquitätlichen Grazie zweckentsprechend schmückte, lagen feinsinnige und darum lesenswerte Beiträge kultureller Art enthaltende Zeitschriften.
Es zeigte sich, daß er zuvorkommend und geistreich sei und für die Natur glühe, jedoch leider im Lauf der Zeit nicht unterließ, der Mondstrahlenzarten gelegentlich das Bekenntnis abzulegen, er liebe neben ihr noch eine andere.
Tatsache war, daß sie geglaubt hatte, er würde dessen nie fähig sein. Resignationen glitten in ihre Seele. Sie paßte sich nichtsdestoweniger manchem, das für ihr Denken bemühend war, artig an, blieb wohlwollend und gefällig und machte im übrigen dieselben oder ähnliche Erfahrungen wie eine, die traditionelle Lebenswege einschlug.
Kaum ein einziges Mal erlaubte sie sich, Enttäuschtheiten an den Tag zu legen, da sie zugab, sich Illusionen gemacht zu haben, und weil sie diese liebte, nahm sie jene nicht über Gebühr schwer.

ER UND SIE

Er sowohl wie sie sind allem Anschein nach als kultiviert zu betrachten. Er war weltgewandt, sie ebenfalls, er geistreich, sie nicht minder. Beide stehen, wie man sagen kann, auf den Höhen des Lebens, von den lächelnden Auen überlegener Bildung umgeben. Der Wissensdrang machte beide mit vielerlei Menschen und Gegenden bekannt. Sie siedelten sich bald hier, bald dort an, lernten Sitten, Gegenstände und Zuständlichkeiten aller Art kennen und verhielten sich teils still und zurückhaltend, andernteils beweglich und gesprächig. Am Ufer eines Sees ließ sich die Frau ein Haus bauen und lud ihn, den sie liebte, ein, es sich bei ihr bequem zu machen. Er, der sie seinerseits ebenfalls hoch einschätzte, wußte nicht, ob er ihr Anerbieten annehmen oder ablehnen solle. Anscheinend war er schwankend, tastend, abwägend und sondierte, prüfte gern. Im Grund war sie ähnlich, ich meine, wissend und mit ihrem Geist überall lebend, veranlagt. Sie wohnte mit ihrer Seele anderswo, als wo sie sich körperlich aufhielt. Indem sie ihn liebte, mißfiel ihr diese Tatsache, und daher liebte sie ihn nicht. Mit ihm verhielt sich's ebenso. Ihr angehörend, gehörte er einer andern an. Sie machte ihm, da sie wußte, er sei zweideutig, unzuverlässig, Vorwürfe. Er ersparte ihr einerseits nicht, was man nicht gern hört und sieht, zarte Szenen. Vor Zartheit wußten sie hie und da nicht, was sie sich sagen sollten. Dann entstand ein Schweigen, das der Unterbrechung bedurfte. Begreiflicherweise waren beide Egoisten, die Unabhängigkeit der Unfreiheit vorziehend. Sie würde ihn nicht gern unfrei gesehen haben. Anhänglichkeit kann lästig sein. Dennoch fand sie ihn lieblos, wenn er sich wegen ihr keine Gedanken machte. Er wieder war froh über ihre Selbständigkeit, die er jedoch nicht umhin konnte zu bemängeln. Beide wünschten Idealgestalten zu sein. In diesem Sinn schrieben beide ein Buch. Das ihrige würde er, das seinige sie lesen. Sie schrieb weiblich, er männlich, doch das Schreiben tönt an und für sich weich, ist männlich und weiblich zugleich und stammt aus Seelen, die verklärt sind.

[SEHNSUCHT NACH EINEM DOLCH]*

Zwei junge Leute, ächte junge Leute von heute, Oskar und Emma mit Namen, liebten sich. Ihre Liebe war tief, niemand zweifelte weniger und glaubte stärker daran als sie selber, und so weit wäre alles ganz schön gewesen, aber es fehlte ihnen etwas, und wir wollen sogleich sagen, wie es sich verhielt mit dem seltsamen und sonderbaren Etwas, das ihnen fehlte. Kein Mensch, so weit und so scharf sie auch Umschau halten mochten, hinderte sie. Sie durften sich sozusagen lieben, schnäbeln, küssen und bearbeiten, so viel sie nur Lust hatten. Aber das eben ist der Haken: sie hatten ungestört weniger und weniger Lust an der Erbauung. Wenn irgend jemand dazwischen getreten wäre und ihnen gewissermaßen verboten haben würde, zu schaffen, so hätten sie mehr und mehr Lust dazu gehabt. Die beiden guten exzellenten jungen Leute waren danach also krank an einem Überfluß von Freiheit und sie seufzten, kann man sagen, vor Mangel an Behinderung. Denn ihr Ehrgeiz, muß man wissen, war die italienische Novelle, [in der] uns, wie sattsam bekannt ist, erzählt wird von Liebenden, die sich deshalb so heiß, so innig und so leidenschaftlich lieben, weil sie nicht sollen. Oskar und Emma besaßen unter Anderem keine grausamen und hartköpfigen Eltern. Auch fehlte ihnen [ganz] und gar der zwischen dunklem Gebüsch hindurch blinzelnde schurkisierende Schurke. Ja, ja der Schurke der entsetzlich mißtrauische Feind der Liebe fehlte ihnen. Sie sahen das lebhaft ein und waren tief bekümmert darüber. O du traurige, viereckige alkoholfreie moderne Zeit, du schnödes Zeitalter der Fliegerei und der Weltreisen, du siehst es jetzt, wie sehr unter dir die abenteuerlechzenden

Liebespaare zu leiden haben. Oskar und Emma's Liebe starb allmählich dahin, und weßhalb,? ja, aus Mangel an Gefahr. Es [ge]fährdete und bekämpfte sie niemand, und so erschlafften sie bei der Tätigkeit. Wo Tätigkeiten so ohne Weiteres und ganz blind gestattet sind, werden sie bald langweilig und erlahmen endlich. Das ist der entsetzliche Witz der Zeit, in welcher wir verdammt sind zu leben, daß alles erlaubt ist. Wo aber alles so schuftig erlaubt ist, die Verliebten einander drücken dürfen, ohne daß eines von ihnen sich voll banger Schmerzen umschauen muß, ob etwa Gefahr käme, da sind italienische Novellen unmöglich. Oskar und Emma wollten eine Novelle machen, aber sie geriet nicht, sie brach auseinander. Der Stil verweicht da. Rührendes Beginnen, eine ächte Novelle zu Wege bringen wollen, wo Gefahr fehlt. Gefahr ist ja die Ader und das Hindernis ist ja das Leben einer Novelle. Und Hindernisse gibt es nicht mehr in dieser charakterlosen, unstolzen Welt, die keines edlen Vorurteiles fähig ist. Kinder dürfen ja kommen, wann sie wollen, vor und nach dem heiligen Bündnis. Oskar und Emma wußten das, und es bemächtigte sich ihrer jungen Herzen eine unsagbare Beklemmnis. Ihre Eltern waren vorurteilsfreie Menschen, o Jammer. Wo aber einer vorurteilsfrei ist, da ist eine Novelle schon ganz und gar unmöglich. Novellen wachsen nur auf dem Boden wilder und köstlicher Eingefleischtheiten. Eine Liebesgeschichte existiert nicht, wo jemand ist, dem's egal ist, und wo niemand ist, dem's nicht egal ist. In den altitalienischen Novellen ist es niemandem egal, und darum, darum hätten jetzt Oskar und Emma am allerliebsten sterben mögen. Sterben ist aber nicht so leicht, wenn kein Dolch gezückt wird. Sie sterben beinah vor Sehnsucht nach einem Dolch.

* Diese erst nach Redaktionsschluß unseres Bandes in der Handschriften-Sammlung der Stadtbibliothek München entdeckte Erzählung trägt keinen Titel.

NACHWORT

Wie nüchtern, prosaisch nützlich, hochanständig fad ist unsere Zeit. Aber es hat vielleicht auch wieder sein Gutes, man kann dann davon seltsam abstechen. Robert Walser

»Ich habe einen ganz entsetzlich großen Fonds an Liebeskraft in mir, und jedesmal wenn ich auf die Straße trete, fange ich an, irgend etwas, irgend jemand lieb zu gewinnen.« Dieses Bekenntnis aus Robert Walsers nachgelassenem Räuberroman, womit die Hauptfigur des Buches, der unfreiwillige »Räuber«, einem Arzt die Diagnose seiner »Krankheit« zu erleichtern versucht, ist charakteristisch für das ganze Werk Robert Walsers. Ein gesellschaftliches Syndrom, nämlich die wachsende Unfähigkeit zu zweckfreier Anteilnahme am Mitmenschen und an der Umwelt, wird nicht der Gesellschaft sondern den wenigen Gesunden, die noch auf naive und ursprüngliche Weise darüber verfügen, als krankhafte Normwidrigkeit angelastet. Denn »heute will man jeden, der noch ein klein wenig sich selbst gehört, gleich auf die schwarze Liste der Sonderlinge werfen, was von einer geradezu tragischen Voreiligkeit ein ungemein glänzendes Zeugnis ablegt und auch von einer in der Gesellschaft leider zu tief eingerissenen Bequemlichkeit in Sachen Menschenverkehr und Menschenbehandlung« notiert Walser in einem Brief aus der Entstehungszeit des Räuberromans. Alle seine Bücher, seine Romane sowie hunderte von Kurzgeschichten und Gedichte, sind voll von Liebeserklärungen an die Welt und voll dankbarer Vergegenwärtigung auch ihrer beiläufigsten Erscheinungsformen. Was

immer er schildert, Landschaften im Wandel der Jahreszeiten, Dörfer, Städte, Tiere oder Menschen, alles betrifft ihn. Aber nicht nur die Verluste und Verletzungen sind es, die ihn produktiv machen. Dieselbe Aufmerksamkeit, die man sonst in der Regel einzig auf die Ergründung und Kompensation von Unlustgefühlen oder auf die Pflege von Wunden verwendet, ist bei Walser für alle Erlebnisse da, für die erfreulichen nicht weniger als für die deprimierenden. Keine Zielstrebigkeit vereinseitigt seine Wahrnehmung, keine Besitzgier diktiert ihm eine Richtung. Die Objekte seines so ursprünglichen »Fonds an Liebeskraft« sind deshalb auch keineswegs beschränkt auf das andere Geschlecht. Der Gartenzaun im Schnee oder die Vielgestalt der Wolken werden von Walser mit derselben Libido erlebt wie die Reize der Mädchen, an denen er uns teilhaben läßt mit Beobachtungen wie: »es gibt Mädchen, die aussehen, als wären sie körpergeformte Töne und klingende Blumen und duftendes Licht und gedichtete Düfte und unwahrscheinliche Wirklichkeiten und auf Wirklichkeit basierende Trugbilder ... und Hirtinnen, die zugleich Schäfchen sind, und Unanrührbarkeiten und wieder zugleich Erscheinungen, die bestimmt sind, in eine Unaufhörlichkeit hinein liebkost zu werden, so, als könnten sie bloß im Angefaßtwerden gedeihen.«
Nur wenige Autoren des zwanzigsten Jahrhunderts haben sich dem Subjektiven und Emotionalen so unbefangen gestellt und das scheinbar Irrationale so produktiv gemacht und ihm so viel abgewonnen wie Robert Walser. Er hat das Irrationale nicht als Feind der Vernunft unterdrückt und verdrängt, sondern es im Gegenteil als Voraussetzung, Produktionsmittel und Antrieb akzeptiert, um das Gefühl in den Verstand, das Unbewußte ins Bewußtsein zu übersetzen. Hermann Hesse, dessen Bücher aus ganz ähnlichem Antrieb entstanden, hat 1923 in seinem autobiographischen Bericht »Kurgast« den gan-

zen Gegensatz dieser Position zu den Tendenzen der Zeit und ihrer Literatur festgehalten: »Von den Dichtern aber verlangt die jüngste Zeit . . ., daß sie gerade das, was den Dichter ausmacht, die Erregbarkeit der Seele, die Fähigkeit, sich zu verlieben, die Fähigkeit zu lieben, zu glühen und sich hinzugeben und in der Welt der Gefühle das Unerhörte und Übernormale zu erleben – daß sie gerade diese ihre Stärke hassen und sich gegen alles wehren sollen, was sentimental heißen könnte. Nun ja, mögen sie es tun; ich mache nicht mit, mir sind meine Gefühle tausendmal lieber als alle Schneidigkeit der Welt, und sie allein haben mich davor bewahrt, in den Kriegsjahren die Schneidigkeit der Sentimentalen mitzumachen.« Als er während des Ersten Weltkriegs in der Besprechung des Bändchens »Poetenleben« schrieb: »Wenn solche Dichter wie Walser zu den führenden Geistern gehören würden, so gäbe es keinen Krieg. Wenn er hunderttausend Leser hätte, wäre die Welt besser. Sie ist, sei sie, wie sie wolle, gerechtfertigt dadurch, daß es Leute wie den Walser gibt«, so zielt das in dieselbe Richtung: Nicht das Irrationale ist schädlich, sondern seine Unterdrückung, weil es sich früher oder später nur noch auf aggressive Weise Luft zu verschaffen vermag, sei es in Form von Krankheiten nach innen, sei es in Form kollektiver Aggression als Kriege nach außen. So wie 1914 schon ein minimaler Anlaß genügte, um die durch die bourgeoise Scheinmoral des wilhelminischen Zeitalters aufgestauten Repressionen in Form eines Krieges zu entladen, der von der Bevölkerung mit einer Begeisterung akzeptiert wurde, deren hemmungslose Einmütigkeit den Historikern Rätsel aufgibt.

»Die Erregbarkeit der Seele, die Fähigkeit sich zu verlieben« hat Robert Walser sich bewahrt. Doch sind diese Eigenschaften bei ihm nichts, was auf geschlechtliche Partnerschaft festgelegt wäre und schon gar nichts ausschließlich Sexuelles. Gleichwohl wendet sich fast der zehnte Teil seiner Dichtungen dieser speziellen, der herkömmlichen Spielart der Liebe zu, freilich auf so eigenwillige und ungewöhnliche Weise, daß dabei – wie bei jedem originalen Gestalter – psychologische Muster wahrnehmbar werden, die weit über den Spezialfall Robert Walser hinaus Gültigkeit haben.

Kein emotionaler Bereich ist so affektbetont wie der der Liebe. Ganze Industrien leben mittlerweile in Symbiose mit den Reizen, Hoffnungen, Erwartungen und Illusionen dieses Antriebs, von dem Robert Walser sagte: »Wer nicht liebt, ist gestorben . . . Wer Lust zu lieben hat, steht von den Toten auf, nur wer liebt, ist lebendig.«
Angesichts der im Verlauf der Industrialisierung zunehmenden Verödung zwischenmenschlicher Beziehungen in der Anonymität einer Gesellschaft, die ihr emotionales Defizit durch einen Aktivismus betäubt, der immer rascher und hilfloser einzig um Ersatzbefriedigungen wie Wettbewerb, Profit und Konsum rotiert, ist diese Erkenntnis Robert Walsers eine Provokation, die jeden, der danach lebt, zum Außenseiter macht. In diese unfreiwillige Rolle gedrängt, reagiert Walser mit besonderer Hellhörigkeit auf die Produkte der Unterhaltungsindustrie und die Versuche ihrer Traumfabrikanten, dieses wachsende emotionale Vakuum als Marktlücke auszuschlachten, es durch Betäubungsmittel zu trivialisieren, um es dann gleichfalls in den kommerziellen Kreislauf einzubeziehen. Hat doch die Expansion der Massenmedien im Verlauf der letzten hundertfünfzig Jahre in Presse, Film und Schlagerindustrie eine inflationäre Entwertung des Begriffes »Liebe« ausgelöst, mit der sich um so bessere Geschäfte machen ließ, je weiter die Begriffsverwirrung von Liebe und Sexualität getrieben wurde. Auf diese Begriffsverwirrung hat die Literatur des zwanzigsten

Jahrhunderts und mit ihr Robert Walser immer sensibler reagiert. Daher mag es sich erklären, daß die meisten seiner Liebesgeschichten entlarvende Nacherzählungen solcher Trivialliteratur sind, worin er mit der ihm eigenen Unschuldsironie das Weltbild, also alle die Verdrängungen, Illusionen und Lebenslügen jener literarischen Gattung durchleuchtet. Wie er dabei vorgeht, notiert er zu Beginn seiner Skizze »Der Wanderer aus dem Jura«: »Wieder hätte ich hier eine jener Geschichten, die in Buchform vierzig Seiten stark sind, die man in Kiosken kaufen kann und von denen es amüsant ist, gleichsam einen Auszug zu machen, ihren Inhalt kondensiert wiederzugeben.« Das liest sich dann so: »Hier, o du verehrter Leser von schwedischen und nordischen Romanen ... trete ich kniedick und -tief in das, was man den dänischen oder psychologischen Roman nennt ... Kann ich mit meinem Liebhaber fortreisen und das Weite suchen, wenn ich gleichzeitig von Herzen gern bei meinem braven Gatten zuhause sitzenbleiben möchte? Kann ich den Geliebten genügend lieben, wenn ich nicht aufzuhören vermag, den leibeigenen und zugewandten Gatten zu lieben? Hier, so dünkt mich, wimmle es von ächten, wo nicht gar waschächten Seelen- und Romanproblemen.« (Eine verflixte Geschichte). Oder in der Erzählung »Die italienische Novelle«: »Vernimm«, sagte der junge Mann, »daß ich leider nur ein zu gründlicher Kenner der italienischen Novelle bin und daß eben diese Wissenschaft unser Unglück ist ... weil der Stil der italienischen Novelle an Schönheit, Saft und Kraft einzig dasteht und weil unsere Liebe keinen derartigen Stil aufzuweisen hat.« Oder als letztes Beispiel: ein junger Liebhaber faßt endlich den Entschluß, sich zu entkleiden. Seine Partnerin ruft ihm aber flehend zu: »Tu doch so etwas nicht. Ach, wie ich mich vor dem Naturalismus fürchte! Gerade das viele Wissen ums Leben«, fügt Walser hinzu, »hatte sie diesem selben Leben gegenüber scheu gemacht«. (Die keusche Nacht)

Dennoch, bei aller Parodie solcher Produkte der Unterhaltungsindustrie, fällt auf, daß Walsers Spott sich vor allem gegen die Gattung, seltener aber gegen die Personen in solchen Romanen wendet, ja daß er sogar mit Sympathie und Mitleid ihre Partei ergreift, wo immer ihre Verstrickungen das Produkt unfreiwilliger gesellschaftlicher Zwänge, Vorurteile oder erstarrter Rituale sind.

Von solchen parodistischen Nacherzählungen der gängigen Kolportageromane hebt sich die Mehrzahl der übrigen Liebesgeschichten ab. Sie sind nicht aus zweiter Hand, sondern gestalten vorwiegend Erlebtes, das sich sowohl durch die unverwechselbare Art der Darstellung wie auch durch die Eigenart von Walsers Verhältnis zum anderen Geschlecht von den herkömmlichen Mustern dieser Gattung unterscheidet. Da gibt es ungemein feinfühlige Erinnerungen und Impressionen von ersten Liebeserlebnissen mit Beobachtungen wie: »Vertrauter als [der Geliebte] konnte die eigene Seele nicht sein ... atmen und an sie denken war für mich ein und dasselbe ... ich bewunderte zum voraus alles, was sie sagte ... wer lieben will, will nicht mehr sprechen, denn wer sprechen will, will nicht mehr lieben ... jeder Schritt ist ein Erleben.« Ein Erleben, das sich plötzlich auch in allen äußeren Erscheinungen, die dem Verliebten begegnen, spiegelt. Selbständige und fast immer originelle Beobachtungen, die den ganzen Gegensatz zu den nachempfundenen, pathetischen Redensarten jener Trivialliteratur offensichtlich machen, die Walser so gern parodiert. Erzählungen wie »Die Einladung«, »Das Liebespaar«, »Das Veilchen«, »Der Liebesbrief«, »Schwärmerei«, »Marie« und »Luise« verdanken ihre Eindringlichkeit nicht nur der realistisch-präzisen Beobachtung (»ich halte Genauigkeit für poetisch«, schreibt Robert Walser), sie enthalten auch, wie die Gestalt der Klara in den Romanen »Geschwister Tanner« und »Der Gehülfe« (deren autobiographisches Urbild vermutlich ein und dieselbe Person war) Walsers Idealbild einer Zweierbeziehung, die er freilich lieber in poesievoller Schwebe belassen wollte, als sie sich durch eine dauerhaft bürgerliche Bindung zu desillusionieren.

Schon in den frühesten solcher Erzählungen fällt auf, daß Walsers so eigentümlich weitgespannte Bereitschaft zu lieben keineswegs abhängig von einer Erwiderung ist: »Liebe entbehren«, schreibt er, »ja, das heißt lieben. Wenn ich nicht lieben soll, liebe ich zehnfach. Alles Verbotene lebt auf hundertfache Weise.« ... »Was ist Geliebtsein gegen das blühende, holdselige Wunder, selber zu lieben!«

Manche dieser frühen Arbeiten sind noch fiktionale Wunscherfüllungen, worin die Mädchengestalten zu Idealbildern stilisiert werden. Von ihrer äußeren Schönheit schließt der Erzähler auf eine innere. Er braucht sie als Verkörperung und Kathalysator eines besseren Selbst, denn seine Liebe zu ihnen ist ihm vor allem ein Stimulans, sich selbst zu erfahren und angesichts ihrer Idealität seine eigenen Ideale zu entwickeln. Ist diese Entwicklung möglich, dann erlebt er sich selbst so intensiv, daß er auf eine Erwiderung seiner Liebe gar nicht mehr angewiesen ist. Denn schreibend hat er sich eine ihm gemäße potenzierte Wirklichkeit geschaffen, welche die Realität übertrifft. »Für den Mann ist die Frau ... etwas, dessen er, oft unausgesprochenerweise, zu höheren Zwecken bedarf«, schreibt Walser im Räuberroman. Folgerichtig mußte er sich denn auch einmal von einer Leserin sagen lassen, sie sei überzeugt davon, daß er leidenschaftlicher schreibe als lebe. »Womit sie auf etwas sehr Eigentümliches, das sie ahnen mochte, anzuspielen beliebte«, fügt Walser amüsiert hinzu. Deshalb meiden die männlichen Verehrer in so vielen seiner frühen Liebesgeschichten auch jede intimere Annäherung an das Objekt ihrer Verehrung, wie Walser selbst, der die ganze Energie ungeteilt seinen Büchern zukommen lassen wollte, gewiß aber auch aus Angst vor Passivität und Stillstand. Denn »holdes Bescheiden« war seine Sache nicht. Ein Mann sei schöner, schreibt er, »wenn er bewundert, als wenn er sich bewundern lassen muß. Liebenlassen schickt sich weniger für ihn als lieben, weil ersteres abwartend, letzteres tätig und voranmarschierend ist.« Außerdem, heißt es an anderer Stelle, seien diejenigen, die selber lieben, ja die viel Glücklicheren als die, die geliebt würden, stets einer noch unvorhersehbaren Zukunft und Entwicklung zugewandt. Die vorhersehbare Zukunft aber wäre die Kanalisation der Liebe in die gutbürgerliche Institution der Ehe. Diesem Thema wendet sich mit zahlreichen Varianten eine weitere Gruppe der Liebesgeschichten Walsers zu. Ebenso wie er es nie sehr lange an ein und demselben Arbeitsplatz ausgehalten hat, als er sich noch in Banken, Schreibbüros und Versicherungen den Lebensunterhalt verdienen mußte, um seine Schriftstellerei zu ermöglichen, vermag er sich auch im Privatleben nicht auf lange Sicht festzulegen. »Soll mir nichts Sonstiges gefallen, weil mir Eines so sehr gefiel?« fragt er sich in der Erzählung »Manuel«, oder an anderer Stelle: »Es ist, wie ich gerne zugebe, überaus erheiternd für mich, treu und treulos zugleich zu sein. Indem ein Treuer einer andern treu ist, wird er treulos.« Der Verlust von Freiheit und Unabhängigkeit und das Wissen um die Flüchtigkeit und Unfixierbarkeit des Glücks sind immer wiederkehrende Motive in diesen Geschichten. Die Spontaneität der Liebe im »weichen Kerker der Ehe« konservieren zu wollen, ist für ihn eine Illusion, die dazu führt, daß die Eheleute seiner Erzählungen in jenes lähmende Gleichmaß verfallen, das

sich in einer »Treue bis in alle Abgelebtheit« oder in einem »Möbelwagen voll grauenerregender Ehrbarkeit« erschöpft. Stets nimmt er dabei Partei für die Frauen. »Was schadet es«, schreibt er, »wenn ich die Frauen lobe? Wenn ich eine Frau wäre, würde ich die Männer loben.« Den Befreiungsversuchen der Frauen aus der Leibeigenschaft, besitzergreifenden Anmaßung und Launenhaftigkeit ihrer Männer gilt seine besondere Aufmerksamkeit und Sympathie. Er stattet sie aus mit Einsichten wie dieser: »Der Gatte besaß mich in geringerem Grad, weil er mich besaß. Er genoß mich nicht halb so sehr wie der, dem jeder Genuß verboten schien.« (Die Geliebte) In solchen Verstrickungen muß er sich selbst wiedererkennen. Denn als Künstler ist ja auch er ständig genötigt, die lähmenden Konventionen und Tabus, in welchen er seine Mitmenschen befangen sieht, zu durchbrechen, nicht aus Mutwillen, sondern weil ihm gar nichts anderes übrigbleibt, wenn er nicht abstumpfen, die Augen verschließen und das, was ihn umgibt, so genau und komplex wiedergeben will, wie es dem Leben entspricht.
Diese besonders für Walsers frühe Jahre so charakteristische Haltung der Unabhängigkeit und Ungebundenheit, die fast allen Künstlern vertraut ist, weil sich Domestizierung und Kreativität in der Regel ausschließen, ändert sich jedoch mit zunehmendem Alter zum Wunsch, ja Bedürfnis, mit einem Partner zusammen zu leben. Seine Briefe an die fast gleichaltrige Frieda Mermet, die Freundin seiner Schwester und »Oberbefehlshaberin der Lingerie« von Bellelay, sind für diese Entwicklungsphase des inzwischen über Vierzigjährigen besonders aufschlußreich. »Würde es Ihnen Vergnügen machen, liebe Frau Mermet«, schreibt er am 7. 8. 1918, »mich mit Haut und Haaren zu besitzen?« und ein Vierteljahr später wiederholt er seinen Antrag: »Ich stelle es mir schön vor, Ihr Mann zu sein.«

Die verwitwete Frieda Mermet ist nicht darauf eingegangen, doch blieb sie bis zu Walsers endgültiger Überweisung in die Nervenheilanstalt von Herisau, was sie immer für ihn war, die hilfsbereite Freundin und Adressatin seiner vertraulichsten Briefe, in welchen ihre hoffnungsvolle Rolle als potentielle Gattin von Walser nach und nach in die einer Mutterfigur abgewandelt wurde. Vermutlich war es diese Zurückweisung Frieda Mermets, die bei Walser jene uneingestandene Betroffenheit ausgelöst hat, die eine allmähliche, aber tiefgreifende Veränderung seines Verhaltens zur Folge hatte. Sie kündigt sich an ein Jahr nach seiner Übersiedlung von Biel nach Bern in einem Brief an den Maler Ernst Morgenthaler, bei dem er kurz zuvor für 14 Tage zu Besuch war und dessen 17jähriger Hausangestellten, in deren »Schönheitsansammlung er den vortrefflichen Einfall hatte sich zu verlieben«, Walser auf unmißverständliche Weise den Hof gemacht hatte: »Da ich nicht verheiratet bin, es aber eigentlich bald sein sollte, so glaube ich mich auf die Füße machen zu sollen, damit gelegentlich wahr wird, was längst Wahrheit sein sollte, und ich eine Frau kriegte, kein leichtes Experiment, aber wohl auch kein allzu unmögliches und schweres.« (Brief v. 28. 3. 1922)
Während er sich in den acht Jahren, die er im Bieler Hospiz Blaukreuz verbrachte noch vor der Zudringlichkeit der Zimmermädchen und »Hotelgouvernanten« wehren mußte, macht er jetzt plötzlich die Erfahrung, daß nicht er es mehr ist, bei dem die Entscheidungsfreiheit liegt, und daß sogar seine Bereitschaft eine Ehe einzugehen, kein Gehör mehr findet. Auf ergreifende Weise schlägt sich dieser Prozeß einer allmählichen Desillusionierung in vielen seiner Liebesgeschichten nieder, die in der Mitte der Zwanziger Jahre entstanden sind, also in den Jahren vor seiner Einweisung in die Heilanstalt Waldau. Der zuvor so unanfechtbare Beobachter

Robert Walser, dessen »subtile Bemerkungen über die Liebe und die Frauen sich der Hellsicht eines Menschen verdanken, der die Verstrickungen der anderen sieht, selber aber nicht verstrickt ist« (Rudolf Hartung), ist plötzlich auf qualvolle Weise doch verstrickt, nicht nur emotional, sondern doppelt gepeinigt durch die Zensur seiner schonungslosen Selbstbeobachtung: »Er staunte sich mitunter an, als bestände er aus Zweien, aus einem hochnäsigen Beurteiler und einem . . . armen Schlukker . . . Er verachtete sich um seiner Liebe willen. Liebe war entschieden etwas Blödes. Leiden, das ja mit Lieben immer ein bißchen verbunden ist, erschien ihm ganz einfach ekelhaft und saudumm und dann doch beinah wieder gottvoll.« Diese Passage aus der Erzählung »Ediths Anbeter« ist charakteristisch für jene Gruppe autobiographischer Liebesgeschichten, die in den Jahren vor seiner Einweisung in die Nervenheilanstalt entstanden sind. Fast verschwunden ist plötzlich die ironische Leichtigkeit, spielerische Unanfechtbarkeit und souveräne Distanz der früheren Erzählungen. Die Gestalt der Edith, der wir in zahlreichen seiner Berner Arbeiten – nicht nur in den Liebesgeschichten – begegnen, treibt die bisher latente Krisis auf die Spitze. Ihr Urbild ist eine jener Berner »Saaltöchter«, auf die Walser in seinen Briefen nur versteckt (»da mich Diskretion beglückt«), in seinen Schriften aber um so offener zu sprechen kommt. Ihr abweisendes Verhalten seiner Existenz gegenüber wirft ihn in ein Stadium der Abhängigkeit von der Erwiderung seiner Gefühle zurück, das dem bisherigen Walser, dem »Intellektbesitzer«, unerträglich ist: »Was ein Mädchen für eine Macht hat«, schreibt er damals, »hätte ich nie vorher gedacht . . . Nie werde ich nachher wieder lieben. Sie machte mich zum Kind . . . Wäre ich Edith, so würde ich mich aufsuchen, aber sie denkt gar nicht daran . . . Liebe macht kindlich, und durfte ich mir erlauben, so zu verarmen? ... Denn bei aller Hingebungslust lebt der Wunsch in mir, daß man mich achte ... Ich kann mich niemand anvertrauen als mir, denn nur ich versteh mich zu lenken, und so muß ich mich fügen.« (Parzival schreibt an seine Freundin)

Eine letzte, verzweifelte Anstrengung, sich nicht zu fügen und das Steuer wieder in die Hand zu bekommen, unternimmt Robert Walser 1925 mit der Niederschrift eines seiner bedeutendsten Romane, des Räuberromans, einer einzigartigen »Liebesgeschichte«, die ebenso wie jene kürzeren Stücke unseres Bandes sein Berner Edith-Erlebnis zu lösen versucht. Beobachter und zugleich Objekt dessen, was er nun an sich selbst zu beobachten genötigt ist, gerät er in eine Bewußtseinsspaltung, die sich nicht mehr wie bisher durch ihre Darstellung bewältigen läßt, sondern die sich im Verlauf der Niederschrift nur noch vertieft. Es ist bezeichnend, daß er keine Reinschrift des Manuskriptes hergestellt, geschweige denn, einen Versuch unternommen hat, für diesen Roman einen Verleger zu finden.

Obwohl ihm im Lauf seines Lebens von den Verlagen mehr als zwölf Buchprojekte abgelehnt wurden, hatte ihn bisher die Gewißheit vom Wert seiner Arbeiten – aller äußeren Mißerfolge seiner Bücher zum Trotz – in einem labilen, doch leidlichen Gleichgewicht gehalten. Diese Balance geht ihm nun verloren und bewirkt eine Verunsicherung, die auch das Vertrauen in den Wert seiner Arbeit erschüttert. Denn bis dahin war er niemals in eine so existenzielle Abhängigkeit von der Achtung anderer geraten wie jetzt, fast fünfzigjährig, durch seine Liebe zu der, die er Edith nennt. Empfindlicher als je zuvor reagiert er von nun an auf alle Enttäuschungen mit Redakteuren und Verlegern, ja er konstruiert sich sogar einen Kausalzusammenhang zwischen seiner privaten und publizistischen Misere und notiert mit bitterem Spott: »Ich muß eilen und mich verheiraten. Kunigunde sitzt einsam im Kaffeehaus, weint sich ob meiner Unerbittlichkeit die Augen aus. Ich glaube Folgendes: Mein Geist wird im Ehebett seine Auferstehung feiern ... Ich soll wohl zu einer Ehehälfte wie zu einem Kunstwerk kommen. Das beste wird sein, ein Kind zu zeugen und das Produkt einem Verlag anzubieten, der es kaum ablehnen wird.« (Kurt). Und an Max Rychner, den damaligen Redakteur der schweizerischen Kulturzeitschrift »Wissen und Leben«, schreibt er: »Sie sind Anhänger von möglichst nur verheirateten Dichtern. Für mich Junggesellen ist das natürlich etwas bedenklich.« Überflüssig zu sagen, daß hinter solchen Ironisierungen die verzweifelte Erkenntnis steht, daß Walser, so sehr er sich jetzt eine partnerschaftliche Beziehung wünscht, einer Frau im Grunde gar nicht zumuten kann, ein Leben zu führen, wie er selbst es bisher durchzuhalten gezwungen war: ein Leben äußerster Armut und Anspruchslosigkeit. Aber nicht nur die materielle Notlage, bedingt durch die nachlassenden Publikationsmöglichkeiten und schäbigen Honorare, macht ihm zu schaffen. Immer wieder, am deutlichsten in seinem Konflikt mit der Edith-Gestalt, tritt eine noch kompliziertere Problematik zutage: wo er liebt, braucht er nicht noch den zusätzlichen Reiz der Sexualität. Hier wie überall reagiert er so sensibel, daß er keiner physischen Steigerung mehr bedarf. Diese Empfindlichkeit, die den meisten Menschen nach ihrer Pubertät verloren geht, hat sich Robert Walser zeitlebens bewahrt. So schreibt er in einer Geschichte mit dem bezeichnenden Titel »Edith und der Knabe«: »Das Dumme ist, daß ich sie gar nicht begehre, sondern bloß entsetzlich liebe.« Auch im Räuberroman ist dies eines der zentralen Motive, das am gründlichsten in dem großartigen Selbstgespräch des »Räubers« vor seinem Arzt angeschnitten wird: »Aber nun liebe ich, bei all diesen Wesensverzweigtheiten ein

Mädchen und zwar rein und herzlich, mächtig und zugleich sanft, so wie's sich für einen braven Menschen schickt, aber meine Sinne sind dabei vollkommen ruhig, und ich bin aus diesem Grund vor ihr ohnmächtig.«
Dabei ist Walser für sexuelle Reize nicht weniger empfänglich als für alle anderen Reize. Das beweisen seine Liebesgeschichten ebenso wie seine Briefe, in welchen sich Formulierungen finden wie »Mädchen sind um so hübscher, mit je weniger sie sich bedecken« oder Beobachtungen von Liebenden, die sich mit »vor Lust jubelnden Augen« . . . »langanhaltend und sündhaft sorgfältig bezüngeln.« Doch gibt er sich mit dem Genuß solcher Beobachtungen vollauf zufrieden, und einmal mehr fällt ihm an seinem Verhalten der Kontrast zu seiner Umwelt, nämlich seine »alle Besitzlust rund verweigernde Wunschlosigkeit« auf. So muß er sich (im Dialogstück »Schwäche und Stärke«) angesichts seines sexuellen Unvermögens beim ersten Besuch eines »öffentlichen Hauses« fragen: »Kann sich ein Befriedigter befriedigen gehen? Ich wurde geboren, um ohne Not zu sein, und da ich der Mädchen nicht bedurfte, dachte ich nach, wie's mir möglich wäre, mich trotzdem mit ihnen abzugeben.«
Es wäre anmaßend, diese wie alle anderen Normwidrigkeiten im Verhalten Robert Walsers, die den unverwechselbaren und subversiven Reiz seiner Bücher ausmachen, nur als krankhafte Anomalien, Perversitäten oder gar als Symptome einer angeblichen Geisteskrankheit abzutun. Wenn er sich vorübergehend, aufgerieben durch die Demütigungen seiner doppelten Erfolglosigkeit, als ein »Räuber«, als ein Schmarotzer der Gesellschaft fühlt, in seiner Verzweiflung zum Alkoholiker wird, Selbstmordversuche unternimmt und sich nachts von den Wertmaßstäben der Bürger in Form von Stimmen und Halluzinationen verfolgt glaubt, die ihn, den Alleinstehenden, den Stein ihres Anstoßes, aus dem Weg räumen wollen, ihn

verspotten und mit Würgegriffen bedrohen, so daß er oft laut rufend erwacht und sich seine Bedrängnis zeitweise nur noch in den Reaktionen eines an paraphrener Schizophrenie Erkrankten Luft machen konnte, so läßt sich wohl kaum von einer endogenen Krankheit sprechen, die seine Entmündigung und – seit 1929 – seine lebenslängliche Internierung in Heilanstalten gerechtfertigt hätte. Alle seine Briefe, die ärztlichen Diagnosen aus den Anstalten Waldau und Herisau, die überlieferten Äußerungen von Walser selbst und nicht zuletzt seine schlagfertigen, geistreichen und ernsthaften Gespräche während seiner Wanderungen mit Carl Seelig (1936-1945) machen das Gerücht von der Unzurechnungsfähigkeit Robert Walsers höchst anfechtbar. Denn inzwischen wissen wir, daß er sich dem Wunsch der Schwester nur ungern gefügt hat, einer Einweisung in die Heilanstalt Waldau Folge zu leisten, und daß er dort schon einen Monat später versuchte, baldmöglichst wieder entlassen zu werden, um weiter arbeiten zu können. Wir wissen, daß er sich erst recht 1933 seiner Überweisung nach Herisau widersetzt hat. Ja, seine Briefe erlauben sogar den ironisch-paradoxen Schluß, daß er sich in der Irrenanstalt »normaler« als zuvor in der Freiheit verhalten hat, daß er ebenso angepaßt und fügsam wurde wie die Mehrzahl der sogenannten freien Menschen, allerdings auch genauso steril und unkreativ wie diese. Daß er sich schließlich doch mit seinem Schicksal abgefunden hat, rechtfertigte keineswegs seine jahrzehntelange Internierung. Denn Walsers Anpassungsbereitschaft rührte ja nur daher, daß er sich durch die Versorgung in der Anstalt wenigstens sicher fühlen konnte, nicht erneut den Frustrationen einer Umwelt ausgesetzt zu sein, die ihn vorher in die Anstalt gezwungen hatte. Wenige haben das so realistisch durchschaut wie der achtzigjährige Hermann Hesse, der – angesprochen auf Walsers Internierung – bemerkte: »Der hat recht gehabt, sich um die Welt keinen Pfifferling mehr zu kümmern und sich in die Heilanstalt zurückzuziehen. Die Schweiz mit all ihren Professoren und Radio-Direktoren mit ihren gutbezahlten Posten, von denen kein einziger auch nur einen Satz so gutes Deutsch wie Walser schreiben kann, hätte ihn ruhig verhungern lassen, wenn er sich nicht in die Irrenanstalt gerettet hätte.« Es spricht also sehr viel dafür, daß Walser keineswegs anormaler war als diejenigen, die sich der Herausforderung, welche Menschen wie er für die Gesellschaft bedeuten, dadurch entziehen, daß sie sie in Irrenhäuser einsperren. Den widerspenstigen Zeitgenossen Robert Walser konnten sie auf diese Weise abschieben, sein Werk aber läßt sich mittlerweile nicht mehr einsperren. Deutlicher als zu seinen Lebzeiten – denn damals konnte man noch die Empfindlichkeit und Reizbarkeit des Menschen Robert Walser als persönliche Provokation mißdeuten – wird heute, mehr als 20 Jahre nach seinem Tod, allmählich sichtbar, warum er gar nicht gefälliger sein konnte. In bewußtem Gegensatz zu den halbherzigen literarischen Sentimentalitäten seiner Zeit entwarf er ein Werk, das man als eine einzige große Liebeserklärung verstehen kann. Denn er »pflegte einen vertraulichen Umgang mit allem, was kein Mensch merkt ... Man braucht nicht viel Besonderes zu sehen, man sieht so schon viel.« Er sah das Besondere im scheinbar Selbstverständlichen und befreite es vom Rost der Allgemeinplätze und Trivialitäten, um ihm eine Leuchtkraft und Sprache zurückzugeben, die uns wie ganz neue Wahrnehmungen erscheinen durch seine Kunst der kühnen und unvorhersehbaren Assoziationen, die uns Zusammenhänge bewußt machen, wo wir zu trennen dressiert waren. Obwohl Walser selbst einmal gesagt hat »Lieben ist ein Verschwenden, Kunst ein Sparen. Es gibt für mich keine gehässigeren Gegensätze«, enthält sein eigenes Werk dennoch ein so verschwenderi-

sches Potential an Liebes- und Begeisterungsfähigkeit, daß wenigstens für den Leser die Gehässigkeit dieser Gegensätze restlos aufgehoben wird.
Auch für Robert Walser trifft zu, was er einmal über Conrad Ferdinand Meyer schrieb: »Unser großer Schweizerdichter . . . saß auch zeitweise in einem Sanatorium für geistig nicht ganz mehr so recht auf der Höhe Stehende. Jetzt feiert man dieses armen Menschen hundersten Geburtstag mit Ansprachen und Gesangsdeklamationen. Und er wagte einst kaum die Feder in die Hand zu nehmen, aus Furcht, er wäre ein lumpiger Stümper.« Das sollte uns heute, anläßlich der Zentenarfeiern zu denken geben.

Frankfurt/Main, im März 1978 Volker Michels

Quellennachweise

Simon. Eine Liebesgeschichte. Erstdruck in »Die Freistatt«, München, April 1904. Enthalten in der Robert-Walser-Werkausgabe (WA) Bd. 1, S. 119

Skizze. Erstdruck in »Pan«, Februar 1911. WA Bd. 8, S. 67

Meta. Aus R. W., »Kleine Dichtungen«, 1915 im Kurt Wolff Verlag, Leipzig, Erstdruck in »Deutsche Monatshefte« (Die Rheinlande) Februar 1913. WA Bd. 2, S. 19

Zwei Bilder meines Bruders. Aus R. W., »Kleine Dichtungen«, 1915 im Kurt Wolff Verlag, Leipzig. WA Bd. 2, S. 37

Johanna. Aus R. W., »Kleine Dichtungen«, 1915 im Kurt Wolff Verlag, Leipzig. Erstdruck in »Deutsche Monatshefte«, August 1913. WA Bd. 2, S. 29

Der Bursche. Aus R. W., »Kleine Dichtungen«, 1915 im Kurt Wolff Verlag, Leipzig. Erstdruck in »Deutsche Monatshefte«, September 1913. WA Bd. 2, S. 31

Mittagspause. Aus R. W., »Kleine Dichtungen«, 1915 im Kurt Wolff Verlag, Leipzig. WA Bd. 2, S. 10

Der Nachen. Aus R. W., »Kleine Dichtungen«, 1915 im Kurt Wolff Verlag, Leipzig. WA Bd. 2, S. 12

Die Einladung. Aus R. W., »Kleine Dichtungen«, 1915 im Kurt Wolff Verlag, Leipzig. Erstdruck in »Neue Rundschau«, März 1914. WA Bd. 2, S. 79

Das Liebespaar. Aus R. W., »Kleine Dichtungen«, 1915 im Kurt Wolff Verlag, Leipzig. WA Bd. 2, S. 85

Das Eisenbahnabenteuer. Aus R. W., »Kleine Dichtungen«, 1915 im Kurt Wolff Verlag, Leipzig. Erstdruck in »Die weißen Blätter«, Februar 1914. WA Bd. 2, S. 93

Das Veilchen. Aus R. W., »Kleine Dichtungen«, 1915 im Kurt Wolff Verlag, Leipzig. WA Bd. 2, S. 96

Die Fee. Aus R. W., »Kleine Dichtungen«, 1915 im Kurt Wolff Verlag, Leipzig. Erstdruck in »März«, München, Februar 1914. WA Bd. 2, S. 140

Der Liebesbrief. Aus R. W., »Kleine Dichtungen«, 1915 im Kurt Wolff Verlag, Leipzig. WA Bd. 2, S. 116

Schwärmerei. Aus R. W., »Kleine Dichtungen«, 1915 im Kurt Wolff Verlag, Leipzig. WA Bd. 2, S. 161

Zwei Frauen. Erstdruck in »Deutsche Monatshefte«, Oktober 1914. WA Bd. 8, S. 174

Das Ehepaar. Erstdruck in »Neue Zürcher Zeitung« und »Deutsche Monatshefte«, März 1915. WA Bd. 8, S. 177

Rosa. Erstdruck in »Deutsche Monatshefte«, Mai 1915. WA Bd. 8, S. 180

Eine verflixte Geschichte. Erstdruck in »Neue Zürcher Zeitung«, Januar 1916. WA Bd. 8, S. 221

Marie. Aus R. W., »Poetenleben«, 1918 im Huber Verlag, Frauenfeld. Erstdruck in »Schweizerland«, Mai 1916. WA Bd. 3, S. 61

Berta. Aus R. W., »Prosastücke«, 1917 im Verlag Rascher, Zürich. WA Bd. 2, S. 204

Der andere Junggeselle. Aus R. W., »Prosastücke«, 1917 im Verlag Rascher, Zürich. WA Bd. 2, S. 212

Die italienische Novelle. Aus R. W., »Prosastücke«, 1917 im Verlag Rascher, Zürich. WA Bd. 2, S. 177

Luise. Aus R. W., »Kleine Prosa«, 1917 im Francke Verlag, Bern. WA Bd. 2, S. 286

Der Kamerad. Erstdruck in »Die Schweiz«, Mai 1919, WA Bd. 9, S. 53

Freundschaftsbrief. Erstdruck in »Saturn«, September 1919. WA Bd. 9, S. 91

Liebespaare. Erstdruck in »Die Weltbühne«, Juli 1921. WA Bd. 9, S. 224

Eine Geschichte. Erstdruck in »Neue Zürcher Zeitung«, August 1921. WA Bd. 9, S. 221

Darf man sein Versprechen brechen? Erstdruck in »Bimini«, Dezember 1924, WA Bd. 9, S. 246

Manuel. Aus R. W., »die Rose«, 1925 im Rowohlt Verlag, Berlin. WA Bd. 3, S. 342

Der Onkel. Aus R. W., »Die Rose«, 1925 im Rowohlt Verlag, Berlin. WA Bd. 3, S. 361

Die Geliebte. Aus R. W., »Die Rose«, 1925 im Rowohlt Verlag, Berlin. Erstdruck in »Vers und Prosa«, August 1924. WA Bd. 3, S. 431

Flammenzeichen. Erstdruck in »Prager Presse«, Februar 1925. WA Bd. 9, S. 267

Die schöne Rittergutsbesitzerstochter. Erstdruck in »Simplicissimus«, März 1925. WA Bd. 9, S. 264

Die keusche Nacht. Erstdruck in »Frankfurter Zeitung«, Dezember 1925. WA Bd. 9, S. 296

Die Schöne und der Treue. Aus R. W., »Die Rose«, 1925 im Rowohlt Verlag, Berlin. Erstdruck in »Vers und Prosa«, April 1924. WA Bd. 3, S. 412

Der Liebende und die Unbekannte. Aus R. W., »Die Rose«, 1925 im Rowohlt Verlag, Berlin. Erstdruck in »Vers und Prosa«, April 1924. WA Bd. 3, S. 421

Schwäche und Stärke. Erstdruck in »Vers und Prosa«, April 1924. WA Bd. 3, S. 423

Die Mädchen. Erstdruck in »Neue Zürcher Zeitung«, Dezember 1924. WA Bd. 9, S. 350

Die Einzige. Entstanden um 1924/25. Erstdruck in WA Bd. 9, S. 209

Alfreds Erklärung. Entstanden 1925. Erstdruck in WA Bd. 9, S. 277

Gretchen. Erstdruck in »Frankfurter Zeitung« und »Prager Tagblatt«, Februar 1925. WA Bd. 9, S. 233

Ediths Anbeter. Entstanden 1925. Erstdruck in WA Bd. 9, S. 205

Parzival schreibt an seine Freundin. Aus R. W., »Die Rose«, 1925 im Rowohlt Verlag, Berlin. WA Bd. 3, S. 398

Wenn Schwache sich für stark halten. Erstdruck in »Prager Tagblatt«, März 1925. WA Bd. 9, S. 199

Storch und Stachelschwein. Erstdruck in »Der Neue Merkur«, März 1925. WA Bd. 9, S. 239

Edith und der Knabe. Erstdruck in »Frankfurter Zeitung«, Juni 1925. WA Bd. 9, S. 201

Einer schrieb. Entstanden 1926. Erstdruck in WA Bd. 10, S. 127

Brief eines Europäers. Erstdruck in »Berliner Tageblatt«, Mai 1926. WA Bd. 10, S. 118

Balzac-Phantasie. Erstdruck in »Berliner Tageblatt«, Januar 1926. WA Bd. 10, S. 327

Verehrte Frau. Entstanden 1926. Erstdruck in WA Bd. 10, S. 136

Die Dame mit dem Brief. Erstdruck in »Orplid«, Mai 1926. WA Bd. 10, S. 404

Der Kuß (II). Erstdruck in »Individualität«, Juli 1926. WA Bd. 10, S. 321

Schwäche kann eine Stärke sein. Erstdruck in »Berliner Tageblatt«, Juli 1926. WA Bd. 10, S. 393

Schriftsteller und Haushälterin. Erstdruck in »Berliner Tageblatt«, September 1926. WA Bd. 10, S. 386

Der falsche Ganina. Entstanden 1926/27. Erstdruck in WA Bd. 11, S. 439

Liebesgeschichte (I). Erstdruck in »Basler Nachrichten«, August 1927. WA Bd. 11, S. 395

Drei Komödien. Erstdruck in »Simplicissimus«, November 1927. WA Bd. 11, S. 374

Mann und Frau. Entstanden 1928. Erstdruck in WA Bd. 10, S. 392

Weihnachtsgeschichte. Entstanden 1928. Erstdruck in WA Bd. 11, S. 445

Erzherzog-Prosastück. Erstdruck in »Sport und Bild«, Januar 1928. WA Bd. 11, S. 379

Mondscheingeschichte. Erstdruck in »Prager Presse«, Februar 1928. WA Bd. 11, S. 397

Die Nette. Erstdruck in »Simplicissimus«, März 1928. WA Bd. 11, S. 178

Die Frau auf dem Balkon. Erstdruck in »Sport und Bild«, Juni 1928. WA Bd. 11, S. 412

Je t'adore. Erstdruck in »Prager Presse«, Juni 1928. WA Bd. 9, S. 291

Brief an einen Ehemann. Erstdruck in »Prager Presse«, November 1928. WA Bd. 10, S. 155

Ein geheimnisvolles Individuum. Erstdruck in »Prager Presse«, Dezember 1928. WA Bd. 11, S. 418

Liebesgeschichte (II). Entstanden 1928/29. Erstdruck in WA Bd. 12, S. 360

Die Blume. Entstanden 1928/29. Erstdruck in WA Bd. 11, S. 335

Ernestine. Entstanden 1928/29. Erstdruck in WA Bd. 12, S. 193

Der Mann aus dem Jura. Entstanden 1928/29. Erstdruck in WA Bd. 12, S. 343

Mamsell Miseel. Entstanden 1928/29. Erstdruck in WA Bd. 12, S. 337

Buchbesprechung. Entstanden 1928/29. Erstdruck in WA Bd. 12, S. 346

Über zwei kleine Romane. Erstdruck in »Sport und Bild«, Oktober 1929. WA Bd. 12, S. 315

Der Gute schrieb. Erstdruck in »Berliner Tageblatt«, Dezember 1930. WA Bd. 11, S. 92

Der Mechaniker. Entstanden 1930/31. Erstdruck in WA Bd. 12, S. 206

Die Lehrerin. Entstanden 1930/31. Erstdruck in WA Bd. 12, S. 363

Aus gutem Haus. Erstdruck in »Sport und Bild«, September 1932. WA Bd. 12, S. 187

Er und sie. Erstdruck »Neue Zürcher Zeitung«, Juni 1933. WA Bd. 12, S. 181

(Sehnsucht nach einem Dolch). Neu aufgefundenes Manuskript, das wir den Recherchen von Erich Unglaub in der Münchner Stadtbibliothek verdanken. Hier erstmals abgedruckt. Entstanden wohl z. Zt. der Niederschrift der 1917 erschienenen »Prosastücke«, vermutlich als Variante zur Erzählung »Die italienische Novelle«.

Zeittafel

Zusammengestellt von J. Schäfer

1878	Robert Otto Walser am 15. April in Biel geboren.
1884-1892	Besuch der dortigen Volksschule und des Progymnasiums.
1892-1895	Lehre bei der Bernischen Kantonalbank in Biel.
1894	22. Oktober: Tod der Mutter.
1895	April bis August in Basel, anschließend für ein Jahr in Stuttgart, wo damals auch sein Bruder Karl lebte. Vergebliche Versuche, Schauspieler zu werden.
1896	Rückkehr in die Schweiz. Anmeldung am 30. September in Zürich, wo er, abgesehen von kürzeren anderweitigen Aufenthalten, in den folgenden zehn Jahren lebt. Häufiger Stellen- und Adressenwechsel.
1897	Ende November: Reise nach Berlin.
1898	8. Mai: Erste Veröffentlichung (eine Auswahl Gedichte) durch Josef Viktor Widmann im »Sonntagsblatt des Bund« in Bern. Hierdurch Bekanntschaft mit Franz Blei.
1899	Frühjahr in Thun.
	Mai bis Mitte Oktober vermutlich erster, nicht belegter Aufenthalt in München, wo ihn Franz Blei in den Dichter- und Künstlerkreis der Zeitschrift »Die Insel« eingeführt haben dürfte.
1900	Oktober 1899 bis April 1900 in Solothurn.
1901	September in München. Wanderung nach Würzburg, wo er Max Dauthendey besucht.
1902	Januar in Berlin, Februar bis April bei seiner Schwester Lisa in Täuffelen am Bielersee, anschließend wieder in Zürich.
1903	März in Winterthur, 15 Mai bis 30. Juni Rekrutenschule in Bern, Ende Juli bis Dezember »Gehülfe« des Ingenieurs Dubler in Wädenswil am Zürichsee.
1904	Ab Januar wieder in Zürich, Angestellter der Zürcher Kantonalbank. November erster Militär-Wiederholungskurs in Bern. Ende November erscheint im Insel-Verlag Leipzig sein erstes Buch, »Fritz Kocher's Aufsätze.«
1905	Im März Übersiedlung nach Berlin, wohnt bei seinem Bruder Karl. Juni kurzer Aufenthalt in Zürich. Oktober bis Ende 1905 Diener auf Schloß Dambrau in Oberschlesien.

1906 Anfang Januar Rückkehr nach Berlin. Niederschrift des Romans »Geschwister Tanner« (erscheint im Frühjahr 1907 bei Bruno Cassirer). Sommer/Herbst Niederschrift eines zweiten, nicht erhaltenen Romans.

1907 Januar: Weitere Roman-Pläne, von deren Ausführung nichts überliefert ist. Juni/Juli: Abschluß des Manuskripts »Der Gehülfe« (erscheint im Frühling 1908 bei Bruno Casirer). Bezug einer eigenen Wohnung oder eines Zimmers.

1908 Entstehung des Romans »Jakob von Gunten« (erscheint im Frühling 1909 bei Bruno Cassirer). Juni/Juli: Ballonfahrt von Berlin nach Königsberg mit dem Kunsthändler und Verleger Paul Cassirer.

1909 Bibliophile Ausgabe der »Gedichte« mit Radierungen von Karl Walser bei Bruno Cassirer.

Aus der Zeit von 1909 bis November 1912 sind nicht nur keine Briefe erhalten, sondern es fehlen auch sonstige Hinweise auf seine damaligen Lebensumstände. Bekannt ist nur, daß er nach der Heirat seines Bruders Karl 1910 wieder bei ihm wohnte.

1912 November: Wohnt in einer eigenen Wohnung oder einem Zimmer in Charlottenburg, Spandauerberg 1. Vorbereitung der Prosabände »Aufsätze« (erscheint im Frühling 1913 bei Kurt Wolff in Leipzig) und »Geschichten« (erscheint 1914 ebenfalls bei Kurt Wolff).

1913 März: Rückkehr in die Schweiz. Wohnt zunächst bei seiner Schwester Lisa in Bellelay, dann kurz bei seinem Vater im Hause Akeret in Biel. Bezieht im Juli eine Mansarde im Hotel Blaues Kreuz in Biel, wo er während der nächsten sieben Jahre bleiben wird. Beginn der Freundschaft mit Frieda Mermet.

1914 9. Februar: Tod des Vaters.

Frühling: Vorbereitung des Prosabandes »Kleine Dichtungen«, für den Walser im Sommer einen Preis des »Frauenbundes zur Ehrung rheinländischer Dichter« erhält. Die erste Auflage, »hergestellt für den Frauenbund . . .«, wird im Herbst 1914 gedruckt, die zweite erscheint 1915 bei Kurt Wolff in Leipzig.

Kriegsausbruch. 5. August bis 4. September: (1.) Militärdienst in Erlach; 21. September bis 13. Oktober: (2.) Militärdienst in St. Maurice.

1915 Anfang Januar: Kurze Reise nach Leipzig und Berlin.

25. Januar: Gebrüder-Walser-Abend des Lesezirkels Hottingen in Zürich.

6. April bis 13. Mai: (3.) Militärdienst in Cudrefin (Jura); 6. Oktober bis 3. Dezember: (4.) Militärdienst in Wisen.

1916 Sommer: Anfragen der Verlage Huber und Rascher wegen eventueller Veröffentlichungen. September: Manuskript »Der Spaziergang« abgeschlossen (erscheint April 1917 bei Huber & Co. in Frauenfeld). Oktober: Zusammenstellung des Bandes »Prosastücke« (erscheint Ende November 1916 mit Druckvermerk »1917« bei Rascher in Zürich).

17. November: Tod des Bruders Ernst in der Heilanstalt Waldau bei Bern.

1917 Frühjahr: Zusammenstellung der Sammlungen »Kleine Prosa« (erscheint im April bei A. Francke in Bern) und »Studien und Novellen« (in dieser Form nicht erschienen). Mai: Abschluß des Manuskripts »Poetenleben« (erscheint November 1917 mit Druckvermerk »1918« bei Huber & Co. in Frauenfeld).

16. Juli bis 8. September: (5.) Militärdienst im Tessin.

1918 Januar: Abschluß des Manuskripts »Seeland« (erscheint mit Druckvermerk »1919« erst 1920 bei Rascher in Zürich). 18. Februar bis 16. März: (6.) Militärdienst in Courroux. Mai: Abschluß des Manuskripts für den nicht erschienenen Prosaband »Kammermusik«.

Winter: Arbeit an dem Roman »Tobold«.

1919 März: Fertigstellung des Manuskripts »Tobold«.

Eine zweite Auflage der »Gedichte« und der Band »Komödie« erscheinen bei Bruno Cassirer in Berlin.

1. Mai: Tod des Bruders Hermann.

November/Dezember: Zusammenstellung einer kleinen, nicht erschienenen Prosasammlung »Mäuschen« (vermutlich identisch mit der in der gleichen Zeit brieflich erwähnten, ebenfalls nicht erschienenen Sammlung »Liebe kleine Schwalbe«).

1920 8. November: Leseabend im Tonhallesaal in Zürich.

1921 Januar: Übersiedlung nach Bern. Während einiger Monate zweiter Bibliothekar des Berner Staatsarchivs.

Arbeit am Roman »Theodor«, der im November abgeschlossen wird.

1922 8. März: Vorlesung aus dem Roman »Theodor« im Lesezirkel Hottingen in Zürich, anschließend für acht Tage Gast beim Maler Ernst Morgenthaler in Wollishofen.

1923 Juni: Spitalaufenthalt wegen Ischias.
Herbst: Wanderung nach Genf.
1924 Winter 1924/1925: Arbeit an den »Felix«-Szenen.
1925 Februar: das letzte Buch, »Die Rose«, erscheint bei E. Rowohlt in Berlin.
Zusammenstellung eines nicht erschienenen Prosabandes und Arbeit am »Räuber«-Roman.
Anfang September: Ferienaufenthalt mit Frau Mermet in Murten.
Oktober: Beginn der Korrespondenz mit Therese Breitbach.
1928 15. April: 50. Geburtstag des Dichters.
1929 25. Januar: Eintritt in die Heilanstalt Waldau, Bern.
1933 Juni: Verbringung nach Herisau, in die dortige Heil- und Pflegeanstalt seines Heimatkantons Appenzell-Außerrhoden, wo er bis zum Lebensende bleibt. Keine schriftstellerische Arbeit mehr.
Neuauflage der »Geschwister Tanner« bei Rascher in Zürich.
1936 Carl Seelig besucht erstmals den Dichter in Herisau. Beginn gemeinsamer Wanderungen und Gespräche.
Neuausgabe »Der Gehülfe« im Verlag der Bücherfreunde, St. Gallen.
1937 Auswahl »Große kleine Welt«, herausgegeben von Carl Seelig.
1943 28. September: Tod des Bruders Karl.
1944 7. Januar: Tod der Schwester Lisa.
Carl Seelig übernimmt die Vormundschaft. Von ihm besorgte Auswahlbände und Neuausgaben: »Vom Glück des Unglücks und der Armut«, »Stille Freuden«, »Der Spaziergang« und »Gedichte«.
1947 Auswahl »Dichterbildnisse« und die erste Biographie des Dichters: Otto Zinniker, »Robert Walser der Poet«.
1950 Neuausgabe »Jakob von Gunten«.
1953 Beginn der von Carl Seelig herausgegebenen »Dichtungen in Prosa«.
1956 Tod Robert Walsers am Weihnachtstag (25. Dezember) auf einem einsamen Spaziergang.
1966 Erste zwei Bände des von Jochen Greven herausgegebenen dreizehnbändigen Gesamtwerks (letzter Band 1975).
1973 Gründung des von der Carl Seelig-Stiftung (Dr. E. Fröhlich) getragenen Robert Walser-Archivs in Zürich.

Robert Walser
im Suhrkamp Verlag und Insel Verlag

Sämtliche Werke in zwanzig Bänden in den suhrkamp taschenbüchern. Herausgegeben von Jochen Greven. st 1101-1120

Band 1: Fritz Kochers Aufsätze. st 1101
Band 2: Geschichten. st 1102
Band 3: Aufsätze. st 1103
Band 4: Kleine Dichtungen. st 1104
Band 5: Der Spaziergang. Prosastücke und kleine Prosa. st 1105
Band 6: Poetenleben. st 1106
Band 7: Seeland. st 1107
Band 8: Die Rose. st 1107
Band 9: Geschwister Tanner. Roman. st 1109
Band 10: Der Gehülfe. Roman. st 1110
Band 11: Jakob von Gunten. Ein Tagebuch. st 1111
Band 12: Der Räuber. Roman. Das Nachwort schrieb Martin Jürgens. st 1112
Band 13: Die Gedichte. st 1113
Band 14: Komödie. Märchenspiele und szenische Dichtungen. st 1114
Band 15: Bedenkliche Geschichten. Prosa aus der Berliner Zeit. 1906-1912. st 1115
Band 16: Träumen. Prosa aus der Bieler Zeit. 1913-1920. st 1116
Band 17: Wenn Schwache sich für stark halten. Prosa aus der Berner Zeit. 1921-1925. st 1117
Band 18: Zarte Zeilen. Prosa aus der Berner Zeit. 1926. st 1118
Band 19: Es war einmal. Prosa aus der Berner Zeit. 1927-1928. st 1119
Band 20: Für die Katz. Prosa aus der Berner Zeit. 1928-1933. st 1120

Romane und Erzählungen. Geschenkausgabe mit farbigem Dekorüberzug in Schmuckkassette. Sechs Bände

Einzelausgaben

Aus dem Bleistiftgebiet. Mikrogramme 1924/1925. Band 1: Prosa. Band 2: Gedichte und dramatische Szenen. Im Auftrag des Robert-Walser-Archivs der Carl-Seelig-Stiftung/Zürich entziffert und herausgegeben von Bernhard Echte und Werner Morlang. Leinen und st 1548

Aus dem Bleistiftgebiet. Mikrogramme 1924/1925. Band 3: »Räuber«-Roman und »Felix«-Szenen. Im Auftrag des Robert-Walser-Archivs der Carl-Seelig-Stiftung/Zürich neu entziffert und herausgegeben von Bernhard Echte und Werner Morlang. Leinen und st 1928

39/1/11.92

Robert Walser
im Suhrkamp Verlag und Insel Verlag

Aus dem Bleistiftgebiet. Mikrogramme aus den Jahren 1926/1927. Band 4. Im Auftrag des Robert-Walser-Archivs der Carl-Seelig-Stiftung/Zürich entziffert und herausgegeben von Bernhard Echte und Werner Morlang. Leinen

Briefe. Herausgegeben von Jörg Schäfer unter Mitarbeit von Robert Mächler. st 488

Der Gehülfe. Roman. Leinen und BS 490

Geschwister Tanner. Roman. Herausgegeben und kommentiert von Jochen Greven. Leinen, Leder und BS 450

Jakob von Gunten. Ein Tagebuch. Leinen, Leder und BS 515

Lektüre für Minuten. Gedanken aus seinen Büchern und Briefen. Auswahl und Nachwort von Volker Michels. Gebunden

Liebesgeschichten. Zusammengestellt und mit einem Nachwort versehen von Volker Michels. it 263

Poetenleben. BS 986

Der Räuber. Roman. 24 Manuskriptblätter. Faksimile-Ausgabe im Schmuckschuber. Herausgegeben von Bernhard Echte und Werner Morlang. Mit einer mehrfarbigen Reproduktion des Räuber-Aquarells von Karl Walser. Kassette mit Beiheft

Der Spaziergang. BS 593

Der Spaziergang. Mit Illustrationen von Rita Berger. IB 1106

Zu Robert Walser

Robert-Walser-Sprechplatte. Zusammengestellt von Volker Michels. Sprecher: Gert Westphal. Schallplatte

Robert Walser. Herausgegeben von Klaus-Michael Hinz und Thomas Horst. stm. st 2104

Robert Mächler: Das Leben Robert Walsers. Eine dokumentarische Biographie. Mit Abbildungen. Leinen

Carl Seelig: Wanderungen mit Robert Walser. Mit einem Nachwort von Elio Fröhlich. BS 554

Martin Walser: Der Unerbittlichkeitsstil. Rede zum 100. Geburtstag von Robert Walser. Schallplatte

Hans Dieter Zimmermann: Der babylonische Dolmetscher. Zu Franz Kafka und Robert Walser. es 1316

39/2/11.92

Biographien
in den suhrkamp taschenbüchern

Amrain, Susanne: So geheim und vertraut. Virginia Woolf und Vita Sackville-West. Erstausgabe. st 2292

Ball, Hugo: Hermann Hesse. Sein Leben und sein Werk. st 385

Ball-Hennings, Emmy: Das flüchtige Spiel. Wege und Umwege einer Frau. st 1502

– Hugo Ball. Sein Leben in Briefen und Gedichten. Mit einem Vorwort von Hermann Hesse. st 1811

Baumann, Gerhart: Erinnerungen an Paul Celan. st 1985

Belkina, Marija: Die letzten Jahre der Marina Zwetajewa. Aus dem Russischen von Schamma Schahadat und Dorothea Trottenberg. st 2213

Bell, Quentin: Virginia Woolf. Eine Biographie. Aus dem Englischen von Arnold Fernberg. st 753

Bertaux, Pierre: Friedrich Hölderlin. st 686

Brecht, Walter: Unser Leben in Augsburg, damals. Erinnerungen. st 1368

Brinnin, John Malcolm: Die dritte Rose. Gertrude Stein und ihre Welt. Mit einem Vorwort von John Ashbery. Aus dem Amerikanischen von Maria Wolff. st 1820

Carossa, Hans: Ungleiche Welten. Ein Lebensbericht. st 521

Chalfen, Israel: Paul Celan. Eine Biographie seiner Jugend. st 913

Der Cimarrón. Die Lebensgeschichte eines entflohenen Negersklaven aus Cuba, von ihm selbst erzählt. Nach Tonbandaufnahmen herausgegeben von Miguel Barnet. Aus dem Spanischen von Hildegard Baumgart. Mit einem Nachwort von Heinz Rudolf Sonntag und Alfredo Chacón. st 346

Crick, Bernard: George Orwell. Ein Leben. Aus dem Englischen von Friedrich Polakovics unter Mitwirkung von Harald Raykowski. st 1778

Eliade, Mircea: Erinnerungen 1907–1937. Aus dem Rumänischen von Ilina Gregori und Heinz Hermann. st 1877

Elias, Norbert: Mozart. Zur Soziologie eines Genies. Herausgegeben von Michael Schröter. st 2198

Eribon, Didier: Michel Foucault. Eine Biographie. Aus dem Französischen von Hans–Horst Henschen. st 2226

Felder, Franz Michael: Aus meinem Leben. Mit einer Vorbemerkung von Peter Handke und einem Nachwort von Walter Methlagl. st 1353

Fitch, Noel R.: Sylvia Beach. Eine Biographie im literarischen Paris 1920–1940. Aus dem Amerikanischen von Angelika Schleindl. Mit Abbildungen. st 1702

Freedman, Ralph: Hermann Hesse. Eine Biographie von Ralph Freedman. Aus dem Amerikanischen von Ursula Michels-Wenz. st 1827

260/1/7.93

Biographien
in den suhrkamp taschenbüchern

Freund, Gisèle: Drei Tage mit James Joyce. Fotografiert von Gisèle Freund. Mit einem Vorwort von Philippe Sollers. Aus dem Französischen von Franz-Heinrich Hackel. st 929

Gandhi, Mahatma: Mein Leben. Herausgegeben von C. F. Andrews mit einem Nachwort von Curt Ullerich. Aus dem Englischen übertragen von Hans Reisiger. st 953

Gespräche mit Marx und Engels. Herausgegeben von Hans Magnus Enzensberger. st 716

Gibson, Ian: Federico García Lorca. Eine Biographie. Aus dem Englischen von Bernhard Straub. Mit zahlreichen Abbildungen. st 2286

– Lorcas Tod. Deutsch von Fritz Vogelgsang. st 197

Hellman, Lillian: Eine unfertige Frau. Ein Leben zwischen Dramen. Aus dem Englischen von Kyra Stromberg. Mit einem Nachwort von Ruth-Esther Geiger. st 1910

Hesse, Hermann: Kindheit und Jugend vor Neunzehnhundert. Hermann Hesse in Briefen und Lebenszeugnissen. 1. Band: 1877-1895. Ausgewählt und herausgegeben von Ninon Hesse. st 1002

– Kindheit und Jugend vor Neunzehnhundert. Hermann Hesse in Briefen und Lebenszeugnissen. 2. Band: 1895-1900. Herausgegeben von Ninon Hesse. Fortgesetzt und erweitert von Gerhard Kirchhoff. st 1150

Hermann Hesse in Augenzeugenberichten. Herausgegeben von Volker Michels. st 1865

Hildesheimer, Wolfgang: Marbot. Eine Biographie. st 1009

– Mozart. st 598

– Zeiten in Cornwall. Mit sechs Zeichnungen des Autors. st 1866

Horváth-Chronik. Von Traugott Krischke. stm. st 2089

Kaus, Gina: Von Wien nach Hollywood. Erinnerungen von Gina Kaus. Neu herausgegeben und mit einem Nachwort versehen von Sibylle Mulot. st 1757

Kleine, Gisela: Zwischen Welt und Zaubergarten. Ninon und Hermann Hesse: Leben im Dialog. st 1384

Korte, Hermann: Über Norbert Elias. Das Werden eines Menschenwissenschaftlers. st 1558

Kühn, Dieter: Josephine. Aus der öffentlichen Biografie der Josephine Baker. st 587

Dieter Kühn. Herausgegeben von Werner Klüppelholz und Helmut Scheuer. st 2113

Lagercrantz, Olof: Strindberg. Aus dem Schwedischen von Angelika Gundlach. st 1086

260/2/7.93

Biographien
in den suhrkamp taschenbüchern

Lützeler, Paul Michael: Hermann Broch. Eine Biographie. st 1578

Mayer, Hans: Ein Deutscher auf Widerruf. Erinnerungen. Band I. st 1500

– Ein Deutscher auf Widerruf. Erinnerungen. Band II. st 1501

– Der Turm von Babel. Erinnerung an eine Deutsche Demokratische Republik. st 2174

Mitscherlich, Alexander: Ein Leben für die Psychoanalyse. Anmerkungen zu meiner Zeit. st 1010

Muschg, Adolf: Gottfried Keller. st 617

Painter, George D.: Marcel Proust. Eine Biographie. 2 Bde. Deutsch von Christian Enzensberger und Ilse Wodtke. st 561

Razumovsky, Maria: Marina Zwetajewa. Eine Biographie. st 1570

Robbe-Grillet, Alain: Angélique oder Die Verzauberung. Aus dem Französischen von Andrea Spingler. st 1943

Ruy Sánchez, Alberto: Octavio Paz. Leben und Werk. Eine Einführung. Aus dem Spanischen von Thomas Brovot. st 1894

Schmidt, Werner: Leben an Grenzen. Autobiographischer Bericht eines Mediziners aus dunkler Zeit. st 2162

Semprún, Jorge: Yves Montand: Das Leben geht weiter. Aus dem Französischen von Uli Aumüller. st 1279

Simon, Alfred: Beckett. Aus dem Französischen von Michael Bischoff. st 1798

Tomalin, Claire: Katherine Mansfield. Eine Lebensgeschichte. Aus dem Englischen von Eike Schönfeld. st 1973

Unseld, Siegfried: Begegnungen mit Hermann Hesse. st 218

Wagner-Martin, Linda: Sylvia Plath. Eine Biographie. Ins Deutsche übertragen von Sabine Techel. st 1986

Wahnsinnsfrauen. Herausgegeben von Sibylle Duda und Luise F. Pusch. Erstausgabe. st 1876

Zeemann, Dorothea: Einübung in Katastrophen. Leben zwischen 1913 und 1945. st 565

– Jungfrau und Reptil. Leben zwischen 1945 und 1972. st 776

260/3/7.93